魔弾の王と凍漣の雪姫 12

Lord Marksman and Michelia

川口士　イラスト／美弥月いつか

「そ、それは、話さなければならないこと、でしょうか……」

「ところで、その、
聞くべきじゃないのかも
しれないけど……
ティグルとはどうだったの？」

青い髪と黒髪がともにうねり、弧を描く。
立て続けに突き、かと思えば薙ぎ払い、
上から柄を叩きつける

ダッシュエックス文庫

魔弾の王と凍漣の雪姫（ミーチェリア）12

川口 士

ルヴーシュ
オステローデ
レグニーツァ
王都シレジア
ブレスト
ライトメリッツ
ジスタート
アルサス
オルミュッツ
ポリーシャ
城砦
ムオジネル
エレシュキルト
アニエス
王都パルティア
黄金の海

アスヴァール島
王都コルチェスター
オード
ルテティア
王都アスカニア
ブリューヌ
アスヴァール
ナヴァール城砦
王都ニース
ネメタクム
ザクスタン

リュドミラ＝ルリエ

ジスタート王国のオルミュッツを治める戦姫で『凍漣の雪姫』の異名を持つ。18歳。愛称はミラ。相思相愛の仲だったティグルとついに結ばれた。

ティグルヴルムド＝ヴォルン

ブリューヌ王国のアルサスを治めるヴォルン家の嫡男。18歳。ガヌロンを滅ぼして救国の英雄となり、ミラとリュディの二人を恋人とする。

ミリッツァ＝グリンカ

ジスタート王国のオステローデを治める戦姫で『虚影の幻姫』の異名を持つ。16歳。ジスタートに帰国後、ソフィーと行動をともにする。

リュディエーヌ＝ベルジュラック

ブリューヌ王国の名家ベルジュラック公爵家の娘で、レギン王女の護衛を務める。18歳。ティグルに想いを告げ、ミラをまじえた三人の関係を築く。

Character / Lord Marksman and Michelia

エレオノーラ＝ヴィルターリア

ライトメリッツ公国を治める戦姫で、愛称はエレン。18歳。『銀閃の風姫』の異名を持ち、長剣の竜具、銀閃アリファールを振るう。ミラとは険悪な間柄で有名。

ソフィーヤ＝オベルタス

ジスタート王国のポリーシャを治める戦姫で『光華の耀姫』の異名を持つ。22歳。愛称はソフィー。国王に命じられて各地を視察する。

シャルル（ファーロン）

ブリューヌ王国を興した始祖。約三百年前の人物だが、ガヌロンのほどこした術法によって現代によみがえる。戦に敗れたあと、姿を消す。

ロラン

ブリューヌ王国西方国境を守るナヴァール騎士団の団長で『黒騎士』の異名を持つ。29歳。客将としてアスヴァールに滞在している。

プロローグ

黒灰色の雲が幾重にも連なって、冬の空にたちこめていた。

空の下に広がる海もまた黒く、波がいくつもうねって、おおいに荒れている。吹きすさぶ風は猛々しく、冷酷で、あらゆるものを凍えさせようとするかのようだ。

そのような風に身体を叩かれながら、顔色ひとつ変えずに海を見据(みす)えているものがいた。装飾をほどこした白い神官衣に身を包んだ、褐色の肌の男である。端整な顔の中の、蛇に似た小さな両眼が、暗い光を放っていた。

男の名をメルセゲルという。人間ではない。冥府を支配する神アーケンに仕え、『叛刻(はんこく)の使徒(しと)』と呼ばれる存在だ。しかし、このキュレネー王国に、彼は人間の神官として潜りこみ、そのように振る舞っていた。

いま、メルセゲルはタミアットという港町にいる。早朝から船着き場の端に腰を下ろし、荒れ狂う海に向かって祈りを捧げていた。正確には、祈りを捧げるふうを装っていた。

人間であれば、とうに風か波のどちらかにさらわれて、海に沈んでいるだろう。しかし、メルセゲルは巨岩のように揺らぐことなく、船着き場から動かない。

そうして二刻ばかり過ぎ、昼が近づいてきたころ、変化が訪れた。

激しく吹き荒れていた風が急速に弱まり、波がおさまって海面が穏やかなものになる。雲の切れ目から光が射し、ゆるやかな風が雲を少しずつ遠ざけていく。それにともなって、海も黒から鮮やかな紺碧へと、その色を変えていった。

港からどよめきの声があがる。そこには武装した百人の男たちがいた。キュレネー兵だ。

眼前の光景は、彼らにとってとうてい信じられないものだった。冬のこの時期に、海がこのような色を見せることなど、まずないからだ。

兵たちの中からひとりの男が進みでた。長い黒髪から上等な香油の匂いが漂っている。

男の名はサームートという。キュレネーにおいて、香油は神々が人間に与えたものとされており、その身分によって使える香油が決められているのだが、彼の使っている香油は、王族の他に、万の兵を指揮する者だけが使用を認められたものだった。

サームートは興奮も冷めやらぬといった調子でメルセゲルに話しかける。

「神官殿、これが神の御業（みわざ）なのか……」

メルセゲルは何ごともなかったかのように立ちあがると、サームートを振り返った。

「我々が何をすべきか、神はお示しになった」

海に視線を戻して、淡々と続ける。

「我々が怠惰（たいだ）に振る舞い、いたずらに時を費やせば、神のご加護は永遠に失われよう」

「その通りだな。一日も早くブリューヌとジスタートへ向かうとしよう」

彼の言葉に短くうなずくと、話は終わったというふうにメルセゲルは歩きだす。まとっている神官衣は水音をたてるほどに濡れそぼっていたが、気にする様子はない。

サームートも、それ以上メルセゲルにかまおうとはしなかった。これからが彼らの出番だからだ。この港町には、二万の歩兵と六十隻の軍船が集結している。明るいうちに兵たちを船に乗せて、出陣しなければならない。

今年の秋、大陸全土はかつてないほどの凶作に襲われた。

諸国が顔色を変えて対策に奔走する中、キュレネー王国は凶作を逃れ、例年と変わらない収穫に恵まれた。加えて、数年前から計画的に食糧や燃料を蓄えていたことにより、余裕をもって冬を越せるどころか、軍を動かすことさえ可能だった。

神のご加護だ。キュレネーの民はそう言って自分たちの幸運を喜び、王を讃(たた)えた。

キュレネー王は、何年も前から食糧や燃料を蓄えるよう進言してきた神官――メルセゲルを賞賛し、望みのままに褒美(ほうび)を与えようと言った。

「陛下、この機会に、北へ版図(はんと)を広げなさいませ」

それがメルセゲルの望んだ褒美だった。

「ブリューヌという国が、春から夏にかけての内乱で傷つき疲れ果てております。いま軍勢を進めれば、攻略は難しくないでしょう。また、ジスタートという国に対しては、ひとつ考えがございます。いずれにせよ、恐るるに足りませぬ」

キュレネーは強力な海軍を有している。だが、この望みには武官たちがこぞって反対した。冬の荒れた海を越えて戦を仕掛けるなど無謀であり、ブリューヌとジスタートにたどりつく前に軍船はことごとく沈むだろうと主張したのだ。

彼らの反論に対して、メルセゲルはこう言った。

「では、祈りを捧げよう。海が静かになれば、それが神の御意志である」

この時期の海を知り尽くしている武官たちは、メルセゲルを嘲笑した。だが、王に命じられたために、兵と食糧、軍船の準備は進めた。攻めるべき相手をブリューヌではなく近隣諸国のいずれかにすれば、兵の用意は無駄にならないという考えもあった。

そしていま、信じられないことに、海は平穏を取り戻した。

神は、我々がブリューヌなる国を攻めることを望んでおられる。キュレネー兵たちはそう考えた。海を知る者ほど、そう考えざるを得なかった。

思えば、自分たちが飢える心配をせずにすむのも、神のご加護によるものではないか。自分たちは行動によって、神への信仰を示さなければならぬ。

戦意を昂揚させて出撃の準備にとりかかる兵たちを、メルセゲルは冷然と見つめた。

海を穏やかなものに変えたのは、祈りではない。彼が天候を操ったのである。ことさらに時間をかけたのは、そうした方がいかにもそれらしく見えることをわかっていたからだ。

キュレネーを凶作から守ったのもメルセゲルだ。今回の凶作は、二つの神の降臨が近づいたことに世界が耐えかね、歪(ゆが)んで、起きたものだ。こうなることを予期していたメルセゲルは、アーケンの力を借りて、キュレネーの地に歪みが及ばないようにしたのである。

実のところ、この段階でキュレネー軍を動かす必要はない。アーケンが地上に降臨すれば、あらゆるものが死を迎え、神のもとで永劫(えいごう)の眠りにつくのだ。キュレネー軍がブリューヌを攻め滅ぼすよりも早く、そのときは訪れるだろう。

そうとわかっていながらブリューヌ攻めを進言したのには、理由がある。

はるか古の時代、アーケンは己の支配領域たる冥府の拡大を望み、地上を求めた。そうして夜と闇と死の女神ティル＝ナ＝ファと争った。太陽と月が万を超えて巡り続けるほど長く、星の形が変わるほど壮絶な戦いの末に、アーケンは地上を諦めた。

アーケンにとって非常に屈辱的な結末であり、それはメルセゲルにとっても同様だった。

その出来事が、ティル＝ナ＝ファの信徒たちに語り継がれていた。それも、「アーケンとティル＝ナ＝ファが死者の世界を巡って争い、アーケンが退(しりぞ)いた」という話で。

ブリューヌ王国とジスタート王国では、主に十の神々が信仰されているのだが、その中にティル＝ナ＝ファの名がある。神々の王ペルクナスの妻であり、姉であり、妹であり、最大の宿敵であるとして。

どちらの国でもティル＝ナ＝ファは忌み嫌われており、信仰していることを公言する者はいない。だが、メルセゲルにとっては存在を認めているというだけで充分であり、いずれ滅ぶその瞬間まで流血を強いてやらねば、憤りがおさまらなかった。

──これでよい。

ブリューヌでもジスタートでも、多くの血が流れるだろう。アーケンへの供物として。

それに、魔弾の王の助けとなる者たちの動きを封じることも期待できる。

考えを巡らせながら、メルセゲルは港に背を向けて歩きだす。そのときには、濡れそぼっていた神官衣は、祈りを捧げる前の状態に戻っていた。

──アーケンのために消し去る敵は二つ。ズメイとやらいう魔物と、『魔弾の王』だ。

ズメイはティル＝ナ＝ファを地上に降臨させようとしており、メルセゲルにとって優先的に打ち倒すべき対象だ。それを除いても、死から自由であり、何度滅びようとも必ずよみがえる魔物は放っておくことのできない存在だった。

神の降臨を阻もうとしている魔弾の王も、ズメイに劣らず危険だ。彼がティル＝ナ＝ファから授かった黒い弓は、自分を滅ぼすほどの力を秘めている。また、一時的にとはいえ、彼はその身に女神を宿すことに成功した。ただの人間ではない。

──失敗は、一度で充分だ。

メルセゲルは、この世界の存在ではない。はるかな過去に分かたれた枝の先、ここと異なる歴史を積み重ねてきた世界の存在だ。

その世界でも、メルセゲルはやはりアーケンの降臨を試み、それを阻止する勢力と戦った。

その世界の魔弾の王と戦姫たちだ。メルセゲルは最終的に彼らに敗れ、他の世界へ跳躍することで滅びをまぬがれた。

他の世界への跳躍には、制約がある。アーケンの力を借りて行うものなので回数には制限があり、また「自分」の存在する世界には長時間居続けられない。

メルセゲルがこの世界を跳躍の対象としたのは、この世界の自分が、数百年前にドレカヴァクと戦って滅ぼされていたからだ。長時間居続けられるだけでなく、存在を隠すことができるのは都合がよかった。

もっとも、誤算もあった。ドレカヴァクはこの世界のメルセゲルを滅ぼした際、キュレネーにいくつかあった、アーケンを降臨させることのできる地をことごとく破壊していたのだ。メルセゲルは、キュレネー以外の場所をさがさなければならなくなった。

それからメルセゲルはウヴァートとセルケトを従え、情報収集に努め、時機を待った。アーケンを降臨させるために必要な材料がそろい、戦姫たちと魔物たちが傷つけあい、疲弊(ひへい)するときを。

――偉大なるアーケンよ。まもなくです。

次の瞬間、メルセゲルの姿が音もなくその場から消え去る。

そのことに気づいた者は、ひとりとしていなかった。

ティグルヴルムド＝ヴォルンが聖窟宮(サングロエル)を探索したときより十数日ほど前のことである。

１　危機

窓から見える空は薄暗く、日が暮れかかっていることを教えている。

ジスタート王国の戦姫にして『凍漣の雪姫（ミーチェリア）』の異名を持つミラことリュドミラ＝ルリエは、己の竜具（ヴィラルト）であるラヴィアスを丁寧に磨いていた。

暖炉に火は入っておらず、室内には冬の冷たい空気が満ちていたが、彼女は床に座って平然と手を動かしている。ラヴィアスに、使い手を暑さや寒さから守る力があるからだ。

穂の中央に埋めこまれている紅玉に、自分の顔が映る。真剣というより険（けわ）しい顔つきになっていることに気づいて、ミラは手を止めた。軽く首を左右に振る。

外から扉が叩かれたのは、ちょうどそのときだった。聞こえてきたのは、彼女にとって戦友であり、共闘相手でもあるリュディことリュディエーヌ＝ベルジュラックの声だ。

部屋の中に入ってくるなり、リュディは顔をしかめた。

「ちょっと寒いですね。どうして暖炉に火を入れないんですか？」

「寒いなら、私のそばにいらっしゃいな」

竜具の手入れを再開しながら、そう言葉を返す。リュディは納得した顔になってミラの後ろへと回り、背中を合わせるように腰を下ろした。

ラヴィアスが、二人の周囲から冷気を遠ざける。

「ミラの背中は温かいですね」

再び手を止めて、ミラは複雑な表情になった。彼女とティグルを共有するなどということになってしまったときは途方にくれたものだが、屈託をまったく感じさせないリュディには呆れる一方で、彼女になら任せられるという信頼感があった。

ここは、ブリューヌ王国の北にあるアルテシウムの町である。より詳しくいうと、町の長であるフィルマン伯爵の屋敷の客室だ。ミラがこの町にいるのは、いくつかの事情があった。

今年の秋、ミラは己の治めるオルミュッツ公国を襲った凶作への対処に追われていた。

そこへ現れたのが、『光華の耀姫（ブレスヴェート）』の異名を持つ戦姫ソフィーことソフィーヤ＝オベルタスと『虚影の幻姫（ツェルヴィーデ）』の異名を持つ戦姫ミリッツァ＝グリンカである。

二人の話から、ミラはジスタート全土が凶作によって危機的な状況にあることを知った。

さらに、自分たちが同じ夢を見たこともわかった。石造りの建物の中、巨大な娘と黒い竜の像の前で、自分の大切な者たちがことごとく息絶えているという恐ろしい夢だ。娘の像は、ティル＝ナ＝ファに違いなかった。

ティグルから話を聞き、またブリューヌの様子も見てきてほしいと頼まれ、ミラは腹心のガルイーニンだけをともなって、ブリューヌへ向かった。

ルテティアでティグルたちと再会を果たしたミラは、彼らと行動をともにしてアルテシウム

を目指した。ティル＝ナ＝ファに関係があるらしい『シャルルの聖窟宮(サングロエル)』を調べるために。

　むろんというべきか、彼女たちの旅路は平穏なものとならなかった。アルテシウムでは数十頭もの地竜(スロー)を従えた魔物ドレカヴァクに襲われ、死闘を繰り広げた。別の用事で現れたミリッツァの助けがなければ、敗れていたかもしれない。

　ドレカヴァクを退けた直後にティグルは気を失ったのだが、夢の中でティル＝ナ＝ファに会い、いくつかの重要なことを知った。

　大陸全土を襲っている凶作は、ティル＝ナ＝ファと異国の神アーケン、二柱の神の降臨がせめぎあって世界を歪(ゆが)ませているために起きたものであるということ。

　アーケンが降臨すると、すべての者が息絶え、神のもとで永遠に眠り続けること。

　ティル＝ナ＝ファが降臨すると、いまの世界が滅び、新たな世界に変容すること。

　どちらの神であろうと降臨させてはいけないと、ティグルもミラもあらためて決意した。

　その後、聖窟宮を探索したミラたちは、現代によみがえった始祖シャルルと遭遇し、アーケンの使徒メルセゲルと戦った。かろうじて退けたが、聖窟宮は瓦礫(がれき)に埋もれてしまった。ドレカヴァクによって甚大な被害を受けたアルテシウムに、瓦礫を取り除く余裕はない。

　ティグルは新たな手がかりを求めて、始祖シャルルが生まれた地であるというヴォージュ山脈に向かうことを告げた。もちろんミラは引き続き同行を申しでた。

　そして、出立を明日に控えたミラは、竜具の手入れをしていたのである。

「リュディ、そのままでいいから話を聞いてくれる？」

何気ない口調で、ミラが聞いた。リュディは「どうぞ」と、気さくな口調で応じる。

「私がティグルのそばを離れることになったときは、ティグルのことをお願い」

言い終える前に、背中に感じていたリュディの重みとぬくもりが消え去った。

「どういう意味ですか」

両手と膝を床について、リュディが正面に回りこんでくる。右が碧、左が紅と、色の異なる彼女の瞳には純粋な怒りが浮かんでいた。ミラはひるまず、彼女の視線を受けとめる。

「私たちはこれからヴォージュ山脈に向かうでしょう。ティグルの想像通り、あの地に何かあるとすれば、魔物が待ち受けている可能性が大きいわ」

自分たちと魔物たちとの戦いについては、リュディもすべて知っている。

「おそらく、私の宿敵もいる」

ラヴィアスを握るミラの手に、力がこもった。

宿敵とは、ミラの祖母ヴィクトーリアの亡骸を奪った魔物ズメイのことだ。かつて、ミラはザクスタン王国でズメイと遭遇し、戦った。最近は『一角獣士隊』との戦いの中でも。いずれの戦いでも決着はつかなかったが、次こそ滅ぼしてみせると、ミラは固く決意している。

「ズメイが現れたら、私はやつを倒すことに専念する。だから……」

リュディはしかめっ面を崩さず、小さくため息をついた。

「それはあまりに自分勝手すぎませんか」

ミラはきまり悪そうに口をつぐんだ。その自覚はある。だが、ズメイの姿を目の当たりにしたら、自分をおさえられないだろうという確信もあった。

リュディが身を乗りだして言葉を続ける。

「私にだって、何としてでも倒したい宿敵がいるんですよ」

「シャルルのことね」

ブリューヌの始祖シャルル。約三百年前の人間だが、ガヌロンの秘術により、国王ファーロンの肉体を乗っ取ってよみがえった男だ。リュディにとって父ラシュローの仇(かたき)であり、彼女が仕えているレギン王女にとっても同様に父の仇だった。聖窟宮が崩壊したときに彼は姿を消したが、どこかで生きているだろうとミラたちは考えている。

「もしもシャルルに会ったら、私はあなたとティグルの手を借りてでも、やつを確実に討ちとりたいと思っています。一騎打ちにこだわるつもりはありません」

リュディの瞳が憤怒(ふんぬ)の輝きを放っている。ミラはわずかに首をかしげた。

「あなたに協力するのはかまわないけど、私にもそうしろと？」

「その方が確実でしょう。それに、ティグルが承知するとは思えません」

「承知させるわ。一刻を争う状況になることも考えられるもの」

二人は無言で睨(にら)みあう。そこにあるのは相手をねじ伏せようという激しさではなく、決意の固さをたしかめあう静けさだった。やがて、リュディはもう一度ため息をつく。

「覚えておきますが、判断は状況次第。これが最大限の譲歩です。それと、私からも二つ、お願いがあります。ひとつは、私とシャルルが戦うときには手伝ってください」

「いいわよ。私もあいつのことは気にくわないから。それで、もうひとつは？」

「何が何でも生き延びてください。負けそうになったら逃げてでも」

微笑を浮かべて、リュディは告げた。ミラは目を丸くし、次いで渋面をつくる。

「私があいつと相打ちになれば、あなたはティグルを一人占めできるじゃない」

「そうなったら、ティグルはあなたのことを忘れないでしょうね」

間髪を容れず、リュディは鋭い指摘を返してきた。床に座り直して、肩をすくめる。

「それに、生きているあなたとなら、張りあったり、言葉をかわしたりしてぶつかりあうこともできますけど、死んでしまったらそんなことはできません。それはいやです。私は三人での生活をけっこう楽しみにしているんですよ」

その理由は、ミラにはすぐに思いあたった。

「何が起きるかわからないから？」

今度はリュディが驚く番だった。色の異なる瞳に疑問をにじませて、率直に尋ねる。

「どうしてわかったんですか？」

照れくささをごまかすために、ミラはことさら意地の悪い笑みを浮かべた。

「ティグルと結ばれたあとの生活を、私は何度も想像したことがあるの」

そうなったら、きっと両親のような生活になるのだろうと、ミラは思う。間違いなく幸せだろう。新たな発見もたくさんあるはずだ。だが、自分にもティグルにも、我が身をなげうってでも守るべきものがあり、どうしてもとれる行動は決まってしまう。

しかし、リュディをまじえた三人の生活は、何度か考えてみたものの、まるで想像がつかなかった。そうなると、不安と緊張に加えて、生来の強気な姿勢が湧きあがってくる。

そこまで説明してから、ミラはリュディに聞いた。

「あなたもそうじゃない？」

はたして、リュディはうなずいた。

「小さいころに、ティグルと遊んでいた日々を思いだします。あのころは、次は何を教えてくれるんだろう、どこへ連れていってくれるんだろうと毎日、心を弾ませていました」

「私もそうだったわ」

約四年前、ティグルがオルミュッツに滞在していたころを思いだす。ブリューヌ人の少年はミラの気を引こうとして、いろいろな話をしたり、ものを見せたりしてくれた。いつしかミラは、ティグルが今度は何をしてくれるのか、楽しみに待つようになった。

「わかったわ。約束はできないけれど、生き延びるように努力する」

「お姉さんとの約束ですよ。破ったら承知しませんから」

「同い年でしょう、私とあなたは」

「たった数ヵ月でも、私の方が長く生きてますからね」

　当然のように答えるリュディに、ミラは肩をすくめる。このやりとりにも慣れてきた。

「ティグルにも同じ約束をさせるべきね。彼の部屋に行きましょうか」

「いま行ってもいませんよ」

　リュディは首を横に振り、真剣な表情になって続ける。

「フィルマン伯爵に仕える従者から聞いたのですが、ティル＝ナ＝ファの信徒がひとり捕まったので、その尋問に立ち会っているそうです」

「伯爵を襲った連中ね」

　ミラは不快そうに顔をしかめた。ティル＝ナ＝ファの信徒たちは、このアルテシウムを中心とするルテティアの地で暗躍していた危険な集団だ。ドレカヴァクがこの町を襲ったとき、彼らは混乱に乗じてフィルマンを殺害しようとした。

　ガルイーニンや、ティグルの側仕え（そばづか）を務めるラフィナック、ミリッツァがいなかったら、フィルマンは命を落としていただろう。そのくわだてに失敗して彼らは逃げたのだが、捕まえたということは、町の中に潜伏していたようだ。

「ドレカヴァクと地竜の群れの襲撃で家を失ったひとたちが、神殿や広場に集まって生活しているでしょう。その信徒は、女性や子供が多いモーシア神殿に火を放とうとしていたんです。

そこを見つかって取り押さえられたとか」

憤懣やるかたないという調子でリュディは説明し、ミラも眉をひそめた。

「悪質どころの話ではないわね……。でも、どうしてティグルが立ち会ったのかしら」

むろん、ミラも気になることはある。ティル＝ナ＝ファの信徒たちはどれほどの集団で、他にどのような計画をたてて動いているのか。

だが、自分たちは明日にはこの町を去って、ヴォージュ山脈へ向かう。尋問はフィルマンに任せて、気になったことだけをあとから聞けばよいのではないか。

——あとでティグルに訊いてみようかしら。

そんなことを考えていると、リュディがミラの後ろへ戻って、再び背中を合わせる。

「あなたのラヴィアスにお願いして、もう少し温かくしてもらうことはできませんか？」

「お姉さんでしょ、我慢しなさい」

ミラはそっけなくあしらった。


フィルマン伯爵の屋敷は、かつてアルテシウムに暮らしていた大商人の邸宅に最低限の改装をほどこしたものだ。その商人は、ガヌロン公爵が妾腹の王子バシュラルとともに叛乱を起こした際、持てるかぎりのものを持って逃げだした。そうして長らく無人の館となっていたものに伯爵が手を加えたというわけである。

　この屋敷の地下には倉庫があるのだが、伯爵はそこを牢獄として使っていた。罪を犯した貴人や、公にできない罪人を一時的に閉じこめていたのだ。

　いま、牢獄のひとつに四人の男女がいた。伯爵の従者であり、罪人の取り調べを任された中年の男と、ティグルヴルムド＝ヴォルン、ティグルの側仕えを務めるラフィナック、そしてティル＝ナ＝ファの神官だという若い娘だ。娘の名はステイシーというらしい。

　ステイシーは粗末な麻の服を着て、椅子に座っている。とっさに暴れられないよう、左脚を椅子の脚に縄で縛りつけられていた。伯爵の従者は、テーブルを挟んで彼女と向かいあっている。ティグルとラフィナックは彼の後ろに立って、尋問を聞いていた。

　もともと、ティグルは尋問に立ち会うつもりなどなかった。神殿に火を放とうとした、それも女性や子供が大勢いるところを狙ったとなれば、アルサスでも死罪だ。減刑の余地はない。何より、彼女たちのために、ラフィナックたちは命を落としかけたのである。どのような事情があろうと許すことはできなかった。

　考えを変えてこの部屋に足を運んだのは、彼女たちが女神の降臨について語っていたと、ラフィナックから聞いたからだ。もしかしたら有力な情報を得られるかもしれない。

　ステイシーは、普段は大地母神モーシアの神官として生活し、ティル＝ナ＝ファの信徒であることを隠していたという。『一角獣士隊』にも関わっており、彼らが壊滅したあとは残党を率いてアルテシウムに潜んでいたということだった。

尋問者が拍子抜けするほどにステイシーは素直で、問われたことには何でも答えた。

自分に指示を与えていた者についても、隠さなかった。長い黒髪を持つ美しい女性で、メリュジーヌというらしい。

ティグルは引っかかりを覚えて、口を挟んだ。

「その女性について、もう少し詳しく聞かせてくれ」

ステイシーは訝しげな顔でティグルを見たが、拒絶はしなかった。メリュジーヌにはじめて出会ったときのことや、彼女の考えに感銘を受けたことなどを、楽しそうに話す。

「メリュジーヌ様は、こうおっしゃったんです。ティル＝ナ＝ファが降臨すれば、人々はあまねく安らぎを得られると」

伯爵の従者が呆れと嫌悪感を露わにし、つきあいきれないという顔になる。だが、ティグルは内心の緊張を隠して気を引き締めた。

――ラフィナックが言っていたのはこれか。

伯爵の従者に申し訳ないと思いながらも、ティグルはステイシーに質問をぶつける。

「ティル＝ナ＝ファは夜と闇と死を司る女神だ。安らぎを与えるとは思いにくいが、メリュジーヌとやらはおまえにどのような説明をした？」

「この世界をつくりかえる。飢えも、病も、戦も、苦しみもない世界をつくると」

胸に手をあてて、決まりきっていることを告げるかのような表情で、彼女は答えた。

このとき、ティグルは確信を得た。

メリュジーヌは、ズメイだ。長い黒髪などの外見上の特徴も一致する。

かつて、ズメイはティグルに目的を問われて、答えた。「決して逃れられぬ死を」と。

──つまり、安らぎというのは……。

ティグルは苦さと憐(あわ)れみを含んだ複雑な表情でステイシーを見つめる。さらに情報を引きだす必要性を感じながら、一方で、数日中には処刑されるだろう彼女と言葉をかわし続けることにためらいを覚えた。

「──すみません」

そのとき、ラフィナックがことさらに申し訳なさそうな声で、伯爵の従者に頭を下げた。

「ちょっと、この罪人と話したいことがありまして、席を外していただけませんか」

伯爵の従者は顔をしかめたものの、渋ることはせず立ちあがる。

「あなたがたは閣下の命の恩人であり、町の恩人ですからな。少しの間だけなら……」

彼が部屋を出たあと、ラフィナックはティグルに目配(めくば)せをした。気遣(きづか)いを無にはできない。

ティグルは彼にうなずき返して、椅子に腰を下ろした。

ズメイにとって、ステイシーが使い捨ての駒だったことは間違いない。だが、三百人を超えるティル＝ナ＝ファの信徒たちの統率役を命じられ、一角獣士隊についても任されるなど、他の者より使えると考えられていたのはたしかだ。

「どうしてメリュジーヌに協力した？」

ステイシーは不思議そうな顔でティグルを見つめたあと、柔和な笑みを浮かべた。

「さきほども思いましたが、あなたは私の話を信じているのですね」

ティグルがうなずくと、ステイシーは両手を胸にあてる。

「女神が降臨するというのです。そのために力を尽くすのは、信徒として当たり前のこと。私は死ぬでしょうが、満足しています。おおいなることを為した上での死なのですから」

「安らぎというのが、すべての者を死なせることだとしたら？」

ステイシーは反論してくるかと思ったが、予想に反して彼女は何も言わなかった。それどころか、理解者を見つけたような笑みを浮かべる。ティグルは内心で唸った。彼女はズメイの考えを漠然と感じていながら、それでも積極的に従ったのだ。

「すべての信徒が死ぬことを望んでいるとは思えない」

ティル＝ナ＝ファの信徒でも、ティグルが出会ったドミニクはそうだった。彼女なら、より説得力のある言葉をステイシーにかけられただろうか。ドミニクのことを思いだして、微量の感傷に襲われる。彼女を死なせたことは苦く、つらい記憶だった。

「信徒ではないあなたに、何がわかるというのですか」

ステイシーの言葉に、ティグルは直接的な反論はせず、祈りの言葉を唱えた。

「夜は昼と分かちがたく、闇は光と分かちがたく、死は生と分かちがたく……」

彼女が目を丸くする。一拍の間を置いて、ステイシーはたどたどしく祈りの言葉を紡いだ。

「すなわち、天と地の間にいる者たちに、ひとしく必要なものなり……。其は味方。其は敵。其は力。我らに慈雨と試練を与えたまえ……」

「夜と闇と死が我らの安らぎとなる日まで」

最後の一節をティグルがつぶやいたとき、ステイシーは顔を青ざめさせていた。

「まさか、あなたも信徒……？」

「知りあいに信徒がいたというだけだ。祈りの言葉も、そのひとから教わった」

そう答えてから、ティグルはあらためてステイシーを見据える。

「俺は、わざわざ死を与えてもらおうとは思わない。理不尽な死を強いられることがあるのはわかっているが、生も死もできるかぎり自分で選びとりたい」

微笑を絶やさなかったステイシーの表情に、かすかな変化が現れた。それは怒りであり、嫉妬であり、羨望のようだった。拗ねるように、彼女は口調まで変えて吐き捨てる。

「あなたは強いから、そんなことが言えるのよ」

「強いからじゃないよ」

ティグルはゆっくりと首を横に振った。

――どんなに優れた狩人でも、明日、何を狩るかはわからないんだ。

期待していた通りの獲物を仕留めることができるかもしれない。予想外の大物に遭遇するかもしれない。小物で妥協することもあるだろうし、空振りに終わる可能性だってある。それは狩りにかぎったことではない。明日、何もいいことがないかもしれない。いやなことばかり起きるかもしれない。

でも、明後日はそうとはかぎらない。五日後、十日後、一年後、十年後はわからない。だから、自分は生きたいのだ。未来に希望を持って歩き続けたい。夢をかなえたい。

「あなたは」と、不安と恐怖を両眼にちらつかせて、ステイシーが尋ねる。

「女神の降臨を止めようというの……？」

ティグルは何も言わなかった。さきほどの言葉が答えだからだ。ステイシーは唇を噛み、それから虚勢の笑みを浮かべる。

「降臨の儀式がどこで行われるのか、知らないでしょう」

「神殿だろう」

突き放すように言って、ティグルはステイシーを観察した。彼女の顔に動揺がにじむ。

――俺がティル＝ナ＝ファに会うときは、常に神殿のような建物の中だったからな。

それに加えて、重要な儀式を行うならば、それにふさわしい場所を選ぶだろうという考えからの返答だったが、正しかったようだ。問題は、どこにある神殿なのかということだが、新たな問いかけを考えていると、ステイシーが口を開いた。

「東の山々の中に、とても古い時代の神殿があると、メリュジーヌ様がおっしゃっていたわ」

　これにはティグルだけでなく、ラフィナックも目を瞠る。どうして教えてくれるのかと、疑問を視線でぶつけた。それとも、虚言を弄してこちらを騙そうというのか。

　ステイシーは晴れやかな微笑を浮かべた。

「メリュジーヌ様はこうもおっしゃっていたの。冬の終わりの月のない夜に、世界は安らぎに包まれると。——ところで、星を見るのは好き？」

「……嫌いじゃないが」

　彼女の意図がわからず、ティグルは慎重に応じる。ステイシーの笑みが、昏さを帯びた。

「昨日の夜、春告星を見たの。ずっと待ち望んで、やっと見えた」

　冬の終わりごろに、南の空に現れる星だ。春告星が見えるようになったら十数日ほどで春が来ると、昔からいわれている。

　ティグルは愕然とした。昨日か一昨日、満月を見上げた記憶がある。月のない夜というのが朔を示すのだとすれば、十数日後にティル＝ナ＝ファが降臨するということではないか。春告星のことを聞くまで、そのことに思い至らなかった自分のうかつさに歯噛みする。

　小さいころからアルサスの野山を駆けまわっていたティグルは、基本的に風景から季節の変化を感じとっていた。草の伸び具合、花の色、木々が地上に落とす影の形、獣や魚の動きなどから、季節の移ろいの気配をつかんでいたのだ。

だが、この冬は変化がなかった。アルサスをはじめ、大地はどこまでも枯れ果てており、獣も魚もろくにとれなかった。そのことが、季節の進みについての感覚を鈍らせていた。

「女神の降臨を止めることなどできるはずがないわ」

できるものならやってみろと、その視線が語っている。ステイシーの言葉は本心であると同時に、ティグルへの挑戦でもあった。

彼女がおかしな行動をしないか警戒していたラフィナックを視線で促し、ティグルたちは部屋をあとにする。外で待っていた伯爵の従者に礼を言って、歩きだした。

「あの女の言葉を信じるんですか?」

否定を期待するような口調のラフィナックに、ティグルは憮然(ぶぜん)として答える。

「信じないとしても、俺たちはヴォージュに行くしかない。他にあてがないからな」

それに、でたらめとは言いきれない。ズメイがこのことを予期してステイシーに偽りを吹きこんでいたとは考えにくいし、ヴォージュ山脈は、魔弾の王ともティル=ナ=ファとも関わりが深いシャルルの生まれ育った地だ。だからこそティグルも向かおうとしていたのである。

——降臨の儀式がヴォージュ山脈で行われるとしたら……。

一階へ続く階段に向かいながら、ティグルは厳しい表情でラフィナックに尋ねる。

「ここからヴォージュのふもとまで、何日で行けると思う?」

「急いで馬を走らせても十二、三日はかかるでしょうな。無理に縮めようとしたら、馬か私たちのどちらかが途中で疲れきって、使いものにならなくなります」

渋面をつくって、ラフィナックは続けた。

「さらに申しあげるなら、もう日は暮れていますから、出発は夜明けになります」

一刻を争う状況であることは、彼もわかっている。だが、いまから町を出れば、待っているのは濃くなっていく闇と、厳しくなっていく寒さだ。体力も気力も大きく削られる。旅のどこかで、その消耗は必ず響いてくるだろう。

「どうでしょう。ミリッツァ殿にお願いして、様子を見てきてもらうというのは」

ラフィナックが控えめに意見を述べた。ミリッツァの竜具エザンディスには、遠く離れた空間へ一瞬で跳躍できる力がある。だが、ティグルは首を横に振った。

「だめだ。もしもヴォージュにズメイがいたら、彼女を危険に晒すことになる。第一、ミリッツァには王都に行ってもらうことになっているだろう」

階段をあがって一階に出る。そのとき、ティグルたちを見つけてひとりの娘が小走りに駆けてきた。ちょうどいま話題に出ていたミリッツァだ。

「ティグルヴルムド卿、ラフィナック殿、ここにいたんですか。さがしましたよ」

ミリッツァは旅装姿で、竜具である大鎌のエザンディスを肩に担いでいる。

彼女はティグルたちといっしょにヴォージュへ向かうつもりだったが、昨夜になって予定を変えた。竜具の力で跳躍して、王都ニースへ行くことにしたのだ。

ソフィーと行動をともにしていたミリッツァが単独でここへ来たのは、ジスタートの南方国境で奇妙な動きを見せるムオジネル軍に対処するためだ。ジスタートとブリューヌが力を合わせてムオジネルと戦うべきだとソフィーは考え、彼女を派遣したのである。

「もう発つのか？」

「ええ。ゆっくり休ませてもらいましたし、書簡もいただいたので」

王都に詳しい状況を知らせるため、ティグルはレギンに、リュディは母のグラシアに宛てて書簡をしたためた。

ティグルの書簡は、レギンへの気遣いを兼ねた挨拶からはじまり、ミラやミリッツァから聞いたジスタートの現状と、この凶作の原因が神の降臨によるものである旨が綴られ、ミリッツァを助けてあげてほしいという懇願で締めくくられている。リュディの書簡には、ルテティアでの出来事と、これからどのように動くつもりなのかが書かれていた。

「いまから動けば、明日の朝にはニースに着けるかと思います」

ミリッツァは一気に王都へ跳躍するのではなく、一定の距離での跳躍を繰り返して向かうつもりのようだった。その方が目的地を正確に目指せるのだという。

「たったいま、わかったことがあるんだが、これも付け加えてくれないか。――ティル＝ナ＝ファを降臨させる儀式は、ヴォージュ山脈で行われる可能性がある。いまから十数日後だ」

ミリッツァが呆気にとられた顔でその場に立ちつくす。よろめきかけた彼女を、ティグルはとっさに優しく支えた。我に返ったミリッツァは、大きく息を吐く。

「間に合うんですか……？」

「できるかぎり急ぐとしか言えない」

ティグルの言葉に、ミリッツァは呆れたような声をあげた。

「必ず伝えますが、そんな話を聞かされると、同行できないのはやはり残念ですね」

「ミリッツァの力をあてにして、あちらこちらへ行ってもらって悪いが、よろしく頼む」

「お気になさらず。借りをつくるつもりが、貸しができましたから」

ゆったりとした袖で口元を隠して、ミリッツァは微笑を浮かべた。

ティグルとしては、彼女の要望をレギンに伝える以上、貸し借りはなしだと主張してもいいのだが、借りということにしてもいいかという気持ちになった。実のところ、彼女にはミラとの逢瀬を邪魔されてばかりなのだが、許す気になる不思議な愛敬がある。

「気楽に返せるような貸しにしておいてくれ」

「ぎりぎりを考えておきます。そういえば――」

何かを思いだしたのか、ミリッツァは話題を変えた。

「おかしなことを聞きますけど、ティグルヴルムド卿は、王様になりたいと思ったことは？」

「ずいぶん唐突だな」

ティグルだけでなく、隣に立つラフィナックも訝しげな顔になる。

「質問の意味がさっぱりですが、誰かが、若が王様になるとでも言ったんですか？」

「いえ」と、ミリッツァは首を横に振った。

「昨夜、おかしな夢を見たんです」

　当惑する二人に、ミリッツァは夢の内容を語って聞かせる。

「場所は王都シレジアの王宮でした。ティグルヴルムド卿は王冠をかぶり、豪奢なローブを羽織って、玉座に腰を下ろしていたんです。そばには、わたしを除く六人の戦姫がいました。わたしだけはティグルヴルムド卿の正面に立って、こんな質問をするんです。『わたしは陛下に抱かれなければならないのでしょうか』と」

　二人の顔を彩る困惑が、その度合いを増した。おそるおそるティグルは尋ねる。

「陛下って……？」

「たぶん、ティグルヴルムド卿のことかと」

　不自然な沈黙が三人を包む。十を数えるほどの時間が過ぎたあと、ティグルは遠い異国の冗句を聞かされたような顔でミリッツァを見つめた。

「いったい何をどうしたら、ブリューヌ人の俺がジスタートの王になるんだ……？」

「そう言われても、夢ですからね」

　ミリッツァが首をかしげる。ラフィナックがため息まじりに聞いた。

「たしかに、これ以上ないほどおかしな夢ですが、何か気になることでも？」

　すると、ミリッツァはいつになく真剣な顔で答える。

「驚くほど現実感があったんです。乾いた空気も、絨毯を踏む靴の感触も、軍衣の手触りも、竜具の重みも、みなさんの表情も。みなさんの年齢や服装は違うものでしたが、夢にありがちな曖昧さやいい加減さは微塵もありませんでした。ティル＝ナ＝ファの夢と同じぐらいに」

　ティグルは眉をひそめた。よくできた夢だったと言いたいわけではなさそうだ。はたしてミリッツァは、かすかな緊張を帯びた声で続けた。

「目を覚ましたあと、わたしはしばらくぼうっとしていたんですが、ふと思いだしたんです。ティグルヴルムド卿が、ドレカヴァクという魔物と戦ったときに、異なる現実を見せられたという話をしていたことを」

「あのことか……」

　ティグルの表情が苦いものになる。魔物との戦いの中で、ティグルは奇妙な体験をした。

　ここではない現実の自分というものを、見せられたのだ。

　異なる現実の自分は、故郷を焼かれ、破壊され、多くの愛する者を殺されて、復讐を誓っていた。憎悪の炎に身を焦がし、黒弓を握りしめ、高くそびえる崖の上から王都ニースに狙いを定めた。矢を射放った瞬間、世界はまばゆい光に包まれた。

　臓腑を焼く怒りも、黒弓の感触も異様に生々しかった。魔物の言葉は嘘ではなく、悲劇に塗り固められた道を歩むことを強いられたら、おそらくこうなるのだろうと思わされた。

「ミリッツァの言いたいことはわかったが……」

忌まわしい記憶を振り払って、ティグルは苦笑を浮かべる。

「最初の質問に答えると、俺は王様になりたいなんて思ったことはないよ。ついでに言うと、俺にはもう大切なものが二人もいる。君は頼もしい戦友で、ミラの妹分だ」

ミリッツァは軽い驚きを覚えたようで、わずかに目を見開いてティグルを見上げる。それから微笑を浮かべて、小さく頭を下げた。

「ありがとうございます、ティグルヴルムド卿。いろいろと安心しました」

いろいろという単語の中に、複数の感情が複雑に詰めこまれている。エザンディスを肩に担ぎ直して、ミリッツァはくすりと笑った。

「それでは、戻ってこられるかどうかわからないので、またいずれ。リュドミラ姉様を悲しませないためにも、無謀な真似は避けてくださいね」

「おたがいにな」

ティグルの言葉にうなずくと、ミリッツァは大きく一歩下がる。エザンディスが淡い紫色の光をまとうと、彼女の周囲の空間が歪み、ねじれて、大きく揺らいだ。

「——虚空回廊（ヴォルドール）」

次の瞬間、ミリッツァの姿が消え去る。

たったいままで彼女がいた空間を見つめていたラフィナックが、ぽつりとつぶやく。

「ここではない現実の自分、ですか……」

想像を巡らすように、彼は視線を虚空にさまよわせていたが、やがて肩をすくめた。

「どんな現実でも、私は若の側仕えを務めているんじゃないかという気がしますね」

「どうかな。バートランが元気だったら、留守番を命じられているんじゃないか」

からかうようにティグルが笑うと、ラフィナックは、「ありえますな」と同意を示す。バートランはティグルの父ウルスの側仕えで、ティグルは幼いころから可愛がられていた。

そうして歩きだしたティグルは、あることに気がついた。

ステイシーとのやりとりで抱いた暗いわだかまりが、消え去っている。ミリッツァが見た、奇妙に現実感の強い夢は、おもわぬ気晴らしになったようだった。

──強いな、ミリッツァは。

十数日後にすべてがなくなるかもしれないと聞かされながら、普段通りに振る舞っていた。その先があることを疑っていないかのように。

そのとき、廊下の奥から初老の男が歩いてきた。ガルイーニンだ。

「お二人とも、ここにいらっしゃいましたか。リュドミラ様たちがさがしておりましたよ」

「わかりました。ガルイーニン卿も来てください。聞いてほしい話があります」

いまは目の前の現実を、よいものにしなければならない。

三人は連れだって、ミラの部屋へと歩いていった。

†

窓から見える冬の空は、今朝も灰色の雲に覆われている。

陰鬱(いんうつ)な風景を横目に、グラシア＝ベルジュラックは憮然とした顔で執務机の前に座った。

ベルジュラック公爵家で生まれ育ち、公爵家を支える者として必要な知識と教養を身につけてきた彼女は、気品のある美しい顔だちからは想像できないほどに気丈な性格の持ち主だ。今年の春に夫であるラシュローを失ったときも、彼女は普段通りに振る舞った。

だが、そのようなグラシアでも、今日も深刻な報告ばかりを聞かされるのだろうと思うと、気力を奮い起こすのは容易ではなかった。

現在のブリューヌは、すさまじい凶作による食糧危機に直面している。

作物も果物もまるで実らず、畑という畑が荒れ地と化した。ごくわずかにとれたものもひどく小さかったり、変色していたりした。森や山に入っても、川に潜っても何もとれない。死の帳が大地を覆ったかのようだった。

この惨状はブリューヌにのみ起きたわけではない。ジスタート王国、アスヴァール王国、ザクスタン王国、ムオジネル王国も、同じく途方もない凶作に見舞われている。各国はそれぞれ食糧の確保に奔走しているが、どの国も安心できるほどの成果を得ていないのが現状だ。

統治者であるレギンは、文字通り寝る間も惜しんで情報収集に勤しみ、有力者や諸侯らと会議を行って、さまざまな手を打ってきたのだが、過労がたたって二日前に倒れた。

王国の柱であるレギンを失えば、ブリューヌは今度こそ瓦解する。

官僚たちは青ざめ、最近、レギンによって宰相に任じられたノルベールという男が、グラシアに政務を代行してくれるよう頼みこんだ。本来、このような場合は宰相である彼が政務を代行するものだが、自分では経験が不足していると判断したのだ。

「わかりました。殿下が回復されるまでの間、微力を尽くしましょう」

グラシアはそう言って仕方なく引き受けたのだが、初日で後悔した。能力も経験も充分な彼女でさえ、現在のブリューヌを取り巻く状況はうんざりするものだったのだ。

届く知らせに朗報らしいものはひとつもなく、金銭と人手は見る見る減っていく。ブリューヌ全土からあがっている悲鳴と怨嗟の声に向きあい続けると、精神的な消耗が尋常ではない。

「殿下をお支えする者として、その重圧と苦痛はわかっていたつもりだったけれど、まさにつもりでしかなかったわ」

自嘲したあと、グラシアは可能なかぎりレギンの考えに沿った形で、政務に取り組んだ。若い王女が奮闘し続けてきたのに、自分が一日や二日で音をあげるわけにはいかない。

――それに、ファーロン陛下にくらべれば楽な方ね。

ファーロン王は政務を行うにあたって、テナルディエ公爵とガヌロン公爵という二人の大貴族の存在を無視できなかった。また、彼らの非道をあらためさせることもできなかった。それでも王としての責務を投げだすことはせず、国内の安定を保つことに心を砕いた。

いま、ガヌロンはおらず、テナルディエはレギンに対していくらか協力的でさえある。目の前の事態に集中できるのはありがたかった。

――あなたが生きていてくれればね……。

先の内乱で命を落とした夫ラシュローの顔を、ふと思い浮かべる。ナヴァール騎士団の団長を務めたこともある彼がいれば、グラシアとレギンの負担はかなり軽減されただろう。グラシアにとっては、そこにいて話を聞いてさえくれれば、それだけでも充分だった。

扉が外から叩かれ、宰相であるノルベールの声が聞こえた。入るように呼びかけると、痩せ気味の身体を官服に包んだ初老の男が姿を見せる。手には書類の束を抱えていた。

いくらか皮肉な視線を、グラシアはノルベールに投げかける。ガヌロンの叛乱によって多くの官僚が命を落とさなければ、この男が宰相になることはなかっただろう。なったとしても、十年以上先のことだったに違いない。

「殿下のご様子は、いかがでしょうか」

ノルベールは一礼すると、まずレギンの容態について聞いてきた。

「今朝になって、ようやくお休みになったわ。昨夜までは、心が落ち着かずにほとんど眠れなかったようで。ジャンヌ殿がそばについているので、だいじょうぶでしょう」

ジャンヌはレギンの護衛で、王女がもっとも信頼している者のひとりである。グラシアの説明に、ノルベールは安堵の息をついた。

「それでは、さっそくですが、いくつか報告させていただきます」

かつてのノルベールは穏和な笑みを絶やさない男だったが、宰相になってからは謹厳な顔つきでいることが多くなった。いまもそうだ。状況が彼を育てつつある。

「食糧の確保についてですが、依然として厳しい状況です。山や森では獣という獣、鳥という鳥が狩りつくされ、民は家畜の餌や木の根、樹皮をかじるありさまであると。沿岸部でも、小魚や海藻をとれるだけとってしまう者たちが後を絶たないとか」

グラシアは苦い顔になった。採りつくし、狩りつくせば山野の恵みは絶え、あとには獣の寄りつかない禿山と荒野が残るのみだ。海も同様である。すぐに止めなければならない。

――とはいえ、そうしなければならないほど民は追い詰められている……。

食糧を手に入れたという知らせがもたらされないかぎり、自分やレギンがどのような布告を出そうと効果は期待できないだろう。

どこか一国でも豊作に恵まれていれば、足下を見られようとも余剰の食糧を買いつけるところだが、どの国にも余裕がない。それどころか、食糧を巡って戦が起きかねない状況だ。

すぐには案が浮かばず、グラシアは次の報告を促す。ノルベールはうなずいた。

「城壁を守る門衛たちからの報告です。秋の半ばごろから、このニースを訪れる者があきらかに増えている、その多くは近隣の村や集落の者であると」

「食糧や仕事を求めてニースに来たのね」

グラシアの言葉に、ノルベールは驚きを露わにする。

「ご推察の通りです。ですが、いまのニースには彼らを受けいれる余裕がありません。あと十数日も過ぎれば、市街の治安は悪化するでしょう」

「村や集落に帰っても飢えるだけとわかっているなら、王都にしがみつくでしょうね」

困窮し、追い詰められれば、道を踏み外す者も現れるに違いない。

打つべき手を口にしようとして、グラシアは憮然とした。ためらったのではない。レギンの反応を想像して、胸を痛めたのだ。

一呼吸分の間を置いて、グラシアは冷然と告げた。

「行商人や旅の神官などを例外として、ニースにひとを入れないよう、城壁を守る門衛たちに命じます。併せて、市街の警備の強化を……」

王都の繁栄は、あらゆる者と物を受けいれることで成り立つ。グラシアはそのことをわかっていた。あらゆる物があると信じるからこそ、あらゆる者が王都の門をくぐるのだ。

だが、グラシアは、まず城壁の内側にいる者たちを守らなければならなかった。

「併せて、各地の諸侯や騎士団に使いの者を出すように。これは、ニースでのみ起きていることではないでしょうから」

国内の各地にある大きな都市や町でも、同様の事態が発生している可能性は大きい。どこかの都市が、仕事や食糧を求める者たちを受けいれたら、それが噂となって広まり、多くのひとが押し寄せる恐れが出てくる。

「かしこまりました」

うやうやしく一礼するノルベールに、たいしたことはないという態度を保って、グラシアは次の報告について尋ねる。初老の宰相は厳しい表情で口を開いた。

「西部と東部に、それぞれ野盗の大きな集団が現れたとのことです。少数の野盗に、王家や諸侯に不満を抱いた民が合流してふくれあがり、村や町を襲うようになっているとか」

「ルテティアを荒らしまわった一角獣士隊に似ているわね」

「まさに、彼らの噂を聞きつけて、模倣したものかと」

ノルベールは苦々しい顔で嘆息した。

「でも、一角獣士隊は討伐されたでしょう」

そう言ってから、グラシアは頭を振った。北部の情報が西部や東部に届くまでには時間がかかる。ノルベールは報告を続けた。

「西部や東部の諸侯らはまとまりを欠き、兵たちは、賊の大半が同じ民であることから、戦意を失っているそうです。騎士団も、諸侯らと意見が衝突して思うように動けずにいると」

「南部はどうなの？」

「同じような集団が現れたそうですが、テナルディエ公の軍勢に鎮圧されています」

「さすがテナルディエ公は頼もしいわね」

皮肉まじりの賞賛をつぶやいてから、グラシアは娘のリュディと、その恋人であるティグルのことを思った。二人に東部と西部のことを任せてしまえたら、ずいぶん楽になるだろう。もちろん、そんなわけにはいかないので、有力な諸侯や騎士団を統率役に決める。

そうして国内のことをかたづけると、国外のことに話は移った。

「南東の国境からムオジネル軍が、西の国境からアスヴァール軍とザクスタン軍がそれぞれ攻めこんできたので、撃退したという報告が届きました。敵の数はいずれも五十人から百人足らずということです」

グラシアは眉をひそめた。ブリューヌにある食糧を求めて、他国が軍を進めてくるかもしれないと考えたことはある。しかし、それにしては軍の規模が小さい。

「彼らがなぜ攻めこんできたのかは、わかる？」

「敵を迎え撃ったそれぞれの騎士団は、我が国の食糧と燃料を奪うために国境を越えてきたのではないかと推測しています」

ノルベールの表情と口調から、他にも言いたいことがあるらしいと、グラシアは察した。

「あなたの見解は？」

「騎士団の推測を否定するつもりはありませんが、他に二つの可能性が考えられます。おたがいに国境近くを巡回していて偶然にも遭遇してしまい、退くことができなかったというのがひとつ。もうひとつは、我が国の騎士が他国に足を踏みいれて、撃退された」

感心したという顔で、グラシアはノルベールを見た。

「こう言っては失礼だけど、意外な掘り出しものかもしれないわね」

誰だって自国の民を疑いたくはない。このような状況なら、なおさらだ。だが、ノルベールはその可能性について考え、意見を述べてみせた。レギンの代行たるグラシアに対して。この姿勢をレギンにも貫くことができれば、よい宰相になるかもしれない。

グラシアの言葉の意味がわからずに、ノルベールが首をかしげる。グラシアは苦笑すると、真面目な表情になって話を戻した。

「国境を守る者たちも、食糧と燃料が足りないことに不安を感じているでしょうね。他国から奪おうと考える者が現れても不思議ではない。それに、城砦の近くにある村や集落から助けを求められることだってありえる」

ノルベールがうなずくのを確認してから、グラシアは続ける。

「国境を守る騎士や兵たちには、必要以上の戦いを避けるように伝えなさい。同時に、それぞれの国へ使者を出して、話しあいの場を設けたいと」

「争いの原因を突き止めることより、ひとまず戦いをやめさせることを優先するわけですね」

「曖昧なままで終わらせるつもりはないけど、調べるのには時間がかかるでしょう」

少数での軍のぶつかりあいならば、統治者の命令ではなく、騎士や兵の独断ということもあり得る。それは、他国でも同じだろう。そこに話しあう余地があるはずだった。

「そういえば……」

次の報告に移ろうとしていたノルベールが、何かを思いだしたように手を止める。

「つかぬことをお伺いしますが、公爵夫人はキュレネーという国をご存じでしょうか」

「ええ。南の海を渡った先にある王国でしょう」

ただの脱線ではなさそうだと思いつつ、こともなげにグラシアは答えた。

キュレネーは、南の海を渡った先にある王国だ。ブリューヌ人のような白い肌を持つ者もいれば、ムオジネル人のような褐色の肌を持つ者もいる。蛇神を信仰するなど、ブリューヌとはまったく異なる文化を築いており、長きにわたって国交がない国だった。

だが、レギンはこのキュレネーやイフリキアといった南の国々との交流を考えており、グラシアも簡単にではあるが、これらの国々について調べていた。

「これはあくまで噂ですが……」

慎重に前置きをして、ノルベールは続ける。

「キュレネーは今年、豊作に恵まれ、食糧が豊富にあるそうです」

グラシアは何度か瞬きをした。驚いたというよりも、当惑したのだ。

「どこでそのような噂を?」

「王宮に出入りしている御用商人からです。殿下がイフリキアやキュレネーとの交流を考えておられるとうかがってから、どのような情報でも集めるように頼んでいましたので」

「しかし、以前に聞いた話では、我が国ほどではないにせよ、キュレネーも不作だったと」

顔をしかめるグラシアに、ノルベールはうなずいた。

「ですから、噂であると申しあげました。この話が事実かどうか、私にもわかりません。たしかめようにも、冬の時期に南の海を渡ることは不可能といってよいので」

「沿岸伝いに船を進ませるのは難しいかしら。以前、ムオジネルがそうやって冬に船団を動かしたと聞いたことがあるわ」

「我々では、そのムオジネルに妨害されるでしょう」と、ノルベールは首を横に振った。

「それに、日数がかかるので充分な食糧と燃料が必要になります」

グラシアは執務机に視線を落として、しばし考えこむ。近隣諸国の出来事でさえ、誤った情報が入りこんでくることは珍しくない。海の向こうの国ならなおさらだろう。だから、キュレネーが豊作である可能性はある。

——近隣諸国が、遠方の国に食糧を求めているという話は耳にしていたけど……。

ジスタートは遠い東の国ヤーファに、アスヴァールやザクスタンは南西にあるカル＝ハダシュトという国に、それぞれ使者を派遣しているという。

ブリューヌが彼らを模倣しようにも、ヤーファと交流するにはジスタートを経由する必要があり、カル＝ハダシュトに使者を出そうとすれば、アスヴァールを通過しなければならない。

そのため、グラシアは遠方の国をあてにすることをやめていた。だが、もしもキュレネーから食糧を手に入れることが可能なら、国庫に蓄えている食糧を放出することが検討できる。

「公爵夫人、噂はもうひとつあります」

ノルベールの言葉に、グラシアは考えを中断する。顔をあげると、初老の宰相が不安そうにこちらを見つめていた。どうやらこの男は、よい話と悪い話があるときには、よい話を先にするらしい。そんなことを思いながら、グラシアは話を促す。

「そのキュレネーに、我が国を攻める動きがあるそうです」

グラシアは再び驚かされた。ただし、さきほどとは異なる意味で。

「宰相殿、私は戦のことは何も知らないわ。それでも、この季節に戦を仕掛けることがどれほど無謀なのかはわかるつもりよ。しかも、海を越えてやってくるということでしょう？」

「私も馬鹿げた噂だとは思います」

ノルベールは冷静な態度を崩さずに応じる。その返答に、グラシアは気を取り直した。

「謝るわ。面倒ごとが多くて疲れているみたい」

素直に頭を下げると、ノルベールは会釈を返す。馬鹿げていようと、とりあえず伝えておくという姿勢は評価されるべきだ。まして、自分たちはキュレネーについて詳しくない。キュレネーにはキュレネーの理由や事情があって、この時期に軍を動かすかもしれないのだから。

「でも、私たちでは何もできないのも事実よ。これらの噂についてはテナルディエ公に早馬で伝えて、何かあれば対処してもらいましょう」

テナルディエ公爵はブリューヌ南部のネメタクムを領地とし、南の港町群に強い影響力を持っている。加えて、彼はレギンに命じられて、キュレネーやイフリキアへ派遣する使節団の編成に関わっていた。自分たちより多くの情報を持っているはずだ。

「承知しました」

そうしてノルベールが新たな報告に移ろうとしたとき、扉が外から叩かれる。入ってきたのはひとりの文官だった。困惑をにじませた顔で、彼はグラシアに報告する。

「ジスタート王国の戦姫ミリッツァ＝グリンカ殿が、公爵夫人にお目にかかりたいと」

グラシアはわずかに眉を動かした。

この時期にジスタートから使者が来ることは、とくにおかしくはない。ただ、その使者がミリッツァだというのが意外だった。彼女とは、内乱が終結した夏の終わりに顔を合わせたことがあるが、あまり使者に向いているようには思えなかったのだ。

ともあれ、せっかく来てくれたのだから応対しないわけにはいかない。

「わかったわ。ミリッツァ殿はいつごろニースに到着する予定かしら」

王都についたのは先触れであり、ミリッツァ本人は明日か明後日に来るのだろうと考えて、グラシアはそう聞いたのだが、文官は首を横に振った。

「いえ、戦姫殿ご自身がおいでになりました。もう客室にお通ししております」

「せっかちね。それとも先触れを出す余裕がないほど緊急の用件ということかしら」

率直な感想が、グラシアの口をつく。ミリッツァの竜具エザンディスの力を知らないのだから無理のないことだった。

グラシアは立ちあがりながら、ノルベールに笑いかける。

「ひとまず進められることを進めなさい。そのあとは休憩」

この状況がいつまで続くか、グラシアにもわからない。ノルベールのような者には、休めるときに休んでおいてもらわなければ困るのだった。


ブリューヌの若き統治者であるレギンは、王宮の最奥にある寝室にいる。寝衣を着て、ベッドに横になっていた。眠っておらず、ぼんやりと天蓋を見上げている。

「眠れませんか、殿下？」

そばに控えているジャンヌが、気遣わしげな声をかけてくる。レギンは彼女に視線を向け、気にしないようにと微笑んだ。

「だいじょうぶ。こうして横になっているだけでも、だいぶ楽ですから」

凶作への対応で、緊急の報告が続く日々を過ごしてきたからだろう、レギンの眠りはかなり不規則になっている。眠りについても、一刻や一刻半ほどで目が覚めてしまうのだ。

そして、起きている間はさまざまなことが気になり、寝つけなくなる。食糧の確保、国内の治安、諸国の動向など、考えなければならないことはいくつもあった。

「政務についてはグラシア殿に任せて、殿下はお身体を休めることだけを考えてください」

「ありがとう。ジャンヌも休んで。あまり寝ていないでしょう」

レギンの言葉に、ジャンヌは首を横に振る。

「私は殿下と違って体力がありますから」

ややわざとらしいもの言いの中に、レギンを励まそうという気持ちが見てとれる。「では好きになさい」と、レギンもあえて突き放すように応じて、二人は笑いあった。

——ジャンヌを心配させないためにも、しっかり眠らないといけないのですが……。

眠れない理由を、レギンはわかっている。考えるべきことが多いからというだけではない。先の見えない不安に押し潰されそうになるからだ。

この凶作はいつまで続くのか。実りのある春を迎えることはできるのか。

過労で倒れたのは自分だけではない。王宮に勤める官僚や、王都を守る兵の中にも、力尽きて寝こんでいる者が少なくないと聞く。ひとりが倒れれば、彼が任されていた仕事は他の者がやらざるを得なくなる。そうして負担が増していき、またひとり倒れる。その繰り返しだ。

人手も金銭も尽きたとき、もはや自分ではどうにもできなくなったとき、ブリューヌは、自分の大切な者たちはどうなるのだろうか。

――少なくとも、いまこうしてジャンヌと笑いあうことはできなくなるでしょうね。

どうすれば、この不安と戦えるだろうか。それがわかれば、いまよりはしっかり眠ることができて、政務に復帰できるだろうし、彼女たちも安心させられるはずだ。

そんなことを考えていると、扉が外から叩かれた。聞こえてきた声からグラシアが来たらしいと思って、レギンは身体を起こす。何かあったのだろうか。

応対に出たジャンヌを押しのけるようにして、寝室に二人の女性が入ってきた。ひとりはグラシアだ。もうひとりはジスタートの戦姫ミリッツァだった。

おもわぬ人物の登場に、レギンは反射的に毛布を胸元まで引きあげる。他国の重鎮に見せる姿ではない。自分の許可をとらずにグラシアが彼女を寝室に入れたことが信じられなかった。

そのグラシアは、ジャンヌの非難めいた眼差しを平然と受け流してレギンの前に立つ。手に持っている二通の書簡のうち、一通を差しだした。

「ティグルヴルムド卿から殿下への書簡です。ミリッツァ殿が持ってきてくださいました」

レギンは呆然とグラシアを見つめる。一瞬、何を言われたのかわからなかった。グラシアが笑顔で同じ言葉を繰り返したので、ようやくのろのろと手を動かして、それを受けとる。

「ティグルヴルムド卿が……？」

つぶやいてみても、まだ現実感が湧かなかった。どうして他国の人間であるミリッツァが、ティグルの書簡を持ってきたのか。

頭の中を疑問で埋めつくしながら、レギンは封を破る。無言で書簡に目を通した。

挨拶の文言はあまり丁寧とはいえないが、レギンの体調を気遣うものであり、それだけでレギンは心が温かくなるのを感じる。

挨拶のあとはティグルの最近の行動とジスタートの現状について書かれていたが、何よりもレギンを驚かせたのは、凶作の原因が女神の降臨によるものという話だった。

――女神？　ティル＝ナ＝ファ……？

女神の存在を疑うつもりは、レギンにはない。

昨年の冬から今年の夏までの戦いの中で、人智を超越した出来事はいくつも目にしてきた。腹違いの兄であったバシュラルは怪物となり、始祖シャルルは父の身体を乗っ取って地上に復活した。長く王国に仕えてきたガヌロン公爵はおぞましい魔物だった。何より、ティグルがこのようなことで自分をだますとは思えない。

何度か書簡を読み、自分が落ち着きを取り戻してきたのを自覚すると、レギンはミリッツァに視線を向けた。もはや、自分の格好について気にしている場合ではない。

「ミリッツァ殿、ティグルヴルムド卿から何か言伝（ことづて）を預かっていませんか？」

「女神を降臨させる儀式を止めるべく、ヴォージュ山脈に向かうと」

聞かれることを予想していたのだろう、ミリッツァはよどみなく答える。

その言葉を聞いたレギンは、霧に閉ざされていた視界が開けたような感覚を抱いた。自分が求めてやまなかったものを、ティグルは用意してくれたのだ。

「殿下、ティグルヴルムド卿からの書簡には何と……？」

ジャンヌが尋ねる。レギンは書簡を彼女へ差しだした。

「読んでみなさい。あなたの次は公爵夫人も」

書簡を受けとったジャンヌは、すばやく目を通す。彼女の顔に戸惑いが色濃く浮かんだ。

ジャンヌから書簡を受けとったグラシアも、無言で同様の反応を示す。二人にしてみれば、これは驚くべきというよりも、突拍子もないと表現すべきような話だった。

「神を降臨させようとたくらむ存在がいて、この凶作はその影響とは……」

グラシアが途方に暮れた顔をする。ふつうに考えれば、とうてい信じられるものではないだろう。泥酔した吟遊詩人（ミネストレーリ）の詩を聞かされたような気分に違いない。

「二人は、この話を信じられませんか？」

グラシアとジャンヌに視線を巡らせながら、レギンは落ち着いた口調で尋ねる。その態度に驚いたグラシアが、そうせずにはいられないというふうに聞き返した。

「殿下は、お信じになるのですか？」

レギンは静かにうなずくと、黙って立っているミリッツァへと視線を向ける。

「あなたも信じたから、この書簡を届けてくれたのでしょう？」

ミリッツァは少し考える様子を見せたあと、レギンを見つめて口を開いた。

「わたしたちはいくつかの出来事を経て、ティル＝ナ＝ファがこの世界に存在していることを知っています。異国の神アーケンも。そのことを公表するつもりはありませんが」

「そうでしょうね。神々が本当に存在するとなれば、どれほどの混乱が起きるか……。ましてて、神々の王ペルクナスや大地母神モーシアなどではなく、多くの人々から忌み嫌われているティル＝ナ＝ファでは、ブリューヌとジスタートは混沌の渦に包まれるだろう。

「ティグルヴルムド卿は、儀式を止められるのでしょうか？」

率直な問いかけを、レギンはミリッツァに投げかける。ミリッツァは肩をすくめた。

「そのつもりのようです。それから、可能なら女神を説得するとも言っていたような……」

ミリッツァの隣で、ジャンヌとグラシアが顔を見合わせている。レギン自身もすぐには理解が追いつかない。女神を説得するなど想像もつかないことだ。

――でも、彼はやってくれる。

レギンはそのことを知っている。八年前、狩猟祭ではじめて会ったとき、空高く飛ぶ鳥に矢など届くのだろうかと思っていたレギンの目の前で、ティグルは鳥を射落としてみせた。

自分がバシュラルに追い詰められていたときも、リュディたちとともに駆けつけてくれた。王宮でガヌロンやシャルルと対峙していたときもそうだった。

グラシアとジャンヌを見つめて、レギンは言った。

「私は、希望が見えたと思います」

「希望ですか……？」

困惑するジャンヌに、レギンはうなずく。

「不安に思っていたことがありました。この冬を耐えしのいだとして、春になっても何も変わらなかったらどうすればよいのかと。ティグルヴルムド卿が女神の降臨を阻止したとしても、その可能性がなくなるわけではないのでしょう。ですが、神の影響だけはなくなる」

碧い瞳を決意の輝きで満たし、真剣な顔でレギンは告げた。

「あたたかな春が来ることを信じて、勝負に出ます」

グラシアとジャンヌが表情をあらためる。王女は続けた。

「――公爵夫人」

たしかな決意をともなった力強い声で、レギンはグラシアに呼びかける。

「凶作に関わるすべての問題を、この冬が終わるまでの戦いと考えなさい。冬を乗りきることだけを考えて、国庫の蓄えをすべて放出してかまいません」

「かしこまりました」

「それから、アスヴァールとザクスタン、ムオジネルに使者を派遣して、一時的にでも和平を結びましょう。アスヴァールとザクスタンには、ティグルヴルムド卿が知らせてくれたことを話します。ギネヴィア王女とアトリーズ王子なら耳を傾けてくれるでしょう。ムオジネルに対しては、我々がジスタートと協力関係にあることを伝えます。それでいいですね？」

最後の確認は、ミリッツァに向けたものだ。虚影の幻姫は深く頭を下げた。彼女はようやく自分の役目を果たすことができたのだ。

「次に、再度、商人という商人にあたってみましょう。どこかから食糧を手に入れた者や、調理法次第で食べられるものを発見した者がいるかもしれません」

「そのような者がいたとして、我々に協力するでしょうか。たとえば、特定の地域での商売の独占といった、まず呑めないような条件を提示してくるのでは」

　懸念を示すジャンヌに、レギンは笑顔で言った。

「そのときは、強制的に取りあげてしまいましょう。冬を越せる分だけは残してあげて」

　やわらかな物腰からは想像できない果断な処置だが、ジャンヌもグラシアも顔色ひとつ変えずに受けとめる。レギンはどのような非難を浴びようとも、必要と判断したことをすべてやるつもりだ。ならば、止めるべきではなかった。

「最後に噂をひとつ、広めてください」

　怪訝(けげん)な顔をする二人へ、レギンは楽しそうに言葉を紡ぐ。

「春になれば平和が訪れる。私がそう言っていたと」

「なるほど……。勝負ですね」

　主の意図を悟って、グラシアは緊張に顔を強張(こわば)らせた。レギンは、民にかりそめの希望を与えることで、起こり得る暴発をおさえようとしているのだ。だが、春になっても望ましい変化が訪れなかったら、その希望は怒りの濁流に形を変えて、彼女を粉砕するであろう。

「私たちは、この冬を乗り越えなければなりません。無用の混乱を避けることができるなら、何だってしましょう」

「殿下のお考えはわかりましたが、はたして民は信じるでしょうか」

難しい顔で疑問を口にするジャンヌに、レギンは微笑を向けた。意地の悪いというより、いたずらを仕掛けた子供のような笑みだ。

「では、始祖シャルルが私の夢枕に立ったということにしましょうか」

これにはジャンヌだけでなく、グラシアとミリッツァも呆気にとられた。シャルルは、レギンにとって忌まわしい怨敵といえる存在なのに、その名を使おうというのだ。

「よろしいのですか……？」

「さんざん迷惑をかけられたのです。少しは利用させてもらいましょう」

軽やかな口調で答えるレギンに、二人のブリューヌ人は粛然（しゅくぜん）として一礼した。

†

アスヴァール島の南東に、デュリスという港町がある。

春から秋にかけては、近隣諸国の交易船がひっきりなしに訪れ、さまざまな品が運ばれてくる活気に満ちた町だ。昨年の内乱では戦場になり、町の象徴だった大灯台が失われたものの、住人らの尽力によって港町としての機能は取り戻し、大灯台も再建の途上にある。

海が荒れ、船のことごとくが船着き場で眠っているこの時期のデュリスは、静けさに包まれるのが常だ。まして、アスヴァールも他国同様、凶作に襲われている。明るい話などできる雰囲気ではない。そのはずだった。

だが、今日はひさびさに港に活気が戻っている。三隻の船が、暴風と荒波を乗り越えてこの町にたどりついたのだ。いずれも帆柱を持たぬガレー船で、食糧を運んできたのだった。

船はアスヴァールで建造されたものだが、乗っているのはアスヴァール人ではない。遠い国カル＝ハダシュトの人間だ。舳先では、大柄でたくましい身体つきをした男が、商船の証である緑色の旗を振っていた。

港には大勢の水夫が集まっている。彼らはこの町までやってきた勇敢な船乗りたちに惜しみない賞賛の声を送り、届いた食糧に歓声をあげた。

「あるところにはあるというわけか」

港の出入り口に立って、積み荷が次々に下ろされていく様子を眺めながら、ロランは感心したようにつぶやいた。『黒騎士』の異名を持つブリューヌの騎士は現在、アスヴァールの統治者であるギネヴィア王女に期限つきで仕えている。

ロランは鍛え抜かれた長身を漆黒の軍衣に包み、その上に厚地の外套を羽織っていた。大剣を革紐で吊して背負っている。

最近になって知ったことだが、ギネヴィアはアスヴァールの内乱が終わってほどなく、カル＝ハダシュトに使者を派遣して食糧を買い求めていたのだという。

むろん、凶作を予想していたわけではない。交易を行う相手を、ブリューヌやジスタートといった大きな借りのある国や、ザクスタンのように険悪な関係の国以外に広げようと考えてのことだった。ギネヴィアに言わせれば、「運がよかったわ」ということになる。

もっとも、運ばれてきた食糧はそれほど多くない。海路と陸路を経てきたからだ。

カル＝ハダシュトの船乗りたちは、彼らの国から、大陸にあるアスヴァール領の南にある港町を目指し、そこから領内を北上して、大陸とアスヴァール島の間に横たわる海峡を通り抜けてきたのである。道中で積み荷が減っていくのは当然のことだった。

――カル＝ハダシュトとやらでは凶作は起きていないという話だが、本当のようだな。

これだけの旅をして他国へ売りにくる余裕があるのだから。

ふと、ロランは視線を動かす。新たに二隻のガレー船が港に入ってきた。揺れる海面を叩くように無数の櫂を操って、船着き場へ向かってくる。

ロランは眉をひそめると、背負った大剣の柄をつかんで駆けだした。新たな二隻の動きに奇妙なものを感じたのだ。そのときには、カル＝ハダシュトの積み荷を運んでいた水夫たちも、新たな二隻の船に視線を向けている。予定にない船の登場を不審がっていた。

二隻の船は勢いを緩めず、商船にまっすぐ突っこんでくる。甲板には武器を持った多数の男たちが現れた。彼らは船乗りではない。海賊だ。

海賊船が商船に衝突する。船乗りたちの悲鳴は轟音にかき消された。あらかじめ衝撃に備えて船縁や綱をつかんでいた海賊たちは、すぐに体勢を立て直して商船に梯子（はしご）を引っかける。そうして次々に商船へ乗りこんだ。食糧を奪うつもりなのだ。

商船の甲板上は、たちまちのうちに剣戟（けんげき）の響きと血煙に包まれた。船乗りたちは懸命に応戦するが、不意を突かれたことに加えて、もともと数が多くない。海賊たちは数と勢いで船乗りたちを押しきってしまうかに見えた。

だが、彼らの猛攻もそこまでだった。商船に乗りこんだロランが、揺れをものともせずに船縁を駆け、海賊たちに横合いから斬りかかったのだ。甲板上で右往左往している船乗りたちを押しのけながら進む余裕などないという判断からだったが、常人にできることではない。船乗りたちはもちろん海賊たちも仰天し、どよめきが起きた。

大剣の一薙ぎが、虚空に鮮血の虹を生みだす。二人の海賊が首を失って転がった。

「下がれ」

その短い言葉には、聞いた者をことごとくひるませる力があった。船乗りたちが慌てて後退する。ロランは海賊たちを見据えて、大剣をかまえ直した。

——殿下の恐れていた通りの事態が起きたな。

ギネヴィアが、ロランをはじめとする二十人の騎士や兵士を従え、王都コルチェスターを離れてこの港町を訪れたのは二日前のことだ。カル＝ハダシュトの船乗りたちから諸国の情勢について聞くためということだったが、目的はもうひとつあった。

「海賊が出るらしいの」

王都からデュリスまでの道中で、ギネヴィアはロランにだけそのことを明かした。

「例年通りなら、海賊たちも冬は動かずにじっとしているのだけど、そんなことも言ってられないのでしょうね」

「それをわかっていて、港町へ足を運ばれると？」

「海賊から民を守るのは統治者の義務よ。カル＝ハダシュトの船乗りたちを安心させる必要もあるわ。それには、私がデュリスで出迎えるのがいちばんいいの」

ちなみに、宮廷に勤める官僚や大臣たちは、王女の要望を仕方なく受けいれた。ブリューヌの内乱に関わったときのように、ひそかに抜けだされるよりはましだと思ったらしい。

「あなたもわかっているでしょう。デュリスは諸国の交易船が行き交うだけに、海賊たちが常に目を光らせているの。冬のこの時期でもね」

ギネヴィアの奔放さにはたびたび困らされているロランだったが、海賊から民を守るのは騎士としての務めである。連日の飢饉対策で、ギネヴィアが精神的に疲労していることも知っていた。黒騎士は黙々と従ったのである。

ロランは海賊たちに向き直るや、力強く踏みだして大剣を振るった。先頭にいた海賊たちが肩や胸を斬り裂かれ、悲鳴をあげながら後ずさる。

それからは一方的だった。ロランが前進して大剣を振るうたびに、海賊たちの死体が増えていく。海賊たちは二人がかり、三人がかりでロランに襲いかかったが、傷をつけるどころか後退させることすらできず、返り討ちにあった。船乗りたちは快哉を叫ぶ。

海賊たちが動きを止めたところで、ロランは視線を隣の船に向けた。顔にわずかな焦りがにじむ。そちらでは海賊たちが優勢に戦いを進めていた。早く救援に向かわなければ手遅れになるやもしれぬ。だが、ここから隣の船へ移るにはどうするべきか。

「火を放て」と、海賊のひとりが叫んだ。ロランは驚愕に目を見開く。手に入らないなら燃やしてしまえというわけだ。

──急がねばならん。

この船に対する放火は食いとめられるかもしれないが、他の二隻についてはわからない。ロランの剣勢が苛烈さを増し、風が血をはらんで吹き荒れる。わずかな時間でさらに十人もの仲間を失うと、海賊たちはついに戦うことを断念した。自分たちの船へと逃げていく。

ロランは彼らを追わずに、船乗りたちを振り返った。

「隣の船へ行くにはどうすればいい」

船乗りたちは顔を見合わせる。ひとりが前に進みでて答えた。鉤爪つきの縄を投げ、その上に板をわたすのだと。ロランはいまも泳げないが、ためらっている場合ではない。

「やってくれ」

ロランが頼むと、船乗りたちの何人かがさっそく縄を投げた。そのとき、隣の船から驚きの叫びがあがる。今度は何が起きたのかとそちらを見て、ロランは愕然とした。

白を基調としたドレスをまとい、きらびやかに煌めく剣を持った娘が甲板上にいる。この国の王女であり、統治者であるギネヴィアだった。手にしているのは『その刃、稲妻を鍛えたるなり』と謳われた宝剣カリバーンである。かつて、ブリューヌで始祖シャルルと戦ったときに断ち切られた黄金の鎖は、破損の跡を残すことなく完全に復元していた。

「いつのまに隣の船に……」

ロランの声には微量ながら呆れが含まれていた。本来なら焦る場面である。一国の王女が、護衛の者も連れずに海賊たちの前に立っているのだから。だが、彼女がカリバーンを持っている以上、そのような心配が無用のものであることを、ロランは知っていた。

海賊たちがいきりたって王女に襲いかかる。彼らも弱くはなかったが、相手が悪かった。ギネヴィアは舞うような動きで海賊たちに斬りかかり、ひとり、またひとりと斬り伏せていく。宝剣の力が、彼女を歴戦の戦士に変えていた。

——隣の船はお任せしよう。

ロランは再び船縁に足をかけ、船着き場に向かって駆ける。商船は三隻ある。今度は残った一隻を守らなければならない。

だが、わずかに間に合わなかった。船から飛び降り、船着き場を走って三隻目の船の前にたどりついたとき、甲板から黒煙がたちのぼるのをロランは見た。

ロランは急いで船に乗りこんだが、海賊と煙から逃げてきた船乗りたちに前進を阻まれる。彼らをおしのけてどうにか進んでいき、船乗りたちに背後から斬りつける海賊たちを斬り捨てたが、それが精一杯だった。煙が流れてきて、ロランはやむを得ず後退する。

船乗りたちを守って、最後に船から飛び降りた。そこへギネヴィアが駆けてくる。

「ロラン卿、状況は？」

「申し訳ありません……」

煙を吐きだす船を見上げて、ロランは拳を握りしめる。ギネヴィアは首を横に振った。

「これだけですんだことを喜ぶべきね。もしもあなたがいなければ、被害はより大きなものとなっていたでしょうから」

海賊たちが逃げ去り、船乗りたちと水夫たちは急いで消火活動に移る。桶や樽に海水を汲んで浴びせかけ、甲板上で燃えているものを片っ端から打ち壊して、火を消し止めた。

あらためて被害を確認すると、燃やされた食糧は全体の一割強というところだった。この船の積み荷を優先的に降ろしていたことに加えて、海賊たちが略奪を諦めて火を放ったのは、ロランやギネヴィアの戦いぶりを見てからだったため、あまり燃え広がらずにすんだのだ。

　礼を述べに現れたカル＝ハダシュトの船乗りたちに、ギネヴィアは王女らしい泰然とした態度で応じ、彼らの身の安全を保障することをあらためて約束した。さらに、傍らに控えているロランをアスヴァールの騎士として紹介する。

　カル＝ハダシュト人たちから畏敬(いけい)の視線を向けられて、ロランは無言で会釈した。自分はアスヴァールの騎士ではないと言うのは簡単だが、ギネヴィアに貸しをつくると思えばいい。

　彼らが歩き去っていったあと、ギネヴィアは物語を話して聞かせるような口調で言った。

「カル＝ハダシュトはね、近隣諸国から『神に守られ、精霊が息づく国』といわれているそうなの。その話を聞いたとき、ここなら食糧があるかもしれないと思ったわ」

「それは……神に守られているから、ということですか？」

　ロランが質問を返すまでに、一呼吸分の間があった。ギネヴィアは楽しそうに笑う。

「ええ。私は神を見たことはないけど、人智を超えた力の存在は知っている」

　彼女の華奢(きゃしゃ)な手が、カリバーンの柄頭をそっと撫でた。

「話半分だとしても、何かがいるなら、凶作から守ってくれているかもしれないでしょう」

　これは内緒よ。最後に、小声でそう付け加える。ロランは内心でため息をついた。ブリューヌ人の客将という立場の自分が、王女がおかしなことを言っていたなどと、誰かに話せるわけがない。ギネヴィアはそれをわかった上で、自分をからかっているのだ。

「承知しました」と、客将として答えたあと、ロランは話題を変えた。

「この食糧はコルチェスターへ運ぶのですか」

わずかな量とはいえ、運ぶとなれば、かなりの数の荷車がいる。それを引く牛や馬も。

「まさか」と、ギネヴィアは笑って頭を振った。

「このデュリスと近隣の町や村にばらまいてしまうわ」

ロランは目を瞠る。ずいぶんおもいきった判断のように思えた。

「この状況で食糧を誰にも分け与えずに王都へ運んだら、民の不満は私たちと王都の住人に向けられるわ。誰もが飢えている中で、食糧を独占しようとしている者がいると。それに、食糧を求める者たちが王都に押し寄せる恐れもある。だから、ばらまいてしまった方がいいの」

もっともな話だった。感心するロランに、ギネヴィアは笑みを消して尋ねる。

「不公平だと思うかしら？」

ギネヴィアの行動は、言ってしまえばごく一部の者にのみほどこしを与えるというものだ。食糧を手にできなかった者たちは、彼女を恨むだろう。

「そうですな」と、ロランはうなずき、言葉を続けた。

「ですが、全員を救えないなら誰ひとり救わないというのは、上に立つ者のやるべきことではありません。これは、私自身への戒めですが」

ロランにも覚えがある。ナヴァール騎士団の団長として、ブリューヌの西方国境を守る立場であったころ、二つの町がほぼ同時に襲われたという知らせが届いた。そのとき、動かせる騎士は少なく、どちらかは後回しにしなければならなかった。

最終的に、ロランはどちらの町も救うことができたが、後回しにした方の町からは怒りをぶつけられた。どうして自分たちを先に助けてくれなかったのかと。

「あなたならそう言ってくれると思ったわ」

ギネヴィアの口元に微笑が戻る。

「私は民に希望を持たせたい。この冬をしのげば、飢えから解放されると。そのためなら何だってやるわ。それに、始祖アルトリウスだって、『覇王(ブレトワルダ)』ゼフィーリアだって、批判を恐れはしなかったもの」

覇王ゼフィーリアは、島国だったアスヴァール王国を大陸に進出させた中興(ちゅうこう)の祖(そ)である。ギネヴィアがもっとも尊敬する人物だった。

「それにしても、わかっていたけれど、やはり足下を見られているわね。凶作の影響が春まで及ばないのなら、余剰分をブリューヌに高値で売りつけることもできるのに」

その独り言は聞かなかったことにしたロランだが、潮風と波の音にまじって奇妙な音が聞こえた気がして、反射的にそちらへ視線を向ける。何も見当たらない。

気のせいかと思ったが、彼の耳は再びその音を捉えた。風の音に似ているが、違う。何か巨大なものが羽ばたくような音だ。

ロランは守るようにギネヴィアを抱き寄せながら、大剣を手に、頭上へと視線を走らせる。目をわずかに見開いた。上空に、巨大な生きものの影がある。大きく弧を描き、時折、風に流されて、慌てて軌道を修正しながら、徐々にここへ向かってくる。

──あれは、敵ではない……。

見覚えがある。最近では、ブリューヌの王都を守る戦いで、ロランはあれを見た。空の暗さもあって輪郭がはっきりせず、まだ油断できないが、おそらく味方だ。

「もしかして、飛竜（ヴィーフル）かしら？」

ロランの胸に顔を埋めていたギネヴィアも、好奇心から顔をあげて、その存在に気づいたようだった。水夫たちも作業の手を止め、不思議そうな顔で空を見上げていたが、それが港に降りてこようとしていることに気づいて、慌てて逃げだした。

ほどなく、飛竜が港に降りたつ。突風が起こって、水夫たちの何人かが転倒した。ロランはようやく表情を緩めて、飛竜と、その背に乗る若者へ近づいていく。

「ひさしいな、ザイアン卿」

呼びかけられた若者──ザイアン＝テナルディエは、すぐには答えなかった。髪は乱れ、顔は青く、歯は震え、手綱を握る手は強張っている。声を出そうにも出せずにいるというところで、ロランはすぐに水夫のひとりに声をかけ、水筒を持ってこさせた。

ザイアンが震える手で腰と脚を鞍に結びつけるベルトを外し、地上に降りたところで、彼に水筒を渡す。ひったくるようにそれを受けとったザイアンは、口の端から水がこぼれる勢いで水筒を傾け、水を飲み干した。そうして一息つくと、その場に座りこむ。

「だいじょうぶか、何があった」

ロランが肩を貸して立たせると、ザイアンはようやく声を絞りだした。

「貴様を、迎えに、来た……」

その言葉に、ロランと、こちらへ歩いてきたギネヴィアは顔を見合わせた。

ロランとギネヴィアは、港の管理をひとまず兵と水夫たちに任せ、港のそばにある宿屋へザイアンを連れていった。ちなみに、疲労からギネヴィアのことがよく見えていなかったザイアンは、ロランに対して「女連れか」と、悪態をついてしまい、慌てて謝罪している。

飛竜の方は、ギネヴィアのはからいによって十頭の馬が休める広さの厩舎(きゅうしゃ)に連れていかれ、そこで羊を一頭、丸ごと与えられるという幸運に恵まれた。羊はだいぶ痩せていたが、飛竜にとってはひさしぶりのまともな食事だ。そのあとは存分にくつろいでいる。

ザイアンは、暖炉の火に暖められた宿の一室で四半刻ほど休み、ギネヴィアが手(て)ずから淹れた紅茶(チャイ)をありがたくいただいて、ようやく落ち着いた。

「ブリューヌで何かあったのか？」

ロランが率直に尋ねる。わざわざ飛竜に乗ってここまで来る理由など、他に考えられない。はたしてザイアンはうなずいた。彼はギネヴィアを一瞥して、悩むように顔をしかめたが、すぐに問題ないと判断したらしく、口を開く。

「ルテティアのアルテシウムは知っているだろう。あの町が怪物と竜の群れに襲われた」

ロランだけでなく、ギネヴィアも顔色を変えた。ザイアンは不愉快そうに続ける。

「アルテシウムは半壊したが、その怪物たちは、おまえも知っているヴォルンやジスタートの戦姫たちが倒した。だが、生き残りがいるらしい」

聖窟宮の崩落からティグルたちを助け、アルテシウムから飛び去ったあと、ザイアンがまず考えたのは、テナルディエ家の領地たるネメタクムに帰ることだった。

もともと彼がルテティアへ向かったのは、ブリューヌを取り巻く深刻な状況にいてもたってもいられず、ガヌロンの屋敷を訪ね、ドレカヴァクのことについて調べようと思ったからだ。そして、ドレカヴァクが人外の存在だったことがわかり、目的は果たされた。

しかし、ブリューヌを脅かしているものたちは、まだいる。そして、ティグルたちはそれらと戦うつもりらしい。

自分には関係のないことだ。次代のテナルディエ家の当主が、危険を冒す必要はない。そう思いこもうとしたザイアンだったが、凶作に見舞われたネメタクムの情景を思いだすと、無関心を決めこむことはできなかった。他人事ではなく、逃げ場はないのだ。

だが、やはり恐ろしいものは恐ろしい。王都ニースでも、アルテシウム近くでも怪物や竜たちと戦ったが、生き延びただけでも輝星章（ラシオール）ものだというのが正直な気持ちだ。

そのとき、ザイアンは閃いた。アスヴァールにブリューヌ最強の黒騎士がいることに。

この時期の北の海はおおいに荒れており、冷気を帯びた暴風が吹き荒れているのだが、ザイアンは外套を三重に羽織ればだいじょうぶだろうとたかをくくって飛竜に乗り、飛びたった。もしもデュリスの港に降りたつことができなかったら、凍え死んでいただろう。

「悔しい話だが、俺には力がない」

床に視線を落として、ザイアンは忌々しげに吐き捨てる。

「飛竜から降りてしまえば、ただの人間だ。怪物と戦うことなどできない。だが――」

顔をあげて、ザイアンはロランを睨みつけた。

「貴様は違う。怪物だろうが何だろうが、打ち倒せるはずだ」

「怪物か……」

ロランは難しい顔で唸った。いますぐにでもこの宿を飛びだしてブリューヌへ向かいたい心境だが、いまのロランには武器がない。相手が他国の騎士や兵なら、鉄を鍛えた大剣でも充分だが、それでは怪物にほとんど通じないことがわかっている。

「――ロラン卿」

ギネヴィアが椅子から立ちあがる。彼女は壁にたてかけていたカリバーンを手にとって戻ってくると、その柄をロランに向けて差しだした。

「事情はわかりました。ファーロン王があなたにデュランダルを貸し与えたように、私もこのカリバーンをあなたに貸し与えましょう」

ロランは驚愕のあまり、とっさに言葉を発することができなかった。カリバーンには不思議な力が備わっており、魔物だろうと容易に斬り裂くことができる。たしかに貸してもらえるのであれば、これほど心強い一振りはない。

だが、これはアスヴァールの宝剣であり、アスヴァール王族の手にあるべきものだ。ブリューヌの騎士でしかない自分が手にしてしまっていいのか。

ロランのためらいを吹き払うように、ギネヴィアが軽やかに笑いかける。迷っている時間も惜しい。ロランは意を決してカリバーンを受けとった。

「遠慮は無用よ」

——見かけよりもずいぶん重い。

装飾が多く、黄金の鎖もついているとはいえ、華奢な腕のギネヴィアが自在に振りまわしていたとは思えない重量だ。自分がいま扱っている大剣よりも重いのではないか。

そう思ってから、ロランはすぐに考え直す。自分はこの宝剣の正統な使い手ではない。カリバーンは自分を試すか、あるいはこれでも加減しているのかもしれない。

ともかく、振るうことはできる。それだけで充分と考えるべきだ。

「ありがとうございます、殿下」

両手で宝剣を持って、ロランはギネヴィアに膝をつき、深く頭を下げる。

「一時、宝剣をお借りします。戦いが終わったら、必ずや私自身がお返しにまいります」

「おもしろい土産話を期待しているわ」

ギネヴィアは優しげな微笑を浮かべてうなずいた。

このやりとりを傍から見ていたザイアンは、おもわず顔をしかめていた。

まるで思いつきのような感覚で宝剣を貸し与えてくるギネヴィアには唖然としたが、この貸しはいったいどれほどのものになるのだろう。

そもそも、これは個人同士のやりとりですませられることなのか。ロランに対するギネヴィアの貸しではなく。ブリューヌに対するアスヴァールの貸しになるとしたら、近い将来、レギン王女はギネヴィアに対して何らかの大幅な譲歩を迫られるのではないか。

――そうなったら、俺だけでなくテナルディエ家が、王女殿下に恨まれる……。

どうにかして、ロランが自発的にブリューヌ行きを決意し、自分は仕方なく手を貸したということにできないだろうか。いまさらになってそう考えたザイアンだが、すぐに名案が思い浮かぶはずもなく、とりあえず結論を先送りした。

それから一刻ほどで、ロランとザイアンは出立の準備をすませた。寒さに耐えるため、ザイアンはロランの助言を容れて、旅装を一新したのだ。

二人のブリューヌ人とギネヴィアは、港へ向かう。

「まずはアルテシウムへ行く」と、ザイアンは告げた。

「この数日で、状況が変わっている可能性があるからな。詳しいことがわからない場合はニースへ、何かわかったら、そちらへ向かう」

厩舎でくつろいでいた飛竜は、もう出発するのかと不満そうに鳴いたが、ザイアンが鞍を載せて手綱をつけると、仕方ないというふうに従った。

「よくここまで懐かせたものだ。俺にはできぬ」

ザイアンとともに竜の背にまたがりながら、ロランが感心したように言った。彼は毛皮をふんだんに使った外套を四重に羽織り、カリバーンを背負っている。体勢を崩しても決して落とすことのないように、宝剣には何箇所も縄を巻きつけていた。

「こいつのどこが懐いているように見えるんだ」

憤然(ふんぜん)とした顔で応じながら、後ろにいるロランが自分につかまったことを確認すると、ザイアンは手綱を操った。飛竜が大きく鳴いて、翼を羽ばたかせる。

地上から離れた途端に、凍りつくような突風が吹きつけてきた。だが、飛竜は風をものともせずに上昇していく。自分たちを見守るギネヴィアの姿が、小さくなっていく。

南東の海に向かって、竜騎士と黒騎士を乗せた飛竜は鋭く飛んでいった。

2　噴きあがる大地(ヴォージュ)

　戦姫の墓とは思えないほど、飾り気のないつくりだった。

　レグニーツァ公国の公都にある共同墓地の片隅に、その墓は静かにたたずんでいる。墓石に刻まれているのはアレクサンドラ＝アルシャーヴィンという名と、彼女が戦姫であったことだけで、仰々(ぎょうぎょう)しさを好まなかった故人の人柄を偲(しの)ばせた。

『煌炎の朧姫(ファルプラム)』の異名を持つ戦姫サーシャことアレクサンドラ＝アルシャーヴィンは、二日前に亡くなった。病に倒れたのである。

　サーシャは十五歳で戦姫となり、約八年にわたり、統治者として優れた力量を示してきた。公宮に勤める官僚たちはもちろん、民や兵にも慕(した)われていた。本来ならその死は広く周知され、壮大な葬儀が行われるべきだろう。実際、そのように望む者たちは少なくなかった。

　しかし、「その日の食事にも事欠く現状で、民を不安にさせるべきじゃない。春になるか、新たな戦姫が現れるまでは秘匿(ひとく)してほしい」という故人の遺言により、死は隠匿され、葬儀はひそかに行われて、共同墓地に葬られた。

　その墓の前に、ひとりの娘が立っている。

　目立たないように薄汚れた外套(がいとう)をまとい、フードを目深(まぶか)にかぶっているその人物は、

『銀閃の風姫(シルヴフラウ)』の異名を持つ戦姫エレンことエレオノーラ＝ヴィルターリアだ。

もう一刻近く、彼女はそこに立ちつくしている。紅の瞳からは生気が欠けていた。

二日前、エレンはサーシャを看取(みと)った。彼女の最期に立ち会い、昨日の葬儀にも参列した。

「おたがいの身に危機が降りかかったときは必ず駆けつける」という誓いをかわすほどの、二人は親友だった。二人は五つ離れており、生まれ育ちもまるで違ったが、気にしたことは一度もなかった。

エレンの立場と責務を考えれば、葬儀が終わった昨日のうちに公都を発ち、己の公国たるライトメリッツへ馬を走らせなければならない。むろん彼女もそのことはわかっていたが、どうしても公都を離れることができなかった。

最後に見た親友の姿は、ひどいものだった。黒髪に艶はなく、顔はやつれ、乾いていて、身体は痩せ細り、触れた手にはまったく力が入っていなかった。身体を起こすこともできず、水を飲むのではなく、水分を含んだ綿を口に含ませていた。

わずかだが、会話をかわすことはできた。それだけでも自分は恵まれている。死に際の貴重な時間を、サーシャは自分のために費やしてくれたのだから。

だが、彼女がこの世を去ってから、時間がたつほどに無数の後悔が押し寄せてくる。話したいことがたくさんあった。言いたかったこと、聞きたかったことがいくつも浮かんできた。

どうして、失ってから気づくのだろう。一度、体験していたはずなのに。

　五年前にも、エレンは同様の体験をしていた。まだ戦姫ではなく、傭兵団に所属する傭兵だったころだ。誰よりも尊敬していた団長を、彼女は目の前で失った。そのときも深い後悔に苛まれた。親友のリムアリーシャがそばにいてくれなければ、立ち直れなかったかもしれない。

　墓を見下ろすエレンの全身に、不可視の無力感がまとわりついている。それは彼女から考えを奪い、普段の快活さを奪って、感傷の沼に沈めようとしていた。

　どれほどそうしていただろうか。背後から足音が聞こえた。エレンの耳はそれを捉えたにもかかわらず、身体は反応しない。足音の主はエレンの隣に立った。

「ごきげんよう、エレン」

　その声に、エレンはわずかに首を動かす。視線の先にいたのは『雷渦の閃姫（イースグリーフ）』の異名を持つ異彩虹瞳（ラズィーリス）の戦姫リーザことエリザヴェータ＝フォミナだった。彼女も目立つことを避けるためだろう、エレンと同じように外套をまとい、フードを目深にかぶっている。

　相手がリーザだとわかると、エレンは言葉も返さずに墓へと視線を戻した。かつてはいくつかの事情から深く対立した二人だったが、いまは友情らしきものを育んでいる。警戒すべき相手ではない。

　リーザが墓に向かって目を閉じ、サーシャの魂の安らぎを神々に祈る。それから、彼女はあらためてエレンに向き直った。

「あなたは、二日前にはこの公都に到着していたそうね」

公宮に勤める官僚たちから聞いたのだ。サーシャの墓の場所も。そうでなかったら、リーザがここに来ることはできなかっただろう。

黙っているエレンに、リーザは言葉を続ける。

「私はもう行くわ。アスヴァールや海賊を警戒しなくてはならないの。北部で不穏な動きをしている諸侯たちも」

リーザの果たすべき役目はいくつもある。まず、自分が治めているルヴーシュ公国も凶作の被害に遭っているため、食糧と燃料を確保しなければならない。

海を隔てた隣国アスヴァールも同じような状況であることは知っている。ジスタートはアスヴァールに貸しをつくった立場だが、だからといってアスヴァールがおとなしくしている保証はない。彼らとて、まず自国の民を飢えさせないことに力を注ぐはずだ。

そのため、リーザはアスヴァールに対する警戒を緩めることはできなかった。北の海は、冬の間はおおいに荒れる。まともな船乗りや漁師なら決して船を出さない。だが、現在の状況はとうていまともとはいえない。無謀な戦を仕掛けてくる恐れはあった。

海賊も同様だ。彼らも冬の間はおとなしくしているものだが、今回に関してはどうなるかわからない。もしもサーシャが健在であれば、彼女と負担を分かちあうことができただろう。しかし、いま、彼らを撃退できるのはリーザしかいなかった。

そして、同時にリーザは北部の諸侯に目を光らせなければならない。こちらも、オステローデを治めているミリッツァが己の公国に留まっていれば、あるていどは任せることができたはずだが、彼女はいまブリューヌにいるらしい。

リーザは横目でエレンの反応をうかがう。白銀の髪の戦姫は、やはり反応らしい反応を示さなかった。リーザは苛立ちを露わにしてエレンに詰め寄り、胸倉をつかむ。

「どういうつもりなの、あなた」

答えないエレンに、リーザは怒りを帯びた声で言い募る。

「死人のような顔で墓の前に立っていれば、彼女がよみがえるとでも思っているのかしら。アレクサンドラもいい迷惑でしょうね、ゆっくり眠ることも――」

エレンの紅の瞳に怒気が輝いた。胸倉をつかむリーザの手をはらって、後ろへ下がる。

「おまえ……！」

エレンは吼えた。腰に吊している長剣の竜具アリファールに手をかける。だが、抜き放つことはしなかった。そのままの姿勢でリーザを睨みつける。

一方、リーザは傲然と胸を張り、腰に束ねて下げていた鞭の竜具を握りしめ、解き放った。エレンを挑発するかのように、鞭の先端が地面を鋭く叩く。

「エレオノーラ」と、愛称ではなく、名を呼んだ。

「アリファールを捨てなさい」

「何だと……？」

「この切迫した状況で、墓の前から動けずにいるあなたは戦姫にふさわしくないわ」

金の瞳と碧の瞳に冷酷な光を湛えて、リーザは続ける。

「アリファールを捨てるか、私に倒されるか、選びなさい。もしかしたら、アリファールは今日か明日にでも新たな戦姫を見つけるかもしれないわ。その可能性に賭ける方がよほどいい。アレクサンドラは死の間際までレグニーツァのために力を尽くしたと聞いているのに」

エレンは唇を噛んだ。言い返してやりたいのに、言葉が浮かばない。

リーザの黒鞭が金色の雷光を帯び、その先端が九本にわかたれる。彼女が本気であることを悟って、エレンの顔が強張った。この距離では、もはや避けることはかなわない。しかし、正面から受けようにも、剣を持つ手に力が入らなかった。

「アレクサンドラに会う心の準備はできて？」

リーザがこちらを見据える。その言葉に、サーシャの顔が浮かんだ。彼女に会えるのなら、それもいいかもしれない。だが、親友は最期に何と言ったか。

——サーシャは私に二つの頼みごとをした。

僕はね、子供を産みたかったんだ。

死に瀕しているとは思えない屈託のない顔で、サーシャはそう言った。

——もうひとつは……。

終わったあとに指一本動かせなくなるぐらい、力を出し尽くしてみたかった。

——あの世とやらでサーシャに会えたとして。

悲しみの沼に首まで浸かりながら何もせずに死んだと、彼女に言うつもりなのか。

リーザが一歩、前へ踏みだす。同時に、エレンは動いた。姿勢を低くして右足で大地を蹴りつけ、跳躍、抜剣、斬撃を流れるように行う。紅の瞳には戦士としての輝きが戻っていた。

意表を突かれたリーザは反射的に黒鞭を振るう。風を斬り裂いて竜具同士が激突し、閃光と轟音が周囲にまき散らされた。

エレンは吹き飛んで、地面に転がる。しかし、すぐに立ちあがった。

「おまえ……」と、仏頂面でリーザを軽く睨む。

「竜技ではなかったな？」

「当然じゃない」

呆れた顔でリーザは答えた。その手にある黒鞭は元の形に戻り、雷光も帯びていない。

「他人の墓を壊すほど、非常識ではないつもりよ。——迫真の演技だったでしょう？」

意地の悪い笑みを向けられて、エレンは肩をすくめる。

「まさか、おまえに活を入れられる日が来るとはな」

エレンは外套についた泥を落とすことで間を置くと、気恥ずかしそうに礼を述べた。

「助かった。ありがとう」

「どういたしまして」

スカートをひるがえして、リーザは背を向ける。もう用事はすんだと言わんばかりに。

その背中に、エレンは声をかけた。

「少し時間をくれ。確認したいことがある」

リーザが振り返る。エレンは冬のはじめごろに、オルミュッツ公国の使者が、ミラの手紙を持ってライトメリッツを訪れたことを話した。

その手紙はミラの、というより、ミラとソフィーとミリッツァの、という方が正確だろう。ソフィーたちがジスタートの各地を視察して知ったことが、手紙には詳しく書かれていた。

ジスタート全土が凶作の被害に遭っていることをエレンが知ったのは、そのときだ。彼女もまた、自分の公国を支えるために奔走しており、余裕がなかったのである。

「彼女の使者なら私のところにも来たわ」

リーザはそう答えてから、思いだしたように付け加える。

「我が国だけではなく、ブリューヌ、アスヴァール、ザクスタンもひどいみたいよ」

「アスヴァールについては、レグニーツァの官僚からも簡単に話を聞いた。カル＝ハダシュトだったか、ずいぶん遠くの国にまで食糧を求めているらしいな、あの国は」

「こんな状況では、たとえ遠くだろうと、あてがあるというだけでうらやましいわ」

肩をすくめると、リーザは色の異なる瞳でエレンを促す。この話も重要だが、エレンが話したいのは別のことだと察したのだ。

白銀の髪の戦姫は、それまでより深刻な表情で本題に入る。

「秋の終わりごろに、おかしな夢を見なかったか？」

フードの奥で、リーザの表情が緊張を帯びた険(けわ)しいものへと変わった。

「つまり、あなたも見たのね。あの忌々しい夢を……」

ティル＝ナ＝ファの像の前で、大切な者たちが死体となっている夢だ。エレンもリーザも、娘と竜の像がティル＝ナ＝ファだとは知らなかったが、ミラたちの手紙にはそのことも書かれていた。彼女たちも同じ時期にその夢を見たと。

エレンはうなずくと、当然のように告げた。

「おまえ、私といっしょに来い」

「……さきほどの私の話を聞いていなかったのかしら？」

不快そうに眉をひそめて、リーザが睨みつけてくる。エレンはあっさりと答えた。

「聞いていた。面倒な事態だが、おまえの部下に任せても何とかなるだろう。アスヴァールは動かないだろうし、国内の諸侯の監視役はシレジアにいる元戦姫にやらせればいい」

王都シレジアにいる元戦姫とはヴァレンティナのことだ。先代の虚影の幻姫(ツェルヴィーデ)であり、ミリッツァの師である。戦姫でなくなったあとは王族と結ばれ、王都で暮らしていた。

「アスヴァールが動かない根拠は？　食糧がないのだから暴走することはありえるわ」

「ザクスタンに隙を見せる」

いつになく真面目な顔で、エレンは即答する。目を瞠るリーザに説明を続けた。

「食糧を求めて他国を攻める。たしかにどの国でもありえることだ。このジスタートでもな。だが、動いた瞬間に他国から攻められる。それでも動くなら、どこかと組む必要がある。相手の裏切りを警戒しながら。となると、アスヴァールはザクスタンしか攻められない」

ライトメリッツは北の海に接していないが、エレンはサーシャから話を聞いたことがある。冬の間はとても船を出すことはできないと。

仮に、アスヴァールが船団を派遣してジスタートを攻めたとする。その船団は、冬の荒れた海を往復しなければならないのだ。しかも、帰りは奪った食糧を積んで。

「おまえは気負いすぎだ」

エレンの言葉にリーザは憮然としたが、否定はしなかった。アスヴァールでの一件や、バーバ＝ヤガーのこと、エレンとの対立など彼女がいままで抱えこんでいたことが解決なり進展なりを見せ、戦姫らしくあらねばと意気込んでいたのはたしかだ。

「どこへ行くつもり……？」

「まず、ライトメリッツだ。ソフィーがどこにいるのかを調べて、合流する」

明確な意志を感じさせるように、エレンは即答した。

「私たち戦姫が、同じ時期にそろってティル＝ナ＝ファの夢を見た。偶然のはずがない。リュドミラなどは別行動をとっているようだが、なるべくまとまっていた方がいいだろう」

もっともな話だった。リーザが苦い表情でつぶやく。

「また、魔物と戦うことになるかしら」

「ありえるが、人間が相手の可能性もある」

「そうね……」

エレンの推測に、リーザは短くうなずいた。

魔物は人間をそそのかす。かつて、リーザは魔物の誘いに乗ってしまったことがあった。

「ここを発つ前に、公宮に寄らせてもらうわ。使者と馬を借りて、ルヴーシュへ走らせる」

二人の戦姫は、並んで共同墓地をあとにする。

サーシャの墓は、二人を静かに見送っているかのようだった。

†

その暗く冷たい谷底は、生あるものの気配をまったく感じさせなかった。

光と熱を拒み、夜と闇と死を住まわせているかのような空間に、蠢（うごめ）く影がひとつある。

女性だった。年齢は二十代半ばというところか。身体の線を強調するような黒い服を着て、その上に外套を羽織（はお）っている。美しい顔には生気がなく、何の感情も浮かんでいない。

この肉体は亡骸だ。生前はヴィクトーリアという名を持つ、ジスタート王国の戦姫だった。

その亡骸にズメイという魔物が取り憑き、若かりしころの姿に戻して、操っているのだ。

ズメイの前には巨大な石像がある。長い髪を持つ、薄布をまとった娘の像だ。だが、石像の両腕と腰から下は失われており、頭頂部から胸元にかけてはまっすぐ亀裂が走って、美しい顔を縦に割っていた。

これが夜と闇と死を司る女神ティル＝ナ＝ファの像であることを、ズメイは知っている。数百年前、女神を地上に降臨させる際に、魂を容れる器として使われたことも。

ここは、ブリューヌとジスタートの国境線代わりともなっているヴォージュ山脈である。もっとも、この谷底には数百年もの間、ひとが足を踏みいれたことはない。山脈の中で暮らしている者たちでさえ、このような場所があることを知らないだろう。

「かりそめの器としてなら、まだ使えないこともないか」

ズメイの周囲の地面には、七つの頂点を持つ奇妙な陣が刻まれている。頂点のひとつひとつに怪物を模した石像が立っていた。怪物の造形は、ズメイと仲間たちだ。

触手と大蛇の群れで腰から下を形作っている水妖ルサルカ。緑色の蔦で背中を覆った黒い猪のレーシー。人間を喰らう妖鬼トルバラン。翼を持つ痩せこけた妖婆バーバ＝ヤガー。王冠をかぶり、虚ろな眼窩に宝石を埋めこんだ骸骨の魔物コシチェイ。竜の鱗で全身を覆っているドレカヴァク。そして、竜を模しながら、霧のように確固たる形を持たないズメイ。

――私がティル＝ナ＝ファを降臨させることになるとは。

いままで、ズメイは女神の降臨にそれほど積極的ではなかった。トルバランほど関心を持っていないわけでもなく、バーバ＝ヤガーやコシチェイのように気まぐれでもなかったが、ドレカヴァクやルサルカ、レーシーほどの熱意は持たなかった。

てのひらを見る。この戦姫の亡骸を己のものとしてから、自分は変わった。

はるか古の時代から、人間と魔物はこの地上の形を巡って幾度となく争ってきた。

人間にとって生きやすいいまの形か、闇の領域を多分に孕み、妖精や精霊が目に見える形で行き交い、魔物たちも思い思いに行動して、脆弱な人間を獲物としてむさぼり喰らう、彼らにとって過ごしやすい形か。

魔物たちは、存在そのものが世の理に強い影響を与えてしまうため、七柱までしか地上に存在できない。しかし、彼らはたった七柱でも圧倒的に強かった。まともに戦えば、容易に人間たちを駆逐しただろう。

だが、多くの場合、勝利したのは人間たちであったし、魔物たちが勝つことがあっても、それは長続きせず、状況を引っくり返されて敗北を強いられた。

敗因は、自分たちの気性にあるとズメイは考えていた。

魔物たちは奔放で放埒で気儘だった。人間を滅ぼそうと考えても、計画的に、徹底して行うものはいなかった。それは、魔物を魔物たらしめる性としか言いようがなかった。

また、死と無縁の彼らは永遠に次の機会を待つことができた。「人間が地上から滅びるまで待てばよい。あれはいずれそうなる種だ」などと言うものさえいた。そこまで極端ではないにせよ、ズメイもどちらかといえば次を待とうと考える側だった。

だが、凍漣の雪姫ヴィクトーリアとの遭遇が、ズメイに考えを変えさせた。

「私たちのことを知らないおまえが、私たちに負け続けるのは当たり前だ」

戦いの中で、彼女はそう言った。戯れ言として笑いとばしてよいはずだったが、その言葉はなぜか、ズメイの心の片隅に小さな棘となって刺さった。

戦姫がどのようにして生まれたのか、ズメイは知っている。

約三百年前、人間と魔物の争いは、魔物たちが優勢であり、魔のティル＝ナ＝ファを降臨させる直前まで事態は進んでいた。

そのとき、人間の巫女が、人のティル＝ナ＝ファに助けを求めた。

人のティル＝ナ＝ファは魔のティル＝ナ＝ファと牽制しあっておたがいに動けなかったが、人間の祈りに応えようと、自分たちが眠らせた黒い竜ジルニトラに懇願した。ジルニトラは女神の願いを聞き届け、己の力のほんの一滴を地上に投げ落とした。

その力はひとりの人間と、七つの武器に変じた。

人間は、黒竜の化身を名のった。

黒竜の化身と、彼に率いられた最初の戦姫たちは、国を興すための戦をする一方で、女神の降臨の儀式を阻んだ。その後、黒竜の化身は王となり、戦姫たちは地位を与えられたのだ。

はじめて戦姫と戦ったときのズメイの感想は、落胆に近かった。

弱くはない。単独で自分たちと互角に戦えるようになったのだから、強いといってもいい。だが、黒い竜の力を借りながらこのていどかと、ズメイは思った。

ズメイにとって、戦姫は軽侮（けいぶ）の対象となった。

その軽侮の対象であるヴィクトーリアが、ズメイの考えを否定した。魔物たちが負け続けるのは人間のことを知らないからだと。魔物の性など関係ないと言っているように聞こえた。

そんなはずはないと思いながら、疑問が湧いた。もしも戦姫の言う通りだったら、自分たちはそれこそ人間が滅びるまで勝てないのではないか。

もっとも、その疑問は一度、忘れ去った。しょせんは人間の、戦姫の言葉だと笑い、ズメイは魔物らしく、奔放に、放埒に、気儘に過ごした。

その疑問がよみがえったのは、いくつかの出来事を経て、ヴィクトーリアの亡骸を乗っ取ったときだ。ズメイは乗っ取った亡骸の若いときの姿、全盛期の肉体を再現できる。そうして自分のものとなった身体を見たとき、記憶の底に沈んでいた疑問が浮上したのだ。

自分は何を知らないのか。「私たち」というのが人間のことなのか、戦姫のことなのかはわからないが、彼らには、自分の知らない特別な力が備わっているということなのか。

ズメイは女神を降臨させるために行動する一方で、人間や戦姫について調べ、考えるようになった。

最近になってわかったのは、人間は、その中でもとくに戦姫は、かぎりある命を使い尽くして何かを為そうとするということだ。そのとき、彼らは驚くべきほどの力を発揮し、あるいは望外の幸運をつかみとって、自分たちを退ける。

——私が知らなかったのは、おそらくこのことだ。

知った以上、負けはしない。必ず魔のティル＝ナ＝ファを降臨させてみせる。

己のてのひらから魔物たちの像へと、ズメイは視線を移す。

魔物たちの像は、大きな平たい皿を掲げるか、背中に載せていた。ズメイが何ごとか呪文を唱えると、皿の上にそれぞれ色の異なる炎が躍る。

女神の像の周囲に、音もなく真紅の液体が湧きだした。それは、血だ。膨大な量の血がとめどなくあふれて、女神の像に染みこんでいく。

「来たれ、静寂の夜。永劫の闇。深淵の死。その爪先が触れれば、世のありようは変わる。神に触れられて、どうして変わらずにいられようか」

そこまで言ったとき、不意に大気が揺らめいた。上から何かが落下してきて、七つの皿の上で燃えさかっている炎が次々に消える。女神の像の周囲に湧きでていた血の泉も沈んだ。

「地上に降臨するのはティル＝ナ＝ファではない」

冷気を帯びたその声は、ズメイの真上から聞こえた。

ズメイは右手を持ちあげる。てのひらに閃光が走ったかと思うと、一本の槍が出現した。穂先は黄金の輝きを放ち、漆黒の柄には白銀の弦が巻かれ、石突きに七つの宝石が埋めこまれている。ただの美術品にはない力強さを、その槍は感じさせた。

槍の名をグングニルという。魔物たちが竜具に対抗するべくつくりあげた武器のひとつだ。

声のしたあたりから、ズメイに向かって何かが落ちてくる。蛇だ。ズメイを容易に呑みこめるほどの巨大な白い蛇が、まっすぐ襲いかかってくる。

ズメイは見上げることもせず、グングニルを上へ投じた。槍は大蛇の口の中へ吸いこまれるように飛びこんでいき、金色の閃光を放つ。大蛇の頭部が粉々に吹き飛んだ。

頭部を失った大蛇の巨躯が、布が解けるように四散する。鱗のひとつひとつが白い刃と化してズメイに降り注いだ。ズメイはその場から動かず、周囲の空間に干渉する。

無数の刃は、ことごとくズメイを避けて落下した。地面を穿ち、えぐりながら、魔物に当たったものはひとつもない。

ズメイの目の前に、黒いローブをまとったひとりの男が現れる。褐色の肌と端整な顔の持ち主だが、全身から放たれる禍々しい雰囲気は、あきらかに人間のそれではない。蛇に似た小さな両眼が暗い光を放っていた。

ズメイはこの男を知っている。アーケンの使徒メルセゲルだ。

——私と魔弾の王が戦い、ともに消耗したところで姿を現すものと考えていたが。

思っていたより積極的だと思いながら、ズメイは確認するように問いかける。

「私を滅ぼし、半ばからこの儀式をつくりかえて、アーケンを降臨させようというわけか」

「然り」と、メルセゲルは短く肯定した。

「アーケンは、あらゆるものをはるかな眠りの旅へと導き、永遠を実現する。だが、死の理から外れたものよ、貴様はこのメルセゲルが滅ぼす」

なるほどと、内心で納得する。同じアーケンの使徒であったウヴァートも、同じ理由でガヌロンに挑んでいたのを思いだした。ズメイの視線が冷ややかさを増す。

「蛇を操るようだが、その姑息なやりようは鼠に近いな。今度から鼠を操ったらどうだ」

「人間のようなもの言いをするのは、人間の死体を操っているからか」

メルセゲルが動いた。前に踏みだしながら、左手を横に薙ぎ払う。その手から膨大な量の黒褐色の霧が放たれて、両者の間に濛々(もうもう)とたちこめた。それが魔物にも通用するほどの猛毒であることを、ズメイは瞬時に読みとる。周囲に見えざる防御膜を巡らせて、霧の接近を阻んだ。

次の瞬間、ズメイの足下に転がっていた無数の白い刃——大蛇の鱗だったものがひとりでに動いてつなぎ合わさり、一匹の長大な蛇となる。それは黒褐色の霧に意識を向けていたズメイに飛びかかり、その身体に巻きついて締めあげた。

「もとは人間の身体。骨という骨を砕いて使いものにならなくしてくれよう」

メルセゲルの冷酷な声が響く。人間であれば、一瞬で骨を砕かれ、臓腑(ぞうふ)を潰されて息絶えていただろう。だが、ズメイは平然として、わずかな動揺も見せない。その身体から黒い瘴気が

あふれたかと思うと、巻きついていた大蛇が瞬く間に乾いて、崩れ去った。

「このていどの児戯で、私を滅ぼすつもりでいたのか」

ズメイが右手を頭上に掲げる。その手の中にグングニルが現れた。投げ放たれた光の槍を、メルセゲルはかわそうとせず、左手を前に突きだす。

刹那、ズメイの目の前にグングニルが現れた。鋭利な穂先をズメイに向けて。

大気が震えるほどの衝撃がズメイを襲い、閃光と爆発がまき散らされる。

光が消えたとき、ズメイはその場に立っていたが、左手に瘴気が流れでるほどの傷を負っていた。身につけている黒い服も汚れ、何箇所かがちぎれている。

──空間をねじまげて、グングニルの軌道をこちらに向けたのか。

意表を突かれた。とっさに左手で防がなかったら、もう少し深い傷を負っていただろう。

「そういえば貴様は、もといた世界で『叛刻の使徒』と呼ばれていたそうだな」

時間にも空間にも干渉できる存在だと、ドレカヴァクが言っていたのを思いだす。メルセゲルはわずかに首をかしげてこちらを見つめていたが、すぐに納得したようにつぶやいた。

「その強さ、仲間を喰らったな」

グングニルを手元に戻しながら、ズメイは答えない。答える必要を認めなかったからだ。

魔物は、他の魔物や、ひとならざるものたちを喰らって力を強めることができる。ティグルと戦って敗れたドレカヴァクを、ズメイは事前の約束通り喰らった。ティグルやメルセゲルに勝つために。それによってズメイは力を高め、さらにドレカヴァクの記憶の断片や心情の一部も己のものとしたのだ。

「魔物ごときと侮った不明を恥じよう。そして、貴様を滅ぼすことで我が恥を雪ぐ」

メルセゲルが左手を軽く握って、前に突きだした。指の隙間から黒褐色の霧がこぼれでる。霧は彼の手を中心に左右へ延びながら、ゆるやかな曲線を描いた。

霧が蒸発するように消える。メルセゲルの手には、白蛇を模した一張りの弓があった。

――弓……？

ズメイは内心で軽い驚きを覚えた。ズメイの知るかぎりにおいて、アーケンに関わる武器に弓はなかったからだ。それとも、メルセゲルがもといた世界では、あったのだろうか。

――いや、おそらくは……。

魔弾の王の黒弓を、ズメイは思い浮かべる。この世界を守るためにティル＝ナ＝ファが地上に投げ落とした、一張りの弓。あれに対抗したのだと、ズメイは見抜いた。はるか古の時代、アーケンはティル＝ナ＝ファに敗れている。

――ティル＝ナ＝ファに関わるものを滅ぼすためにアーケンが用意した祭器というところか。

メルセゲルが蛇弓をかまえる。その右手に、蛇の牙を思わせる湾曲した細長い刃が三つ生まれた。長さは短剣ほど。それらを矢のようにつがえ、弓弦を軽く引いて無造作に放つ。

ズメイは放たれた刃を見なかった。空間の揺らぎを感覚で捉えて、グングニルを振るう。

同時に、眼前に三つの刃が現れた。まっすぐ飛んできたのではない。メルセゲルが空間をねじまげ、刃をズメイの目の前に出現させたのだ。見てから反応したのでは、間に合わなかっただろう。グングニルで薙ぎ払われた刃は粉々に砕け散り、虚空に舞って消滅する。

メルセゲルは表情を変えず、新たに三つの刃を放った。今度はズメイの前後と頭上にそれぞれ一本ずつ刃が出現し、襲いかかる。

ズメイはグングニルを振るわず、身体から黒い瘴気を放った。瘴気は刃をすべて受けとめ、搦めとる。そして、メルセゲルが新たな刃を用意するよりも早く、ズメイは動いた。受けとめた刃を放り捨て、一瞬の半分にも満たぬ速さで間合いを詰めて、グングニルで突きかかる。

メルセゲルは避けない。ズメイが矢継ぎ早(やつぎばや)に繰りだした刺突のことごとくを受けとめ、平然と立っている。グングニルから伝わってきたかすかな違和感を、ズメイは見逃さなかった。

——当たってはいる。だが、当たった瞬間に、何らかの力が働いている。

時間に干渉して、当たる直前の状態に戻したのだろうと見当をつける。ズメイには時間に干渉する力はない。何らかの手段を講じる必要がある。

間合いをはかり、身体から黒い瘴気を放ってメルセゲルの周囲に展開する。こちらに対抗しようとメルセゲルが放った黒褐色の霧を、強引に吹き散らした。メルセゲルが動きを止める。

ズメイはグングニルを振りあげ、相手の頭部に叩きつける。そのまま真っ二つに両断した。

「——惜しい」

くぐもった声は、ズメイが吹き散らした黒褐色の霧の断片から発せられた。

無数の塵となっていた黒褐色の霧は、ズメイから数歩離れたところへ流れていき、寄り集まって何ものかの形をつくる。色と輪郭を得て、蛇弓を持ったメルセゲルとなった。

一方、ズメイが両断した身体は瞬く間に色を失い、乾いて転がる。抜け殻のように。

――厄介な相手だ。だが、隙がある。

その隙を突く。一撃で仕留めなければならない。仕損じれば、メルセゲルは二度と同じ隙を見せないだろう。逃げて態勢を立て直す可能性もある。

ふと、メルセゲルが巨大な娘の像に視線を向けた。

「かりそめの器としても、醜いものだ。アーケンが肉体にこだわらぬのは幸甚といえる」

「こだわりがないのではなく、良し悪しがわからぬのだろう」と、ズメイは嘲弄した。

「気にすることはない。この世界において、アーケンの魂が器を得ることはないのだから」

「――終わりにしよう」

メルセゲルが蛇弓の弦を弾く。空間が軋むような悲鳴をあげ、ズメイの周囲に数百の刃が出現した。前後左右と頭上を隙なく覆っているそれらは、ズメイの攻撃を受けとめている間に、つくりあげたものだった。

ズメイはその場から動かず、グングニルを投擲するかまえをとる。

無数の刃があらゆる角度からズメイに襲いかかった。同時に、ズメイの身体から黒い瘴気があふれでる。だが、瘴気が受けとめた刃はわずか数本に過ぎず、それ以外の刃はことごとくズメイに突き刺さって、えぐり、斬り刻んだ。

かまわず、ズメイはグングニルを投げ放つ。数本の刃を瘴気が受けとめたことで、空間にわずかな隙間が生じていた。メルセゲルに槍が届くだけの小さな隙間が。そこを正確に貫いて、グングニルが突き進む。

メルセゲルは驚く様子も見せず、右手を突きだした。さきほどのように時間を操って、防ぎ止めるつもりなのだ。しかし、ズメイはその反応を読んでいた。

ズメイの姿がかき消える。空間を跳躍して、メルセゲルの正面に現れた。無数の刃に刺し貫かれ、刻まれたまま、ぼろ布のようにちぎれそうな身体を己の瘴気でつなぎとめて。

メルセゲルに迫っていたグングニルをつかみとる。両手で握りしめて、異なる角度から突きかかった。これにはメルセゲルも意表を突かれたようだが、彼は冷静に、繰りだされたグングニルを右手で受けとめる。

「終わりにしよう」

さきほどのメルセゲルの言葉を、今度はズメイが口にした。その身体から瘴気が流れでて、生き物のように相手の身体に絡みつく。

グングニルの軌道をねじまげられて返されたとき、ズメイはメルセゲルがこの槍を警戒していることに気づいた。おそらく、メルセゲルの肉体はそれほど強靭にできていない。こちらの攻撃をまともにくらえば、それなりに傷を負うのだろう。そこで囮に使った。

ズメイの瘴気がメルセゲルの肉体を締めつけ、砕き、押し潰そうとする。しかし、メルセゲルが全身から黒褐色の霧を放つと、ズメイの瘴気はたやすくひきちぎられ、力を失った。

「滅びよ」

メルセゲルのまとう黒褐色の霧が、至近距離にいるズメイへと襲いかかる。無数の刃に全身を刻まれたままのズメイなら、一撃で粉砕できると考えたのだろう。

しかし、霧はズメイに届かなかった。メルセゲルの顔に、はじめて感情らしきものが浮かぶ。その背中には何本もの刃が深く突き刺さっていた。ズメイがグングニルを投擲する際、己の瘴気で受けとめたものだ。

「自分の武器の気配をつかむのは苦手のようだな」

ズメイがグングニルを投げ放つ。メルセゲルの首から上を吹き飛ばした。頭部を失ったメルセゲルの身体がぐらりと傾いて、仰向けに倒れる。

メルセゲルを押し潰そうとした瘴気も、ズメイにとっては囮だった。そこまでしなければ、隙を突くことはできなかった。

ズメイの身体を瘴気が覆って、身体に突き刺さっている刃を消滅させていく。その間、ズメイはメルセゲルの亡骸が色を失って崩れていくのを、黙って見下ろしていた。

——危険な相手だった。

もしもドレカヴァクを喰らって力を増していなかったら、滅ぼされていたのは自分だっただろう。無数の刃を受けた時点で、身体を維持することができなくなっていたに違いない。

ほどなく、ズメイの肉体は完全に復元した。メルセゲルの亡骸もただの土塊になっている。蛇弓だけが無傷で転がっていた。

ズメイはグングニルを振るって、蛇弓を打ち砕く。真っ二つに折れた蛇弓には目もくれず、視線をあげて、娘の像と、七つの石像が無事かどうか確認した。

儀式の再開に支障はない。

女神の像に向き直って、呪文を詠唱する。七つの像の掲げる皿に、再び炎が灯った。女神の像の周囲にも血が湧きでる。

不意に、足下の地面が揺れはじめた。ズメイは何の反応も示さずに呪文の詠唱を続ける。揺れは次第に激しくなり、無数の砂礫（されき）が落下してきた。だが、七つの像が掲げる炎は静かに揺らめき、女神の像に染みこんでいく血の泉も、その影響を受けなかった。この一帯だけ、震動から切り離されているかのように。

気分がかすかに昂揚（こうよう）しているのを、ズメイは自覚していた。この激しい揺れは、儀式がうまくいっている証だ。

谷底を形成する岩壁の一角に亀裂が走り、見えざる巨人の手でこじ開けられるかのように、左右に大きく開いていく。そうして生まれたいびつで細長い道の奥に何かが見えた。それが、はるか古の時代に朽ち果てた神殿であることを、ズメイは知っていた。

　にわかに轟音が響き渡って、大気を震わせる。ヴォージュ山脈を形成する山のひとつが、噴火口から黒煙のようなものを勢いよく噴きだしたのだ。煙ではない。瘴気だった。

　揺れはさらに大きくなり、他の山からも次々に瘴気が噴きあがる。瘴気はゆっくりと広がっていき、山々のいくつかが覆われはじめた。

　それは、終わりとはじまりを告げる光景だった。

†

　ジスタート王国の南方国境にあるルークト城砦の周囲には、平坦な荒野が広がっている。

　曇り空の下、この城砦の南で二つの国の軍が対峙していた。

　ひとつは黒竜旗（ジルニトラ）を掲げたジスタート軍。もうひとつは、緋色の地に角を生やした黄金の兜と剣を描いた軍旗を掲げるムオジネル軍である。黄金の兜と剣は、ムオジネル人が信仰する戦神ワルフラーンの象徴だった。

　もともとルークト城砦の近くでは、両軍による小競り合いがたびたび起きていた。だが、大規模な衝突に発展したことや、ルークト城砦そのものが攻められたことは、あまりない。

　ルークト城砦の堅牢さを、ムオジネル軍はよく知っているからだ。守りについている兵の数は二千ほどだが、この城砦は二重の城壁と深い濠を備えている。攻め落とそうと思うなら、万を超える大軍か、いくつもの攻城兵器が必要となるだろう。

だが、秋の終わりごろから、ムオジネル軍は城砦の近くに頻繁に姿を見せるようになった。必要以上に近づいてはこないが、いなくなることもない。

ルークト城砦の守備隊長であるタラスは彼らの動きに不穏なものを感じ、近隣の諸侯や戦姫に助けを求めた。二人の戦姫がこの声に応じた。ソフィーことソフィーヤ＝オベルタスがポリーシャの歩兵五千を、『羅轟の月姫（バルディッシュ）』の異名を持つオルガ＝タムがブレストの騎兵五百を率いて、それぞれ駆けつけたのだ。

はたして、タラスの不安は的中した。

昨日の朝、ムオジネル軍はおよそ一万五千の兵をそろえてこの地に現れたのである。

「何てこと……」

城壁上から彼らの姿を見たソフィーは、驚愕を禁じ得なかった。

いまは、寒さに弱いムオジネル人が嫌う冬である。しかも大陸中の食糧が枯渇（こかつ）しており、戦などしている余裕はどの国にもないはずだ。

だが、彼らは攻めてきた。こちらも呆然としているわけにはいかない。

兵たちに戦う準備を命じつつ、ソフィーは城砦の一室でオルガ、タラスと話しあった。

「打って出ましょう。一千の兵に城砦の守りを任せて、六千五百の兵で野戦を挑むの」

ソフィーの提案に、オルガは何も言わなかったが、タラスは顔をしかめた。

「六千五百でも、相手の半分以下です。このあたりの地形は平坦で、数の多い敵に有利に働きます。戦姫様方のお力を疑うつもりはありませんが、ここは城砦に立てこもり、味方の援軍を待つべきではないでしょうか」

堂々と意見を述べるタラスに、ソフィーは感心した。主張も整然としており、国境の城砦の守備を任されているだけのことはある。だが、ソフィーは首を横に振った。

「わたくしにはひとつ懸念があるの。我々が城砦に立てこもったら、ムオジネル軍は兵を二つにわけて、一方で城砦を包囲し、一方で進軍するのではないかしら」

タラスは唸った。一万五千の兵を有するムオジネル軍には、そのような真似が可能だ。その手を打たれたら、ジスタート軍は城砦から動けなくなってしまう。

「タラス卿、彼らの目的は何だと思う？」

ソフィーに聞かれて、タラスは腕組みをして考える。

「いつもなら奴隷にするための民なのでしょうが、そのために、この冬に軍を進めてくるとは考えにくい。狙いは、おそらく食糧かと」

「ええ。国境を越えたら、彼らは手当たり次第に村や町を襲って食糧を奪い、引きあげるのではないかと思うの。何としてでも国境を越えさせてはならないわ」

ソフィーの提案は受けいれられて、ジスタート軍は野戦を選んだ。

戦場に立ったジスタート軍は、約六千の歩兵と、五百の騎兵で構成されている。食糧に余裕があれば、より多くの騎兵を用意できたが、オルガの率いるブレスト騎兵だけで限界だった。

総指揮官はソフィーである。戦姫とはいえ、ソフィーの気質と能力は戦いよりも交渉に向いており、外交における実績は多いが、戦場におけるそれは少ない。だが、野戦を提案したのは他ならぬ彼女であり、兵の士気を高める必要からも引き受けざるを得なかった。

一方、ムオジネル軍は歩兵が一万四千、騎兵が一千というところだ。どの兵も革鎧の上に毛皮の外套をまとっているのだが、外套を二重、三重にまとって丸くふくらんでいる兵が百人や二百人どころではない。だが、それを見て笑っている余裕などジスタート軍にはなかった。

――こうして向かいあうと、相手の大軍に呑みこまれそうな気分になるわね。

ソフィーは緑と白を組みあわせた絹のドレスをまとい、その上に厚地の外套を羽織った姿で馬上にある。その手に握られた黄金の錫杖が鈍い輝きを放っていた。兵たちを動揺させぬように表面上は落ち着き払っているが、胸中では緊張と不安が大きくふくらんでいる。

敵の指揮官は、ムオジネル王となったクレイシュ＝シャヒーン＝バラミールだろう。彼でなければ、この時期に戦をするなどということは不可能だ。ここに来るまでに兵たちが逃亡し、軍が瓦解していたに違いない。

地面を覆うかのような霜を蹴散らし、白い息を吐きながら、両軍は陣容を整える。

ジスタート軍は中央部隊と左翼にそれぞれ三千の歩兵を並べ、右翼には五百の騎兵のみを配置した。右翼の指揮を執るのはオルガである。ソフィーは中央の後方から全体の指揮を執る。

左翼の指揮官は城砦の副隊長で、タラスの副官を務めるカージュダンという男だ。大柄で、全体的に毛深く、硬質の髪と顎に覆われた顔は熊を連想させた。

ムオジネル軍の布陣は、ジスタート軍以上に極端なものだった。本隊であろう中央部隊には約二千の兵しかおらず、左右両翼にそれぞれ六千の兵を配置している。一千の騎兵は後方に待機しているようだ。予備兵力ということだろう。

偵察隊からその報告を受けたソフィーは、金色の髪を揺らしてうなずくだけにとどめた。

――奇をてらっているようで、手堅いわ。

敵の中央が手薄とみて攻めかかれば、左右両翼が挟撃してくるのだろう。かといって手をこまねいていれば、厚みのある左右両翼にじりじりと押されてしまう。

――それにしても、戦奴が少ない印象を受けるわね。

奴隷制度のあるムオジネルには、兵として戦うことを強いられる奴隷がいる。彼らは戦奴と呼ばれ、使い捨ての駒としてもっぱら危険な局面に投入された。

戦奴の武装は統一されておらず、そのためにふつうの兵士と見分けがつきやすいのだが、偵察隊の報告から考えると、戦奴の数は左右両翼合わせて二千から三千ていどと思われた。

――この軍なら、五千はいてもいいと思うのだけど。伏兵か別働隊がいるのかしら……。

それとも、何か理由があって多くの戦奴を用意できなかったのだろうか。冬のはじめにムオジネルを訪れたとき、飢えた奴隷たちが叛乱を起こしたと、ソフィーは聞いたことがあった。凶作によって、奴隷は家畜よりも先に食糧を削られたのだ。

奴隷たちの叛乱が深刻なものだったとしたら、戦場での裏切りを警戒して、少数しか編成しなかったことも考えられる。とはいえ、ここで結論は出すことはできそうにない。

角笛が吹き鳴らされ、軍旗がひるがえった。両軍が前進をはじめる。

矢の届く距離まで来たところで足を止め、弓をかまえた。数千の弓弦の音とともに両軍から放たれた矢の雨は、殺意を帯びた虹を虚空に描く。

「ルークトの戦い」が幕を開けた。冬の大気を切り裂いた虹が消えると、双方の軍からいくつもの悲鳴があがる。もっとも、このていどではどちらの隊列も崩れはしない。

矢戦を終え、両軍は槍と盾をかまえて前進を再開する。

ソフィーは緊張から口を引き結んだ。オルガのことは頼りにしているが、彼女は経験が不足している。それに、自分と彼女の力で数の差を覆すことは、まず不可能だ。

──エレンがいたら、安心して彼女に全軍の指揮を任せられたのだけど。

つい、そんなことを考える。

サーシャことアレクサンドラ＝アルシャーヴィンが病で命を落とし、現在の戦姫は六人。その中で高い指揮能力を持つのは三人。ミラ、エレン、リーザだ。オルガは一個の戦士としては優秀だが、大きな部隊を率いた経験が少ない。ミリッツァも同様だ。

ミラとミリッツァはブリューヌにいる。これはソフィーが頼んだことだった。

リーザは己の治めるルヴーシュ公国にいるはずだ。ルヴーシュがジスタートの北西にあることを思うと、この地に来るには時間がかかりすぎる。

エレンは己の治めるライトメリッツか、あるいはサーシャの治めていたレグニーツァにいるだろう。戦姫たちの中で、サーシャの死にもっとも衝撃を受けているのは彼女に違いない。

――敵を前にしてないものねだりなんて……。

頭を振って、ソフィーは自分の考えを打ち消す。いまは戦に集中するべきだ。

ムオジネル軍の中央部隊が前進を止め、左右両翼が猛進する。それぞれの先頭にいるのは戦奴たちだ。槍や手斧を持ち、毛皮を二重に着こんで、褐色の布を顔に巻きつけている。二重の毛皮の間には革が挟まれていて、革鎧としての機能を果たしていた。

敵の動きに気づいたソフィーは、左右両翼に後退を命じる。正確には、「五十歩後退のち、突撃」という命令を下した。

ソフィーの狙いはうまくいった。後退するジスタート軍を見て、ムオジネル軍の右翼と左翼は勢いづき、我先にと突撃する。そのために隊列が乱れた。

そこへ、ジスタート軍が猛然と突撃したのだ。勢いがついていたのはどちらも同じだが、ジスタート軍は隊列を整えている。ムオジネル兵の散発的な攻撃を受けとめ、押し返し、敵を槍で突き刺し、盾で殴りつけた。冬の大気がかきまわされて熱を帯び、戦場の狂気をはらむ。

ブレスト騎兵のみで編制されたジスタート軍右翼は、果敢に動いた。戦奴で構成されたムオジネル軍左翼の先頭集団を容赦なく蹴散らし、その勢いで敵陣に躍りこむ。彼らの先頭に立つのは、竜具ムマを持ったオルガだ。

馬上にあって、オルガはムマを変形させている。普段は小振りの手斧として自分の腰におさまっているこの竜具を、彼女は長柄の斧に変えて、ムオジネル兵を片端から薙ぎ倒した。盾を砕き、槍の柄を叩き折り、毛皮ごと相手を斬り裂いて、オルガはまっすぐ馬を進める。ブレスト騎兵たちも勇んで十五歳の主に続き、鮮血が、肉片が、屍が、たちまち地面を埋めていった。ムオジネル軍左翼はひるんで後退する。

中央部隊で指揮をとっていたソフィーは、オルガたちの奮戦に安堵の息をついた。自軍の左翼の動きに目を向ける。こちらは苦戦していた。敵の先頭集団は打ち破ったものの、そのあとに相手の反撃を許してしまい、押されている。

——数の差を考えれば、カージュダン卿はよく持ちこたえているわ。

だが、このまま何も手を打たなければ、左翼は遠からず押しきられて崩れるだろう。

敵の中央部隊に目立った動きがないことを確認すると、ソフィーは自軍の中央から一千の兵を突出させた。敵右翼の側面を攻撃させる。ムオジネル軍はおもわぬ横撃に狼狽し、前進を止めた。その隙に、ジスタート軍左翼は隊列を立て直す。

突出させた兵に、引き続き左翼の援護を命じながら、ソフィーは額に浮かんだ汗を拭った。

このとき、オルガの率いるジスタート軍右翼も後退をはじめている。敵陣の奥深くまで斬りこんで疲労したことに加えて、敵が態勢を立て直して反撃してきたからだ。

ムオジネル軍左翼の指揮官は、目の前の敵が少数であると叫び、褒美(ほうび)をちらつかせて兵たちを煽(あお)り、奴隷という身分からの解放を叫んで戦奴たちを煽った。

戦意を高めたムオジネル兵たちは、どれだけ味方が倒されようともひるまず、その屍を乗り越えて襲いかかってくる。二人がかり、三人がかりで馬を傷つけて馬ごと兵士を転倒させ、あるいは武器を兵士の服に引っかけて地上に引きずりおろし、倒れた兵士に槍を突きたてた。

このような戦い方をされると、少数のオルガたちは苦しい。いかにオルガが並外れた力量を持つ戦士であっても、敵兵をことごとく打ち倒すことなど不可能だ。消耗戦を強いられることだけは避けねばならなかった。

オルガたちの後退に合わせて、ソフィーは中央と左翼も後退させる。もしも敵が前進してくれば、その陣容を細長く引き延ばして薄くし、機を見て反撃に転じるつもりだった。

ムオジネル軍は中央部隊を動かさず、左右両翼だけを整然と前進させてくる。焦らず、こちらを確実に追い詰めようというのだ。

――こうなったら、どこかで大きく引き離して、城砦に引き返すべきかしら。

ソフィーは迷った。敵に打撃を与えたいまなら、こちらの戦意が高い状態で籠城戦に移り、城砦を包囲させないよう、また進軍を許さないように敵を牽制しながら、援軍の到着を待つことができるのではないか。

ソフィーが決断を下せないまま、四半刻ほどが過ぎたころ、ムオジネル軍が新たな動きを見せた。左右両翼が急進して、こちらへ食らいついてきたのだ。

ソフィーはやむなく後退を止め、相手を迎え撃つように命じる。それから間もなく、ひとつの悲報が彼女のもとにもたらされた。

「指揮官が……カージュダン卿が戦死しました」

左翼から派遣されてきた伝令が、沈痛の面持ちで報告する。敵の攻勢に対し、カージュダンは先頭に立って剣を振るっていたのだが、馬を倒され、地上に投げだされたところを斬り伏せられたのだという。

「まだ、このことは一部の者しか知りませぬ。カージュダン卿は負傷をして後方に下がったことになっており、指揮は他の者がとっております」

「わかったわ……。左翼は後退しながら持ちこたえて」

それしか言えない自分に、ソフィーは無力感を覚えた。伝令が一礼して去ったあと、神々にカージュダンの魂の安寧(あんねい)を祈る。

右翼を指揮するオルガからの伝令が現れたのは、その直後だった。

「我々の指揮官は、総指揮官殿の助けを求めています。右側面から援護してほしいと」

眉をひそめる。正面からの攻勢を支えてほしいという要求ではない。

──敵の騎兵が迂回してくるということね。

ソフィーは中央部隊から一千の兵を割いて、右翼の右側面へ向かうように命じる。これで中央部隊の兵はたった一千となった。もう援護にまわせる兵力はないと思っていい。

ほどなく、オルガの推測した通りのことが起きた。一千騎のムオジネル兵がジスタート軍の右手に現れたのだ。彼らは荒野に土煙を巻きあげ、槍をかまえて突撃してくる。

だが、そのときにはソフィーが派遣した一千の歩兵が到着していた。盾を並べ、槍をかまえて相手の突撃を阻もうとする。

ムオジネル騎兵は動じる様子もなく、無数の槍を投げこんだ。そうしてジスタート兵がひるんだところへ、剣を抜いて斬りこむ。その勢いは見事なもので、ジスタート兵は隊列を崩し、いたるところでムオジネル兵の突破を許した。

血に濡れた剣を掲げて、ムオジネル騎兵がジスタート軍右翼に迫る。

そこへ、ひとりの女性が馬を駆って彼らの前に立ちふさがった。緑柱石の色の瞳を戦意で満たし、黄金の錫杖ザートを握りしめているその女性は、むろんソフィーだ。一千の兵を右翼の守りに向かわせる際、彼女自身も指揮を部下に任せてこの場所へ来たのだった。

もっとも突出しているムオジネル騎兵を狙って、ソフィーは馬を走らせる。女性であることに加えて、一見して武装しているように思えない姿なのだから、相手が戦姫であることにムオジネル兵も気づいただろう。だが、彼らはこの状況を好機と捉えて、ソフィーに殺到した。

ソフィーは馬を止め、ザートを振るう。黄金の輝きが飛散し、三人のムオジネル兵が吹き飛ばされて落馬した。彼らはそれぞれ顎と右肩と脇腹を砕かれている。

打ち倒した敵兵には目もくれず、ソフィーは錫杖を振るって次々にムオジネル兵を馬上から叩き落とした。錫杖が振るわれるたびに、その先端にある黄金の環が涼やかな音色を奏で、破砕音と短い悲鳴がそれをかき消す。血飛沫が、ソフィーのまとう厚地の外套に紅のまだら模様をつけていった。

戦姫の圧倒的な強さを見せつけられて、ムオジネル兵の動きが鈍くなる。彼らの背後で喚声が沸きあがったのは、そのときだ。ムオジネル騎兵の突破を許した一千のジスタート歩兵が、隊列を整えて彼らを包囲しようとしていた。

ムオジネル騎兵は、自分たちが罠にかけられたことを悟った。ジスタート軍は、迂回してきた敵の突撃を食いとめるつもりなど、はじめからなかった。突破したと思わせて内側に誘いこみ、包囲する気だったのだ。ソフィーの登場も、彼らの判断を狂わせた。

こうなると、ジスタート軍右翼を攻めるどころではない。かといって、反転してジスタート兵の包囲網を突破するのは非常に困難だ。ムオジネル騎兵は一縷の望みにかけて、ソフィーに襲いかかった。だが、防戦に徹した戦姫を傷つけられる者はおらず、包囲網が完成する。

ジスタート兵たちは、ムオジネル騎兵に容赦なく突きかかった。馬を倒されて地面に投げだされる者や、馬上で貫かれて落馬する者が続出する。流血と人馬の亡骸で、地面はたちまち厚みを増していった。

　このとき、オルガはジスタート軍右翼の先頭に立って、敵の攻勢を食いとめていたが、ソフィーの活躍に気づくと、残った力を振りしぼって反撃に出た。再び敵陣に飛びこみ、右に左にムマを振るう。彼女は肩で息をしており、その顔は汗と泥と返り血でひどく汚れていた。

「戦姫様に続け！　騎馬の民の恐ろしさをやつらの魂に刻みつけてやれ！」

　ブレスト騎兵らも気力を奮い起こし、オルガに付き従って怒濤（どとう）のごとく攻めかかる。オルガがつくった敵陣の綻（ほころ）びを、馬と槍とで押し広げた。

　ムオジネル軍左翼の指揮官はうろたえた。彼はジスタート軍右翼の戦力を削りつつ、味方の騎兵部隊を助けるつもりでいたのだが、オルガたちの攻勢の苛烈（かれつ）さは想像以上だった。数だけを見れば、依然としてムオジネル軍が優勢ではあるのだが、下手に兵を割けば、そこを戦姫に衝かれるかもしれない。彼は味方を助けるのを諦めて、狙いをオルガひとりに絞った。

「戦姫を討ちとれ。無理なら腕でも脚でも持ってこい。樽一杯の金貨を褒美にやる」

　この常軌を逸した命令は、尋常でないオルガの強さに浮き足立っていたムオジネル兵たちを立ち直らせた。土煙と血煙を浴びながら、彼らは我先にオルガへ挑みかかる。

　敵兵の動きから、オルガは自分が狙われていることを悟り、口元に笑みをにじませた。

　全身に疲労がのしかかっている。薄紅色の髪は乱れ、羊毛をふんだんに使った外套は返り血と泥で汚れ、腕と指は痺れかけていた。竜具ムマの刃は赤黒く染まっている。

だが、自分がひとりでも多くの敵を倒すことで部下たちが楽になると思えば、彼女はいくらでも竜具を振るうことができた。

怒号と悲鳴の入り乱れる中、オルガはひとり、またひとりと敵兵を打ち倒し、彼らの亡骸を地面に積みあげていく。尽きることのない戦意と武勇にムオジネル兵たちが気圧され、両者の間に空白が生じた。

彼らを睥睨(へいげい)しながら呼吸を整えていたオルガは、不意に動きを止める。

大気が、不自然に震えた気がした。彼女の持つムマの、刃と柄の接合部にある緑柱石が、淡い光を帯びて警告を発する。

「ムマ……？」

疑問は、驚きに取って代わられた。大気だけでなく、大地も震えだしたのだ。

小石が転がり、地面が大きく揺れる。馬がおびえていななき、暴れる。それまで眼前の敵に集中していた両軍の兵たちも、驚きの視線を足下へと向けた。悲鳴をあげる者もいれば、神の名を唱えながらその場にうずくまる者もいる。

地震だった。それもそうとうに大きな。

もはや戦いどころではない。ジスタート兵もムオジネル兵も武器を捨て、転がるように走って敵から離れる。その行為を咎(とが)める指揮官はいなかった。

オルガも竜具こそ手放さなかったが、暴れる馬をなだめ、落馬をまぬがれるのが精一杯だ。

五、六十を数えるほどの時間を経て揺れが少しずつ弱まり、おさまったとき、両軍の兵たちからはほとんど戦意が失われていた。相手を警戒しながら、少しずつ距離をとる。角笛の音が鳴り響いた。両軍とも、戦いを再開するのは無理だと悟ったのだ。
オルガもようやく馬首を返し、味方とともに後退しようとする。

その背後で、ひとりのムオジネル兵が槍を支えに立ちあがった。


戦場からおよそ五ベルスタ（約五キロメートル）離れたところで、ジスタート軍は後退を止めた。ソフィーは負傷者の手当てと死体の回収、敵軍への警戒を命じたあと、兵たちに見えない角度でそっとため息をこぼす。

──地震に救われたわ。

全体を見ればジスタート軍は勇戦したが、危うい場面は何度もあった。場合によっては、今日のうちにジスタート軍は突き崩されて潰走していたかもしれない。中央からの援護があったとはいえ、左翼はカージュダンを失った状態でよく戦い続けてくれたと思う。

──それから、オルガたちにも。

軍議の際、自分たちだけで右翼を担当すると言ったのはオルガだった。ソフィーは彼女を信じて任せたが、期待以上の戦果をあげてくれた。

――それにしても、不思議ね。

近隣諸国から『赤髭（バルバロス）』の異名で恐れられるムオジネル王が指揮をとっているにしては、敵の動きが鈍いように思える。自分の指揮で対応できているのだから。

幸運に恵まれたのか。それとも、こちらを油断させるための罠か。

――何であれ、このまま撤退してくれればありがたいのだけど……。

各部隊の隊長たちが報告に訪れる。皆、その奮闘ぶりを示すように顔や腕に傷を負っていたものの、笑みを浮かべていた。

微笑を浮かべて彼らの働きをねぎらってから、ソフィーは告げる。

「一度、ルークト城砦に戻りましょう」

「戦姫様、まだ我々は戦えます。兵たちも同じことを言うでしょう」

部隊長のひとりが前に進みでて、力強く主張する。他の者たちも同じ考えのようだ。

「やられた仲間の無念を晴らしたく思います」

別のひとりが言った。カージュダンの名を口にしなかったのは、彼の死がどのていど伝わっているのか、慎重になったためだろう。その眼光の鋭さが、彼の心情を物語っている。

しかし、ソフィーは首を横に振った。

「さきほどの地震は大きなものだったわ。ムオジネル軍も警戒して、大きな動きは控えるでしょう。でも、そうね、城砦にたてこもるのではなく、その手前に幕営を設置しましょうか」

ソフィーのもの言いは決して高圧的ではなく、冷静に諭すようだった。何より彼女は戦姫であったし、指揮官としても戦士としても奮闘したのは、ここにいる誰もが知っている。部隊長たちは納得して、兵に指示を出すべく散っていった。

ひとりになるのを待って、ソフィーは考えこむ。

——中途半端ね。

守りに徹するなら兵たちの戦意を無視して城砦にたてこもるべきであり、相手に強気な姿勢を見せるなら、城砦の手前まで戻るべきではない。だが、依然として敵の数は多く、城砦を包囲される可能性はあり、もう一度、野戦を仕掛けるのは難しい。

どうするべきか考えていると、オルガが歩いてくるのが見えた。

ソフィーは小走りに駆けて彼女を出迎え、感謝をこめて軽く抱きしめる。オルガがかすかに顔をしかめた。それを見逃さなかったソフィーは驚き、よく観察する。

汗と泥と返り血に汚れていてわかりづらかったが、オルガの顔は青ざめていた。

「ごめんなさい。負傷したのね……？」

声をおさえて確認する。オルガは首を横に振った。

「たいしたことはない。手当ては、すませた。それより、話が、ある……」

オルガの声は、苦痛に耐える者のそれだ。

ソフィーはポリーシャ兵の中から信頼できる者を呼ぶと、自分とオルガが四半刻ほど休むことを告げた。また、水筒や薬草、当て布、包帯などをひそかに用意するよう命じる。その兵士はすぐに駆けていき、麻袋を抱えて戻ってきた。

ソフィーは礼を言ってそれを受けとると、オルガとともに歩きだす。軍から百アルシンほど離れたところで足を止めた。オルガの外套を脱がせて服をめくりあげると、左の脇腹に当て布が押し当てられ、腹部に包帯が巻かれている。手当てをすませたというのは本当らしい。

「地震のせいで油断した」

悔しそうに、オルガはつぶやいた。ソフィーは包帯と当て布をとって、手当てをし直す。城砦の手前まで戻ることにしてよかったと思った。

「ところで、話というのは何かしら」

「地震が起きたとき、ムマが光った」

傍らに置いた竜具を見ながら、オルガは言った。ソフィーは真剣な表情になる。彼女のザートも、やはり地震が起きたときに光を放っていたのだ。

災害が起きたとき、竜具が使い手に警告を発することはある。だが、今回の地震については違う意味での警告に思えた。よからぬことが起きたと、訴えている気がする。

「どうする?」

短く聞かれて、ソフィーは首を横に振る。こちらの兵力がムオジネル軍と互角で、敵の指揮官がクレイシュ王でなければ、一時的に離脱して周囲を探索することもできるだろう。だが、兵力において圧倒的に劣っている以上、そのような真似はできない。

「なるべく早くこの戦いを終わらせましょう。そうすれば自由に動けるわ」

オルガはうなずくと、「もうひとつある」と言って、言葉を続ける。

「妙な言葉を聞いた」

眉をひそめるソフィーに、説明が不充分だったと悟ったようで、オルガは補足した。

「敵陣の奥まで馬を進めたとき、ムオジネル語ではない言葉が聞こえた。その言葉を使っている者たちが、少なくとも数十人はいた」

ソフィーの顔が戦慄に強張る。おそらく戦奴ではない。彼らは先頭集団にいた。それに、諸国を放浪していたオルガは、ブリューヌ語もアスヴァール語もザクスタン語も、大雑把にだが知っている。彼女の言い方からして、それらの国の言葉ではない可能性が大きい。

傭兵ということも考えにくい。わざわざムオジネル兵の部隊に組みこむ理由がないからだ。傭兵を使うなら、戦奴と並べて先頭に立たせるか、遊軍として切り離しておくだろう。

――ムオジネル軍に、他国の軍が協力しているということかしら。

しかも、こちらに堂々と軍旗を見せつけることもなく、ひそかに。

「何かわかった？」

オルガに聞かれて、ソフィーは小さく唸る。情報が足りない。

「あなたの配下の兵で、同じく敵陣の奥まで斬りこんだ者たちからも話を聞けないかしら」

「敵の言葉については何もわからないと思う。ブレストから出たことのない者ばかりだから」

「どんな些細なことでもかまわないわ。相手の言葉がどう聞こえたのかということだけでも」

その後、軍に戻ったソフィーたちは、偵察隊を派遣するよう命じた。もともとその予定ではあったが、「敵軍の武装、言葉についてさぐるように」と注文を付け加える。

城砦の手前まで後退し、幕営の設置がすんだところで、ソフィーはいくつかの報告を受けとった。死体の回収がすんだという報告には安堵の息をついたが、ムオジネル軍が戦場からさほど離れていないところに幕営の設置をはじめたという報告には難しい顔になる。

——やはりというべきか、簡単には引きさがってくれないわね。

この日、ジスタート軍は約六百の兵を失い、ムオジネル軍は八百以上の兵を失った。損失でいえばムオジネル軍の方が大きい。だが、ジスタート軍は城砦を守る兵を加えても七千未満となったのに対し、ムオジネル軍は一万四千以上の兵を有している。

——それに、オルガが負傷したことは大きな痛手だわ……。

次の戦いに備えて、ソフィーは考えを巡らさなければならなかった。

†

曇り空の下、街道に馬蹄の音を響かせながら、東へ馬を走らせる五つの影がある。

ティグルとミラ、リュディ、ラフィナックとガルイーニンだ。

アルテシウムを発ってから五日が過ぎている。人馬ともに疲労が目立ってきているが、大きな怪我をした者や、動けなくなった者などはいない。山賊や野盗とも何度か遭遇したが、さほど時間を費やさずに無傷で切り抜けていた。そういう意味では、旅は順調だった。

「ここのところ、太陽を見ていない気がしますねえ」

空を仰いで、ラフィナックが嘆息する。ガルイーニンが言葉を返した。

「月と星もですな。何日も空が雲に覆われたままというのは、私もはじめてです」

それがティグルを不安にさせている。ステイシーの言葉が正しければ、次の朔までにヴォージュ山脈に入って儀式を止めなければ、ティル＝ナ＝ファが降臨してしまう。

むろん、月の形が見えたからといって、これまでよりも長く、早く進めるわけではない。無理に急いで道半ばで力尽きるようなことがあっては、悔やむに悔やみきれない。それがわかっていても、やはり毎夜、月の形を確認したいという思いは消えなかった。

「疲れた顔をしてるわね」

横合いから声をかけてきたのは、左隣に馬を寄せてきたミラだ。気遣う表情の彼女に、ティグルは苦笑を返した。

「いつもより頭を使ってるからかな。食糧やら馬の体調やら、考えることが多いから」

「不安ならそうと言いなさい」

ごまかそうとしたが通じず、叱られる。だが、怒ったような彼女の声には温かみがあった。

「誰かに聞いてもらっていくらか気分が楽になることはあるのよ。私だって、あなたにどれだけ不安を聞いてもらったかわからないわ。せめて私には遠慮しないで」

気恥ずかしくなって、ティグルはくすんだ赤い髪をかきまわす。礼を言おうとしたとき、リュディが右隣に馬を並べた。

「そこは『私たちに』でしょう、ミラ。私だって、ティグルの不安ならいくらでも聞かせてほしいです。でも、そんなに不安なら、ひとつ手がありますよ」

その言葉に興味を惹かれて、ティグルとミラはリュディに視線を向ける。彼女は馬上で胸を張って、得意げに語った。

「難しいことじゃありません。不安を忘れるようなことをすればいいんです」

「たとえば？」

ティグルが聞くと、リュディは二人にだけ聞こえるように声を落とした。

「添い寝ですね」

二人の顔に、期待したことを少し後悔する色がよぎる。リュディは笑顔で続けた。

「小さいころ、お父様やお母様に添い寝してもらったとき、私は安心しきっていました。私とティグル、ミラとティグルの間にも、それに近い愛情があるはずです」

そう言われてみると、ティグルにも納得するところがある。ミラも同じようだった。

「だが、旅の中で添い寝はさすがに難しいぞ……」

正直にいえば、恥ずかしい。自分たち三人だけならともかく、ラフィナックとガルイーニンがいる。こんなことで彼らによけいな気を遣わせてしまうのも申し訳ない。

「交替で見張りをしながら眠るときの、ほんの少しの間だけでいいんです。昼の間、ティグルには、より安心できる添い寝について考えてもらいます」

リュディが当然のような態度で話を進めるので、ティグルはつい耳を傾けてしまう。

「何だ、それは」

「私やミラの反応を覚えて、どんな抱き方がいいのか、手はどこに置けばいいのかなどを考えてください。何か考えることがあれば、その間は不安を忘れられるとも聞きますから」

ティグルは呆気(あっけ)にとられた顔になり、次いで感心した顔でリュディを見つめた。彼女の話を聞いていると、試してみようかという気になってしまうところが恐ろしい。

「興味深い話だが、俺の精神がもちそうにないな」

「残念ね。私はやってみてもいいと思ってるけど」

そう言ったのはミラだ。ティグルがおもわず彼女を見ると、凍漣の雪姫は頬を赤く染めて視線を前に向けていた。「ほら、ミラは賛成してますよ」と、リュディが煽る。

「二人と話しているだけで、不安は消えたよ」

肩をすくめて、ティグルは答えた。嘘ではない。この大切な二人のために、たとえ女神が降臨しようと何とかしてみせると、あらためて決意を固めたのはたしかなのだから。

それから半刻ほど街道を進むと、前方に川が見えてきた。先頭を進んでいたティグルは馬足を緩めて、仲間たちを振り返る。

「このあたりで少し休もうか」

「そうね。馬もそろそろ休ませないといけないし」

ミラが、自分の乗っている馬の首筋を撫でた。

五人は川辺で休憩をとる。ティグルとガルイーニンが、鞍と手綱を外した馬たちの身体を拭いてやり、ラフィナックは手桶で水を汲み、馬に飲ませてやった。ミラは火を起こし、リュディが荷物から炒り豆やチーズなどを用意する。

「食糧も残り少なくなってきましたね……」

「仕方ないわ。アルテシウムを出てから、ろくに補充できてないもの」

残念そうにつぶやいたリュディを、ミラがなぐさめた。

いつも通りの旅なら、村や集落に立ち寄って食糧を買うことができるのだが、今年は凶作のために自分の食糧を確保するのも難しいという状況だ。今日までに、旅人のティグルたちに食糧を売ってくれたところはなかった。

アルテシウムを発つ前にそのことは予想していたので、それほど落胆はしていない。だが、手持ちの食糧が少しずつ減っていくことに不安や焦りを抱かないといえば嘘になる。

「それについては俺の力不足もあるな。すまない」

馬の身体を拭き終えたティグルが、申し訳なさそうに謝る。

森や山の近くで長時間の休憩をとったとき、ティグルは狩りに行ってみたのだが、まったく獲物を見つけられなかったのだ。仕留める以前の話であり、このようなことはティグルにとってもはじめてだった。

「これでは仕方ないでしょう」

空の手桶を持って川辺にしゃがみこんでいたラフィナックが、肩をすくめる。

「いくら冬とはいえ、川を覗きこんでも小魚すら見当たりません。森の獣も、狼や熊に残らず食べられてしまったんじゃないでしょうかね」

「来年以降も厳しくなるな……」

ティグルは顔をしかめた。獣がいなくなると、森の調和や均衡が崩れてしまう。獣の餌になることをまぬがれた草花が勢いを伸ばし、他の草花を駆逐する。そうなると、それまで採れていた薬草や木の実が採れなくなってしまう。

「この一件をかたづければ何もかも元通りになる、ということにはならないでしょうな」

ガルイーニンも同意する。しかし、彼はすぐに表情を緩めて続けた。

「とはいえ、先のことばかり考えていても疲れるだけです。目の前のことに集中するべく、気分だけでも一新させましょうか。ラフィナック殿、手桶を貸してもらえますか」

不思議そうな顔のラフィナックから手桶を受けとったガルイーニンは、自分の荷袋から小さな革袋を取りだす。手桶で川の水を汲んだあと、その中に革袋の中身を注いだ。

「粗い粉のようですが……カラスムギではないですな」

横から覗きこんだラフィナックが、興味深そうな声を出す。ガルイーニンはうなずいた。

「ケーラの実と呼ばれてます。ここ数日の間に何度か見かけて、採っておきました。このような状況でなければ放っておきましたが」

「食べられるんですか？」

好奇心が湧いたらしく、リュディがガルイーニンのそばまで歩いていく。

「小さな実を乾燥させ、粉になるまですり潰し、水を加えて練ると、パンによく似たものになります。あくまで似たものであって、食感も味もだいぶ劣りますが」

ガルイーニンは、荷袋から薄い銅の皿を取りだした。ケーラの実を練ったものを皿に載せ、丁寧に引き延ばしていく。

「リュディエーヌ殿、皆の分の炒り豆とチーズをいただいてよろしいでしょうか」

「そのパンの具材に使うんですね」

初老の騎士の意図を悟ったリュディが、炒り豆とチーズを渡す。ガルイーニンは銅の皿を火にかけると、炒り豆を短剣の柄で砕き、次いでチーズを細かく削りながら、パンの上に散らした。香ばしい匂いがティグルたちの鼻をつく。

薄く引き延ばされているため、パンはすぐに焼けた。

ガルイーニンは銅の皿を地面に置いて、パンを五つに切りわける。

自分のパンを受けとったティグルは、さっそくかじりついた。たしかにパンの部分はぼそぼそとして大味だが、炒り豆の食感と、チーズの匂いと味が、パンの歯応えなど瑣末なことだと思わせてくれる。他の者たちも同じ思いだったのだろう、すぐにたいらげた。

「ありがとうございます、ガルイーニン卿。ただ炒り豆やチーズをかじるよりもはるかにいい食事でした」

「気に入っていただけたのなら何よりです。とはいえ、ケーラの実もこれで品切れですが」

「あと四、五日でアルサスです。アルサスに着けば、食糧だけは何とかなるはずですよ」

ティグルは楽観的な口調で応じた。

「できれば、アルサスにはもっと余裕のあるときに行きたかったですね。いまは、ウルス様もお忙しいでしょうから」

青銅杯で汲んだ水を飲みながら、リュディが残念そうに言った。彼女がウルスに最後に会ったのは、春半ばのことだ。直接会って話したいことはいくらでもあった。

「すべてかたづいたら行けばいいわ。ティグルだって、真っ先に朗報を知らせたいでしょう」

ミラの言葉に、ティグルは「そうだな」と、笑顔でうなずく。ふと、傍らに置いていた黒弓に視線を向けた。ヴォルン家の家宝だが、古の時代にこれをつくりだしたのはティル＝ナ＝

ファだった。それがさまざまなひとの手を経て、いま、ティグルのもとにある。

――ティル＝ナ＝ファは何ものなんだろうか。

アルテシウムを発ってから、いや、それ以前から、ティグルはその疑問を抱えている。

かつてのティグルは、多くの人々と同じように、ティル＝ナ＝ファを恐ろしい女神だと思っていた。人々の忌み嫌う夜と闇と死を司り、神々の王たるペルクナスの宿敵なのだからと。

しかし、ティグルはこの黒弓を通して、ティル＝ナ＝ファに何度も助けられてきた。

いくつかの光景を思いだす。ひとつは、魔物ドレカヴァクとの戦いで見せられた、異なる世界の自分。人間を激しく憎悪し、黒弓を手にして、己の敵を滅ぼそうとしていた。

次に浮かぶ光景は、夢の中でティル＝ナ＝ファが見せてくれたものだ。ひとりの巫女が粗末な弓を手にして、世界を滅ぼそうとするものを迎え撃とうとしていた。

「若、いまさらですが、女神に降臨をやめてもらうなんてことが本当に可能なんですか？」

ラフィナックの率直な疑問に、ティグルはうなずいた。

「ティル＝ナ＝ファはそのための方法を教えてくれた。そのことを考えると、本人が望んでいるというわけじゃないんだろう」

撃ちなさい。儀式か、器を。

降臨を止める術を聞いたとき、ティル＝ナ＝ファはそう答えた。

「本音では地上に降臨したくないということなんでしょうか？」

リュディが顔をしかめる。ティグルは首を横に振った。

「これは推測なんだが、ティル＝ナ＝ファは、人間や魔物の望みをかなえてきただけという気がするんだ。そこに善悪とか、正しいかどうかという判断はない」

ここが異国の神アーケンとの違いなのだろうと、ティグルは思う。アーケンについてそれほど詳しいわけではないが、かつて戦ったセルケトやメルセゲルの言葉から考えると、あの神はすべてを自分の管理下に置こうとしている。受けいれられることではない。

「ティル＝ナ＝ファのやりようは、神らしいといえば、神らしいですな」

ガルイーニンが短い髭を撫でながら、そう評した。

「しかし、望みが多ければ矛盾が生まれるのが世の常です。平穏を望む者がいれば、波乱を望む者もいるように。ティル＝ナ＝ファはそれをどう解決しているのか」

「しがらみなどを考えなくていいとなると、いちばん先に祈りを捧げたひとでしょうか？」

リュディが首をかしげる。ミラがティグルの黒弓に視線を向けた。

「そうでなければ、代表をひとり決めさせるというところね。代表を決める方法は任せて、女神自身は関与しない」

「方法はいくつかあると思う」

黒弓を見つめながら、皆に答えるようにティグルは言った。

「ただ、この黒弓を通して声を届けるのは、かなり確実な方法なんだろう。だから、ドレカヴァクは俺に誘いの言葉をかけた」

自分を殺そうとした魔物もいたが、ティグルが彼らにとって都合の悪い存在になるかもしれなかったからだろう。これまでに数多くの『魔弾の王』が生まれてきたことを思えば、ティグルを殺害して新たな『魔弾の王』に期待するというのは、悪くない手に違いない。

「こんなことを聞くべきではないとわかっていますが……」

リュディが不安をおさえきれない顔でティグルを見つめた。

「女神と向かいあって、無事でいられるんですか」

彼女だけでなく、ラフィナックとガルイーニンも視線を向けてくる。ティグルはくすんだ赤い髪をかきまわしたあと、呑気な口調で答えた。

「まあ、何とかなるさ」

何しろはじめてのことなのだ。鷹揚にかまえる以外のことが思いつかなかった。

「それでいいんじゃない」

笑ってそう言ったのはミラだ。

「女神があなたに何かしようとしたら、私が守るわ。気にせず全力でやりなさいな」

「もちろん私もそのつもりです。最後までそばにいますからね」

リュディも当然のように宣言する。ティグルは「頼むよ」とだけ、答えた。反対しても、彼女たちは同行することを諦めないだろう。それなら、いっしょにいた方がいい。それに、ティグルとしても、二人だけは何としてでも帰すという決意を緩めずにすむ。

ラフィナックとガルイーニンが顔を見合わせる。ティグルは彼らに向かって頭を下げた。

「二人には本当にすまないと思うが……」

「まったくです」

わざとらしいしかめっ面をつくって、ラフィナックが応じる。

「アルサスを救うための行動でもありますから、お止めはしません。ですが、必ずアルサスに帰りましょう。血をつなぐのも領主の務め。ウルス様からそう教わったでしょう」

「リュドミラ様も同じです」

ガルイーニンが口元に笑みを湛えながら、しかし真剣な眼差しで言った。

「命を落とせば、スヴェトラーナ様とテオドール様が悲しまれます。それだけは忘れてくださいますな。むろん、リュディエーヌ殿もです」

ミラとリュディは視線をかわして、それぞれ初老の騎士にうなずいてみせる。

「無用の心配よ、ガルイーニン。私はこんなところで死ぬつもりはないわ」

「私もです。やりたいことも、やるべきことも、たくさんありますからね」

ラフィナックがからかうような目でティグルを見た。

「若は、すべてかたづいたあとも退屈せずにすみそうですね」

「にぎやかな方がいいさ」

ティグルはそう答えたが、年長の従者が見たところ、見栄が半分というところだった。

休憩を終えて、五人は再び馬上のひととなる。左右を荒野に挟まれた街道を進んだ。

遠くに集落が見えた。ティグルは空を見上げる。暗くなるまであと半刻はあるだろうが、あの集落で休むことを決めた。先を急ぐ旅だからこそ、風をしのいで休める機会を逃してはならない。まして、野盗や山賊になる者が少なくない状況だ。

集落は小さかった。家の数から、住人の数は二百人前後というところだろうか。集落のまわりにある畑はどれも荒れ果てていて、外に出ている者はごくわずかだった。

長の家の場所を聞いて、訪ねる。長は痩せた老人で、一晩の宿を借りたいと頼むと、銀貨を要求してきた。意外に思いながらもティグルは銀貨を渡し、長に聞いた。

「どうして銀貨を……？」

食糧を要求されるとばかり思っていたのだ。どの村や集落でもそうだった。長は皺だらけの顔を歪めて、ふてぶてしい笑みを浮かべる。

「わしらだって食いものや飲みものがほしいさ。だが、食いものをもらうと噂があっという間に広まってな、若い連中が真夜中に忍びこんでくる」

ティグルは納得した。揉めごとの原因になるのなら、ない方がいいというわけだ。

「銀貨は食いものと違って腐らん。この冬を耐え抜けば、食いものが買えるようになると、わしは思っておる。そのとき、銀貨は役に立つじゃろうて」

それから、長は東の端にある空き家を使ってほしいと言った。

「隣に壊れかけの家があるから、てきとうに壁を剥がして薪代わりにしておくれ」

「ありがとうございます」

礼を言ってティグルが歩き去ろうとすると、何気ない口調で長が聞いてきた。

「ところで、おまえさんらはどこから来たのかね。全員が馬に乗っているところを見ると、そのへんの町や村ということはなさそうだが」

とくに隠す必要もない。アルテシウムから来たと答えると、長は「ほう」と、声をあげた。

「数日前にも、アルテシウムから来たという旅人がこの集落に来たぞ。ちょうどそのとき、このあたりを荒らしまわっていた野盗どもがこの集落を襲ったんだが、その旅人がひとり残らずかたづけちまったんだ。とんでもなく強い御仁だったな」

長の話し方に、ティグルは興味を抱いた。

「どんなひとだったんですか？」

「年のころは四十過ぎってあたりだな。髪は金、瞳は碧で、立派なこしらえの大剣を背負っていた。だが、印象に残るのは獣みたいな笑い方だな。頼もしいが、おっかなかった」

長の話を聞きながら、ティグルは驚きを露わにしないよう努力しなければならなかった。

――シャルルだ。

彼とは聖窟宮で遭遇し、その後は行方がわからなくなっていたが、やはり生きていたのだ。

立派なこしらえの大剣というのは、王国の宝剣デュランダルに違いない。

——あの男がここを通った？

シャルルも自分たちと同じくヴォージュ山脈を目指しているのだろうか。

「こんなとこを旅人が続けて通るなんて珍しいが、アルテシウムで何かあったか？」

「信じてもらえないと思いますが、竜の群れに襲われたそうです。町を囲む城壁の一部が崩れていました」

ティグルは控えめに事実を話した。アルテシウムを襲ったのは五十頭近い竜の群れと、魔物ドレカヴァクである。だが、自分たちにしかわからないことを話すべきではなかった。

「竜じゃなくても城壁は壊せるだろうさ。何といったかね、少し前まで一角獣士隊（リコルネーメン）とやらいう連中が暴れまわっていたじゃないか」

ティグルはあらためて長に礼を述べ、ミラたちのもとへ戻る。長から聞いたことを話すと、ミラとリュディは露骨に眉をひそめた。

「ヴォージュでもあいつと顔を合わせるかもしれないと思うと、いまからいやになるわね」

「私は嬉しいですよ。さがす手間が省けてくれそうで」

ミラは悪態をつき、リュディは碧と紅の瞳に苛烈な戦意を輝かせた。

五人は、長の言っていた家に入る。屋根には穴が空いていたが、壁はしっかりしていて、雨さえ降らなければ問題なく身体を休めることができそうだ。

見張りの順番を決めると、ティグルたちは簡単な食事をすませて早々に眠りについた。

ティグルが目を覚ましたのは、夜中だった。

「どうしたの？」

見張りを務めているミラが、ささやくような声で聞いてくる。他の三人は眠っていた。

首を横に振ると、ティグルは傍らに置いていた黒弓と矢筒を手にして静かに立ちあがる。

「何でもないよ。用を足してくる」

音をたてないように扉を開けて、外に出た。闇に目を慣れさせてから歩きだす。

心の中でミラに謝りながら、集落の外へ足を向ける。目を覚ましたのは尿意を覚えたからではない。言うなれば、黒弓に起こされたのだ。言葉にならない声で頭の中に語りかけられたような感覚だったが、すぐに黒弓からだとわかった。

今夜の空も雲に覆われているようで、月も星も見えない。集落を出て、二百歩ほども歩いたころ、何ものかの気配を感じてティグルは足を止めた。腰に下げた矢筒に右手を伸ばす。

「また弓矢の勝負をしたいのか？　あいにくだが、弓の持ちあわせはないぞ」

陽気さと不敵さの入りまじった声が、暗がりの奥から聞こえた。足音が近づいてきて、虚空に灯りが出現する。ランプに布か何かをかぶせていたようだ。

闇を払って現れたのは、ひとりの男だった。シャルルだ。

「ひさしぶりというほどでもないな。あの聖窟宮から無事に逃げられたようで、何よりだ」

「何のために俺を呼びだした？」

漠然とだが、ティグルは理解した。かつて魔弾の王であったこの男が、黒弓を通じて自分に呼びかけてきたのだ。

「そりゃあ、おまえと話をするためさ。おまえの嫁たちは血の気が多すぎて話にならん」

「原因が誰にあると思ってるんだ」

親しげな態度を崩さないシャルルを、ティグルは憤然として睨みつける。彼にいい印象を抱いてはいないが、魔弾の王として白い鏃を譲られたこともあり、単純に嫌っているわけではない。何を考えているかわからない、得体の知れない男と思っていた。

「言っておくが、この国をまた混乱させようというのなら、この場で俺が相手になる」

黒弓を握りしめてティグルが告げると、シャルルは肩をすくめる。

「もうやらねえよ。あれは俺たちの負けだ」

俺たちという言い方に、膨大な感情が封じこめられているのをティグルは感じとった。

「この国を奪ろうとした理由のひとつは、友への義理だ。頼んだわけじゃないが、あれこれ手間をかけて俺をよみがえらせてくれたんでな。約束もあったし、つきあおうと思った」

友というのはガヌロンのことだ。約三百年前に生きていたころの彼は、自分が知っているような人間ではなかったらしいと、ティグルはガヌロンの手記の写本で知っている。

「他にもあるのか？」

「おまえたちを試したんだ。前にも言ったが、この国はもとは俺のものだ。愛着もある。おまえたちが古い時代の人間である俺たちにやられるようなら、放っておいてもいずれ誰かに奪られるだろう。そうなるぐらいなら分捕ろうと思ってな」

　こともなげに答えるシャルルに、ティグルは渋面をつくった。無茶苦茶だが、いい加減なことを言っているようには思えない。もうやらないというのは信じていい気がする。

「それじゃ、いまは何をしているんだ」

「俺が死んでから二百何十年かたっているわけだが、酒も食いものもずいぶん種類が増えて、うまくなった。酔狂につきあってくれる女もできたし、この身体がもつかぎり、のんびり旅をしようと思ったんだが……」

　そこまで言ったところでシャルルの両眼に静かな怒気が揺らめく。

「まだ礼をしていなかった相手がいたのを思いだしてな」

　激した感情のすさまじさに驚きつつ、ティグルは視線で問いかける。ティル＝ナ＝ファのことではないだろう。シャルルにそのつもりがあるなら、自分に白い鏃を渡すはずがない。

「アーケンだ。俺がよみがえったのは、やつの力によるものでな」

　ティグルは目を瞠る。ガヌロンは、アーケンの使徒たちと手を組んでいたのだ。

ティル＝ナ＝ファとアーケンの関係について詳しく知っていた彼は、この地でアーケンの降臨に手を貸すとでも言ったのだろう。ガヌロンの性格を考えれば、当然のようにどこかで出し抜くつもりだったのだろうが、その前に自分たちとの戦いで滅んだのだ。

ランプの小さな灯りしかない中に、沈黙が訪れる。

わずかな間のあと、ティグルは自分の声を夜風に乗せた。

「俺たちはティル＝ナ＝ファの降臨を、あなたはアーケンの降臨を阻止するということだな」

リュディと、そしてレギンの心情を考えれば、シャルルを放っておくことはできない。いずれ決着をつけなければならないだろう。だが、いまは先を急ぐべきであり、この場での激突を回避できるのであれば、ありがたかった。

シャルルは考えこむ様子を見せたあと、真剣な表情でティグルに尋ねる。

「おまえはこのままヴォージュへ向かうのか？」

ティグルの胸中に不安の雲が湧きあがった。まさか、ティル＝ナ＝ファの降臨の儀式が行われる場所は、ヴォージュではないのだろうか。

ティグルの表情から内心を読みとったらしく、シャルルが首を横に振る。

「降臨の儀式はヴォージュで行われる。こいつはたしかだ。俺が言いたいのは別の話でな、キュレネーという国を知ってるか？」

唐突に思える質問にティグルは顔をしかめたが、知っていることを答えた。

「南の海の向こうにあるという国だろう」

「そうだ。あの国はアーケンを信仰していてな、それで動きをさぐっていたんだが、船団を仕立てて攻めこんできたそうだ。万の兵を用意してな」

ティグルは目を見開いた。馬鹿なという呻き声が口から漏れる。

「いまは冬だぞ。戦を仕掛けるわけが……」

「信じないのはおまえの自由だ。俺もこの目で見たわけじゃないんでな。だが、事実だ」

ティグルは衝撃のあまり、その場に立ちつくした。

春から夏にかけての内乱で傷つき、疲弊したいまのブリューヌが、他国の軍勢に立ち向かえるだろうか。なすすべなく国土を蹂躙されるのではないか。レギンをはじめ、王都ニースで出会った多くの人々の顔が、ティグルの脳裏をよぎった。王都は耐えられるだろうか。

――それに、アルサスも……。

キュレネー軍の目的がブリューヌ全土の征服であった場合、アルサスも無事ではすまないだろう。息苦しさと痛みを感じてうつむき、右手で胸をおさえる。

進むべき方向を南へ変えることはできない。変えれば、ティル＝ナ＝ファが降臨する。夢で見たあの忌まわしい光景が現実のものとなる。

冷たい夜気にさらされているはずの額に、汗がにじむ。吐き気がこみあげる。敵軍の侵攻を知りながら、自分は駆けつけることができない。彼らを見捨ててしまう。

不意に、ミラとリュディの顔がまぶたの裏に浮かぶ。

自分を叱るような、諭すような彼女たちの表情を見て、ティグルは自分の間違いを悟った。

――そうだ。

右手を握りしめる。顔をあげ、決意をにじませた目で、ティグルはシャルルを見据えた。

「俺はヴォージュへ向かう」

「キュレネー軍は放っておくのか？」

どこか楽しそうに、シャルルは聞いてくる。ティグルは首を横に振った。

「俺は、信じている」

いままでだって、自分たちだけで何もかもをやってきたわけではない。多くのひとに助けられて、ここまで進んできたのだ。もしもここにミラとリュディがいたら、自分にそう言ってくれたに違いない。

レギンたちはきっと、キュレネー軍を撃退してくれる。それを信じて、自分たちは女神の降臨を何としてでも阻止する。レギンも同じ気持ちだろう。いま、自分たちがどこへ向かっているのかを、彼女はミリッツァから聞いたはずだから。

「そうか」

シャルルの笑みが満足そうなものに変わった。彼は背を向けて、悠然と歩きだす。ランプの灯りが消えて、シャルルの姿が暗がりに溶けこんだ。

小さかった足音がかすかなものになり、それも聞こえなくなったところで、ティグルは大きく息を吐きだした。座りこみたくなるほどの疲労が両肩にのしかかっている。

――聞かされたときは心底、驚いたが、知ってよかった。

踵(きびす)を返す。集落に向かって歩きながら、ティグルは何気なく空を見上げた。

雲の一部が切れて、その先にある空がわずかに覗いている。

半月と呼ぶにはやや細い月が、静かに自分を見下ろしていた。

3　南からの敵

ルークト城砦の手前に設置された幕営にある総指揮官の幕舎の中で、ソフィーは夜明けを迎えた。彼女のまわりにはいくつもの報告書と、周辺を描いた何枚もの地図が散らばっている。

地震が起き、ヴォージュ山脈が激しく鳴動した日から二日が過ぎているが、両軍はそれから一度も刃をまじえていなかった。

二日前、この場所に幕営を設置したあと、ソフィーは西へ放っていた偵察隊から奇妙な報告を受けた。ヴォージュ山脈に、黒い雲のようなものがかかっているというものだ。

このとき、ソフィーはヴォージュを形成する山々のどれかが噴火したのだと思った。ヴォージュについてはジスタート、ブリューヌの双方でそれほど調査が進んでいないため、知られざる活火山があっても不思議ではない。

それから昨日の夜までに、ソフィーは偵察隊を繰り返し派遣して周囲の地形を調べさせた。

ここからヴォージュのふもとまで、馬を走らせても二、三日はかかる。だが、たとえば溶岩流が山脈の近くの川を埋めて、流れを断ち切ってしまえば、その影響によって城砦の近くにある川が涸れるかもしれないのだ。何が起きるか、ソフィーにも想像できなかった。

噴火について、ソフィーは兵たちにも知らせた。下手に隠せば、根拠のない憶測が広がって無用の混乱を生むからだ。

だが、それによって兵たちは戦意を喪失した。

地震がまた起きるかもしれない、噴火の影響がここにまで及ぶかもしれないと怯えた。二日が過ぎたいまも、ほとんどの兵の顔には不安がにじんでおり、その動きは鈍い。

ムオジネル軍も同じ状況のようで、この二日間、彼らは動きを見せない。ただし、さぐってみたところ、撤退する気配はなく、食糧も充分にあるようだった。

敵を恐れているとか、味方に不満があるとかいうのなら、やりようはある。だが、天災が原因となると、戦姫の威厳や名声をもってしても、兵たちを奮起させるのは容易ではなかった。

──慰めなのは、兵たちが休息をとり、オルガが傷を癒やす時間をとれたことかしら。

もっとも、オルガの傷は完治していない。それに、負傷を隠すためだろうが、オルガはこの二日間、幕営の中を歩きまわっている。戦場に飛びこめば、傷口はすぐに開くだろう。

──兵たちが落ち着きを取り戻し、オルガの傷が完全にふさがるまで待つ余裕はない……。

食糧が足りないのだ。たとえ戦闘を行わずとも、指揮官は兵を食わせてやらねばならない。飢えた兵は充分な力を発揮できないし、軍に対して不満を抱き、命令に従わなくなる。ひそかに逃亡する者も現れるだろう。そのようなことがあってはならなかった。

となれば、待つ以外の方法で兵たちの士気を高めなければならないのだが、ソフィーにはその手立てが思い浮かばない。

――いっそ、ミラやエレンの真似をしてみようかしら。

紅茶はないので、銀杯に手ずから葡萄酒を注いで兵をねぎらう自分を想像する。あるいは、堂々と胸を張って幕営の中を闊歩し、ときに兵たちに親しげに声をかける自分を。

――兵たちをますます不安にさせてしまいそうね。

慣れないことをするものではない。いつも通りに振る舞うのがいちばんだ。

では、どうやって膠着したこの状況を打破するか。

考えこんでいると、幕舎の外からオルガの声がした。声をかけると、幕舎に入ってくる。彼女の配下の騎兵たちがムオジネル軍を偵察してきたので、その報告に現れたのだ。

ちなみに、オルガ自身も当然のように偵察隊に加わろうとしたのだが、ソフィーは、「そんなことをしたら次の戦には出さないわ」と冷たく言って、彼女を止めた。

ソフィーは地図や報告書を隅にまとめ、二人分の銀杯を用意して葡萄酒を注いだ。自分の前に腰を下ろしたオルガに手渡す。彼女は銀杯を受けとると、葡萄酒を一息に飲み干した。

「どうだった？」

「報告によると、変わらず敵に動く様子はない」

オルガは首を横に振る。それから付け加えた。

「ムオジネルじゃない軍はいた。白地に、赤い丸を背負った鳥を描いた軍旗があって、そこから炊事の煙が何本もあがっていたと、偵察から帰ってきた皆が言った」

ソフィーは目を瞠る。その軍旗はキュレネーのものだ。南の海を越えた先にあり、ムオジネルと国境を接している王国である。

——ムオジネルとキュレネーの連合軍だったのね。

緊張がソフィーの臓腑を締めつけたが、同時に彼女はいくつかの疑問を抱いた。

キュレネーも、ジスタートやムオジネルと同様に不作だったと聞いている。また、キュレネー人はムオジネル人なみに寒さに弱い。それなのに、どうして長駆遠征してきたのか。

何より、姿を隠すかのように振る舞っているのはなぜか。オルガが気づかなかったら、ソフィーが彼らの存在を知るのはもっと先になっていただろう。

——キュレネーの思惑はわからないけれど、二対一となると、厳しい戦いになりそうね。

不利な状況になる前に、ルークト城砦を放棄して大きく後退すべきだろうか。それとも、敵が攻勢の時機を見計らっているいまのうちに、機先を制して奇襲をしかけるべきか。

すぐには決断できず、身体が右に傾き、次いで左に傾く。その様子を黙って見つめていたオルガが口を開いた。

「何を考えている？」

「そうね。ミラやエレンがここにいたらどうするかしらと思って」

半分は本心だが、もう半分は年少の戦姫を心配させまいとしての軽口だ。だが、オルガは意外な言葉を返してきた。

「山羊は馬のように走れないし、馬は山羊のように跳べない」

「それは、あなたの部族の諺……？」

ソフィーの質問に、オルガはうなずいた。愛想のない顔にはわずかな変化もないが、自分を励ましてくれたことはわかる。気遣ったつもりが、逆に気遣われてしまった。

「ありがとう」

淡い金色の髪を揺らして、ソフィーは礼を述べる。自分はミラでもエレンでもない。ないものねだりをしている余裕などないし、自分にできることをやるしかない。

──ううん、違うわ。

ソフィーは考えを切り替える。

できることではなく、得意なことをやるのだ。兵を並べ、刃をまじえるだけが戦ではないことを、ソフィーヤ＝オベルタスは知っているはずではなかったか。

「キュレネー軍とムオジネル軍の様子はどうだったかしら」

唐突なソフィーの質問に、オルガは小首をかしげる。ソフィーは補足した。

「仲がよさそうだったか、どちらかが威張っていなかったが、それがわかると助かるわ」

ムオジネルとキュレネーの関係について、ソフィーはそれほど詳しくない。ただ、この戦におけるムオジネル軍の一連の動きを思い返して、思ったのだ。何もかもが不自然だと。

まず、クレイシュが総指揮をとっているのがおかしい。彼が政敵であるハーキムを打ち倒して王となったのは、今年の夏だ。いまは、ムオジネル全土を襲った凶作への対策も含めて国内の安定に心を砕かねばならず、他国に戦を仕掛ける余裕はないはずだ。

理由はつけられる。寒さに弱いムオジネル兵をこの時期に動かすのは、クレイシュでなければ無理だろう。だが、これは彼にとってどうしても避けられない戦だろうか。

避けられない戦だとする。ならば、堅牢で知られるルークト城砦を攻めることにしたのはなぜか。戦が不得手な自分でも対応できたのはどういうことか。

何より、食糧はどうやって調達したのか。なぜ戦などに使ってしまったのか。

王となって、クレイシュが急に衰えたとは思わない。何かがある。

「ムオジネル兵が、ムオジネルじゃない連中の悪口を言っていたというのは聞いている」

オルガの返答に、ソフィーは可能性を見出した。もしかしたら、クレイシュはさまざまな方法で、戦意がないことを示そうとしているのではないか。

緑柱石の瞳を輝かせて考えをまとめるソフィーを見て、オルガが聞いた。

「何か考えついた？」

「ええ。相手に和平の使者を送るわ」

自信たっぷりにソフィーは答えた。

その日の夕方にソフィーが派遣した使者は、ムオジネル軍の幕営に入ることすら許されず、兵たちに槍を突きつけられて追い返された。当然、総指揮官であるクレイシュ王に会うこともできなかった。

「ジスタート人め、先日の地震と山の噴火がよほどこたえたと見える」

「総指揮官は戦姫だというが、これほど弱気になったのなら、あとひと押しだろう」

「やつらを一蹴し、城砦もいただいてやろうではないか」

急速に暗くなっていく空の下、諦めて退散する使者たちを見送って、ムオジネル兵たちは勝ち誇った。彼らの吐く息は白く、毛皮をまとっていても震えている者がいる。強気な言葉は、体内の熱を高めるためのものでもあるようだった。

天幕で報告を受けたムオジネル国王にして総指揮官である『赤髭（バルバロス）』クレイシュは、兵たちをねぎらいながらも、彼らを戒（いまし）めることを忘れなかった。

「闘争心は評価するが、油断はするな。敵は戦姫だ。何をたくらんでいるかわからぬ」

そうして兵たちを下がらせたあと、クレイシュは葡萄酒を注いだ宝石飾りの黄金杯を手に、ひとりで考えに沈んでいた。

この状況でジスタート軍が使者を派遣してきたのは、いったいどのような意味があるのか。兵たちの言っていたように、地震と噴火が彼らに大きな打撃を与えたということなのか。

それとも、こちらの内情を知っているのか。

「しかし、やはり日が沈んでくると冷えるな」

黄金杯に残った葡萄酒を見つめながら、何とはなしに独りごちる。

ふと気配を感じて、クレイシュは顔をあげた。視界には何者の姿もない。さきほど報告に来た兵たちを下がらせてから、誰も天幕の中には入れていないのだから当然だ。

しかし、クレイシュは腑に落ちないというふうに顔をしかめた。その耳が、かすかな衣擦れの音を捉える。反射的に、そばに置いてある短剣へと手が伸びた。

刹那、視界が揺らいだ。あるいはそう錯覚したのかもしれない。無数の金色の粒子が目の前に現れたかと思うと、それは瞬く間にひとの形をつくっていく。二つ三つ数えるほどの時間が過ぎ去ったあと、ひとりの美しい女性がクレイシュの前に座っていた。

腰まで届く淡い金色の髪、緑柱石の色の瞳、優しげな微笑を湛えた美貌、緑と白を組みあわせた絹のドレス、手には巨大な円環を持つ黄金の錫杖。ソフィーだった。

この事態にはさすがのクレイシュも驚きを禁じ得なかったが、一呼吸分に満たぬほどの時間で気を取り直し、闖入者の美しさに感嘆したというように大きなため息をついた。

——使者は囮(おとり)か。

使者に兵の注意を向けさせながら、夕暮れの薄暗さを利用して忍びこんだのだろう。戦姫は不思議な力を持つというが、目の前の女性は姿を消す術を持っているのかもしれない。

ソフィーはにこりと微笑みかけると、袖の中から一通の書状を取りだして、クレイシュに差しだす。クレイシュが短剣から手を離したのはこのときだ。戦姫から敵意や殺意の類を感じなかったのである。何より、暗殺に訪れたのなら問答無用で襲いかかってくるはずだ。それに、姿を見せてから一言も発さないのも気になった。

書状を受けとったクレイシュは、その場で開く。おもわず笑みが浮かんだ。

『ジスタートの戦姫、ソフィーヤ＝オベルタスと申します。陛下にご提案したいことがあり、参上いたしました。わたくしたちと手を組みませんか』

声を出さないのは、天幕の外にいる兵たちに気づかれないようにするためだろう。それにしても、単身でここへ乗りこんできた上に、何という大胆な提案をするのだろうか。

――さて、どこまで我が軍の内情をわかっておるのか。

楽しくなってきた。クレイシュは黄金杯を空にして放ると、絨毯を指で示す。相手にわかるようにゆっくりと指を動かして、ムオジネル文字を描いた。

『聞けぬ話だ。降伏するという申し出ならば喜んで受けいれよう』

音をたてぬように気をつけながら、ソフィーが黄金の錫杖を傍らに置く。クレイシュに倣って絨毯に細い指を這わせた。

『陛下は冗談がお上手ですね』

『冗談ではないとも。なぜ勝てる戦いを捨てて、おぬしらと手を組まねばならぬ』

『この戦が、陛下にとって不本意なものだからです』

間を置かずにソフィーは返答を綴る。クレイシュの目が警戒するような光を放った。

『そう見えるかな。余は、この戦いを楽しんでいるが』

悠然とした態度で、クレイシュは相手の反応を見る。戦姫は次のように返してきた。

『陛下が、他者に強いられた戦いを楽しめる方だとは思いません』

『誤解があるようだ。この戦は余が望んで兵を動かしたもの』

『冬の最中に、まだしも温暖なブリューヌではなく、我が国を攻めることができでしょうか』

クレイシュがそれに対する答えを書く前に、ソフィーが続ける。

『最近、わたくしは貴国の状況をこの目で見ました。凶作に襲われたかどうかを知るためでしたが、内乱によって負った傷がまだ癒えていないことも確認しました』

クレイシュは指を止めた。ソフィーに視線を向けて、先を促す。

『凶作ゆえに、他国を襲って食糧や燃料を奪う。ひとつの手ではありましょう。ですが、陛下ご自身が指揮をとらねばならぬ戦でしょうか。さらに申しあげるなら、やり方が拙い。諸国から恐れられた方のなさりようとはとうてい思えません』

『遠慮のない娘だ。余が外の兵を呼ぶだけで、おぬしの未来は閉ざされてしまうものを』

さすがに気に障ったので、軽くおどかす。ついでに声に出して独り言もつぶやいた。

「しかし、ジスタートも和平の使者を出してくるとは、焦っているようだな」

だが、ソフィーは微塵もうろたえることなく、笑顔で返事を書いた。

『ムオジネルの未来はどうなりましょう』

クレイシュは苦笑を浮かべて、絨毯の上に座り直す。

『どこまで知っている』

『推測ですが、キュレネー軍は食糧の提供と引き換えに、軍を動かすことを陛下に要請したのではないでしょうか』

クレイシュは髭を撫でるふりをして、笑みを隠した。キュレネー軍の存在をつかんでいる。聡い娘だと、感心した。

キュレネーがその話をムオジネルに持ちかけてきたのは、秋のはじめごろだった。

クレイシュはとりあえず話を聞くだけに留めたが、その後、彼でも驚くほどの凶作がムオジネル全土を襲ったので、やむを得ずキュレネーの話に乗り、具体的な計画を進めた。

ただ、キュレネーに対して不審の念は抱いた。

キュレネーは豊作に恵まれながら、諸国には自分も凶作に襲われたという噂を流している。これについては、豊富な食糧を水面下で利用したいのだろうと考えることはできる。

だが、なぜ、キュレネーだけが豊作だったのか。クレイシュが調べさせたかぎりでは、ブリューヌもジスタートも、遠いザクスタンやアスヴァールも凶作だったというのに。

むろん、そういう事態が起きることはあるだろう。しかし、キュレネーの動きは、偶然の幸運に恵まれたもののそれではない。慎重さに欠けている。

そうした不審に、ほどなくして不満が加わった。キュレネーから二千の兵が派遣されてきたのだが、彼らはムオジネル兵に対して、奴隷に対する主人のように振る舞った。

　クレイシュの部下のひとりであるダーマードなどは、「食いものを多く持ってるというだけで、でかい面(つら)をしやがって」と毒づいたものである。

　クレイシュにとっても不本意だった。軍の編成に、キュレネー軍が徹底的に介入してきたからだ。総指揮官は自分が務めることになり、信頼する将や騎士のほとんどは王都に置いていくことになった。クレイシュを人質にしたいという意図が、あからさまだった。

　遠征に出ると、大きな不満がひとつ増えた。どれだけ厚着をしようと、ムオジネル人のクレイシュにとってジスタートの大気は寒かったのだ。

　クレイシュは考えた。この不満を容赦なくジスタート軍に叩きつけることもできるが、それはそれでキュレネーの思惑通りに動くことになり、おもしろくない。

　ジスタートと組んで、キュレネーを潰すことはできないだろうか。

　重要なのは、キュレネーに疑われてはならないということだ。食糧は彼らが持っている。

　戦場選びや戦い方などで、クレイシュはジスタート軍に自分の意志をそれとなく伝えた。同時に、キュレネー軍が自分の手抜きに気づくかどうかを試した。

　ムオジネルの王として愚者とは組みたくないので、結果次第ではキュレネー軍ともうしばらく手を組み、先にジスタート軍を潰すということもありえるが、そのときは仕方ない。

そして、キュレネー軍は気づかず、ソフィーヤ＝オベルタスは気づいた。

『話を聞こう、戦姫殿』

『我々がキュレネー軍を襲って指揮官を討ちとり、友軍を失ったムオジネル軍は撤退するという筋書きで、いかがでしょうか』

『ジスタートの取り分が多すぎる』

クレイシュは顔をしかめて難色を示してみせる。ソフィーは首をかしげた。

『では、キュレネー軍がムオジネル軍に偽りの情報を与えて我々と戦わせ、我々とムオジネル軍が消耗したところを狙って勝利者となろうとした、という筋立てで』

『余がだまされた間抜けな王になっているではないか』

抗議すると、ソフィーが疑わしげな目を向けてきた。からかって楽しんでいると思われたらしい。実はその通りだが、クレイシュは黙って本心を隠し通す。

ソフィーは驚異的な忍耐強さを発揮して、新たな案を綴った。

『我々がキュレネー軍に裏切りを持ちかけ、キュレネー軍がそれに乗り、裏切りに気づいたムオジネル軍がキュレネー軍を討つという形では？』

『やればできるではないか』

クレイシュは満面の笑みを浮かべて大きくうなずいた。

『ところで、使者であるならば、何か手土産は持ってきておらぬのか』

『食糧や燃料を高値で買わせていただくというのはいかがでしょう』

その申し出に、クレイシュは吹きだしそうになるのをこらえなければならなかった。この戦姫は、キュレネーから食糧を奪ってしまえと、自分をそそのかしている。

『よい女だな』

晴れやかな気分になって、クレイシュは彼にとって最高の賛辞を贈った。

交渉の内容にも満足したが、ソフィーがまったく言葉を発さず、音をたてなかったことも、クレイシュは評価している。天幕の外で、キュレネー兵が常に聞き耳をたてていることを、彼は知っていた。ソフィーは己の存在を天幕の外にまったく漏らさなかった。

クレイシュは黄金杯を手にとって、ソフィーに放る。

『あらためて、おぬしの案に乗ろう。それが証だ』

『感謝いたします、陛下』

『もうひとつ。おぬしの美貌と知性を讃(たた)えて、『黄金天女(タラパルータ)』の名を贈ろう』

一瞬、ソフィーの表情が硬直する。だが、彼女はすぐに微笑を取り戻してうやうやしく頭を下げた。それまでとは違ってたどたどしい指の運びは、ここでムオジネル王の機嫌を損ねるわけにはいかないという義務感によるものだったろうか。

『わたくしには過ぎたものですが、ありがたくいただきます』

そうして身体を起こすと、ソフィーはあらためて絨毯に指を走らせる。

『ところで、ひとつ甘えさせていただいてよろしいでしょうか』

クレイシュがうなずくと、彼女は質問を綴った。

『この幕営にあってキュレネー軍を指揮しているのは、どのような人物なのですか』

『オンケロスという男だ。だが、我が国と組んでジスタートを攻めるように進言したのはメルセゲルという神官らしい』

クレイシュの返答に、ソフィーがわずかに顔をしかめた。クレイシュは補足する。

『この神官は、以前から食糧や燃料を蓄えておくよう進言していたそうだ。それもあってキュレネー王に気に入られており、神官らしからぬ言動も許されている』

ソフィーは納得したような顔になり、クレイシュに礼儀正しく頭を下げた。


その日の夜中、ジスタート軍はソフィーとオルガの指揮の下、行動を開始した。

ソフィーの率いる約五百の歩兵が西回りに、オルガの率いる約四百の騎兵が東回りに、暗がりにまぎれてムオジネル軍の幕営に接近する。兵たちの多くは、暗さよりも大気の冷たさの方がこたえているようで、くしゃみをしないように口元をおさえていた。

オルガが騎兵を率いることについて、ソフィーは当然反対したのだが、「おとなしくしていたのだから戦に出る」と反論され、無理をしないことを条件に、渋々認めたのだった。

はからずも『黄金天女』の異名を得たソフィーは、兵たちを統率しながら、考えを巡らせている。クレイシュから聞いた、メルセゲルという神官のことが気になっていた。

なぜ、彼は、キュレネーから遠いジスタートを攻めるように進言したのか。

——キュレネーで信仰されている神々の中に、アーケンがいる。

そして、ティグルたちが戦ったセルケトという怪物や、自分たちが遭遇したウヴァートは、アーケンの下僕と名のっていた。

神話の時代、アーケンはティル＝ナ＝ファァと争い、敗れたことがあったという。

それを、ソフィーはいままで神話の一節だと思っていた。だが、ティル＝ナ＝ファァが実在するのならば、アーケンもまた実在するのではないか。そして、女神の降臨を阻もうとしているのではないか。あるいは、自分こそが降臨しようとしているのかもしれない。

——考えすぎかしら。

数日前の地震と、ヴォージュの噴火も気になる。偶然にしては、時機が噛みあっている。

頭を振って、ソフィーは雑念を追いだし、気を引き締める。クレイシュとの交渉が成立した以上、いまは目の前のことに対処するべきだ。

本音をいえば、クレイシュとの密談はできれば避けたい手段だった。成功の可否ではなく、気質の問題である。あえてその手を打った以上、今夜中に終わらせなければならない。

ムオジネル軍の幕営が見えてきた。ソフィーは兵たちに命令を下す。幕営を囲む柵のそばに等間隔に置かれている篝火を目印に、矢を射かけさせた。

　数百の矢は風を切り裂き、ゆるやかな放物線を描いてムオジネル軍の幕営に降り注いだ。見張りに立っていた兵たちは慌てて幕営の中へ呼びかける。

「前進。駆け足」

　錫杖をかざして、ソフィーが命じた。突撃ではない。なぜなら、攻撃ではないのだから。

　ジスタート兵たちは弓を背負うと、大声を張りあげて地面を蹴った。そうして柵の手前にたどりつくと、踵（きびす）を返し、ムオジネル軍に背を向けて走っていく。事情を知らされていないムオジネル兵たちの何人かが、呆気（あっけ）にとられた顔で敵兵を見送った。

　これは、合図だ。ムオジネル軍と、そして東回りに動いているオルガの部隊への。

　ソフィーが交渉を成立させてクレイシュの前から去ろうとしたとき、赤髭の異名を持つムオジネル王はあることを思いだして、光華の耀姫（ブレスヴェート）の案に一点だけ修正を求めてきた。

『キュレネー軍の指揮官のオンケロスを、そちらで討ちとってくれ』と、いうものだ。

『あの男は忠誠心が高い。裏切りの証拠を余とおぬしで作成しても、疑いが残る』

　そこで急遽（きゅうきょ）、ジスタート軍が夜襲を仕掛けることになったのだ。ただし、攻められる側であるはずのムオジネル軍が全面的に協力するという形で。

　ソフィーが幕営の西側で騒ぎを起こしてからほどなく、オルガの部隊がムオジネル軍の幕営に迫った。こちらはすべて騎兵であるため、ソフィーの部隊よりもよほど迫力がある。

「突撃」

薄紅色の髪の戦姫は、複雑な表情で命じた。

本来、彼女はソフィー以上にこうした謀略を好まない。だが、一日も早く戦を終わらせなければならない事情は正確に理解していたし、戦姫としての責任感もあった。だから、ソフィーに無理を言ってでもこの役目を望んだのだ。

オルガを先頭に、約四百の騎兵が馬蹄の音を轟かせてムオジネル軍の幕営に迫る。馬を操ることにかけてはジスタートで随一といってよい騎馬の民で構成された部隊だ。彼らは篝火を目印に矢を射かけ、突撃して柵を打ち壊し、幕営の中へ躍りこんだ。

オルガが視線を巡らせれば、白地に、赤い丸を背負った鳥を描いたキュレネーの軍旗がいくつも見える。事前に、ムオジネル兵たちが目印として掲げておいたのだ。計画通り、キュレネー軍の幕営に飛びこむことができたようだ。

夜襲の衝撃からいち早く立ち直ったキュレネー兵たちが、槍や剣を手に襲いかかってきた。槍はふつうのものだが、剣は奇妙に湾曲している。盾を避けて相手に斬りつけるために、このような形をしているらしいと、オルガはソフィーから聞いていた。

キュレネー兵たちは鉄の兜をかぶり、円形の盾を持ち、鉄片で補強した革鎧を身につけていたが、ムマの前では羊皮紙と何ら変わらなかった。

竜具（ヴィラルト）ムマを、長柄の斧に変形させる。

オルガは縦横無尽にムマを振るい、剣を砕き、兜を割って傲然（ごうぜん）と突き進む。彼女が前進する

たびに悲鳴があがり、血飛沫が飛散し、キュレネー兵の死体が冷たい地面を覆っていった。

ブレスト騎兵たちは喚声をあげて彼女に続き、槍を振るってキュレネー兵たちを馬上から突き倒す。何人かはキュレネー兵の反撃にあって落馬したが、勢いは止まらなかった。

キュレネー軍の数は約二千。オルガの部隊の実に四倍だが、幕営の中にいるところへ夜襲をかけられたとあって動きにまとまりを欠き、散発的な抵抗しかできなかった。何より、彼らは自分たちの目に映る光景が信じられなかった。

篝火に照らされた敵将は、戦場など似つかわしくない美しい小柄な少女なのに、その手にある長柄の斧から繰りだされる一撃は速く、力強く、仲間の命を簡単に奪うのだ。こうした驚きもあって、彼らはムオジネル兵たちが助けに来ないことにしばらくの間、気づかなかった。

キュレネー軍の幕営を蹂躙していたオルガの前に、ひとりの男が立ちふさがる。年齢は四十近くだろうか、長身で痩せ気味ながら、大きな両刃の斧を苦もなく肩に担(かつ)いでいた。

「娘、貴様が噂に聞くジスタートの戦姫か」

「ブレスト公国のオルガ」と、名のってから、オルガは思いだしたように付け加える。

「斧姫(タポレーサ)」

「キュレネーのオンケロス」と、男は不敵に笑って名のりを返した。

次の瞬間、オンケロスは身体を低くして、馬の脚を狙って迷いなく飛びこんだ。これにはオルガも意表を突かれ、とっさにムマを振るうものの空を切る。

鈍い音が響き、オルガの馬の脚が吹き飛んだ。馬の悲鳴が大気を圧し、オルガは地上に投げだされる。左の脇腹を、痛みが襲った。

間髪を容れず、オンケロスが跳躍してオルガに斬りかかる。オルガは身体をひねって転がりながら、ムマを振るった。重い金属音が響いて火花が散る。

オンケロスが体勢を立て直して、斧を振りあげた。このとき、竜具を変形させれば勝てるとオルガは思ったが、一瞬の半分に満たぬ時間でその考えを捨て去り、再び地面を転がって凶悪な一撃を避ける。そして、地面に食いこんだ相手の斧に、ムマを上から叩きつけた。

オンケロスが唸る。とっさに斧を持ちあげようとして、動きが止まった。

オルガはムマから手を離して地面を蹴る。このとき、彼女は痛みを忘れていた。相手の懐に飛びこみ、蹴りを叩きこむ。オンケロスが斧を手放して吹き飛び、仰向けに倒れた。

オルガがムマを拾いあげて駆けだすと、オンケロスは飛び起きて向かってくる。その手には短剣が握りしめられていた。彼の両眼には、まだ戦意が灯っている。

決着は一瞬だった。オンケロスの短剣が届くより速く、オルガの斧が彼を斬り伏せる。ブレスト騎兵たちは歓声を、キュレネー兵たちは悲鳴をあげた。

オルガは周囲を見回して空馬を見つけると、すばやく飛び乗った。再び疼きだした脇腹の痛みに耐える。傷口は開いたようだが、幸い小さい。短く命令を下した。

「引きあげ」

馬首を巡らす際、オルガはオンケロスの死体を一瞥して、騎馬の民に伝わる祈りの言葉をつぶやく。それが、彼女なりの敬意の示し方だった。

オンケロスの死が広まり、キュレネー兵たちはますます混乱する。逃げるジスタート兵たちを追う者はわずかで、組織的な攻撃は皆無だった。むろん、ムオジネル軍は何もしない。

ジスタート軍は幕営から逃げ去って、暗がりの中に消える。彼らの出した犠牲は二十に満たなかった。

ジスタート軍が去っていき、その夜の戦いは終わったかに見えた。

だが、ムオジネル軍にとっては、はじまったばかりだった。

すでにクレイシュの命令によって、兵たちはキュレネー軍の幕営を囲んでいる。このときになってようやくキュレネー兵たちは異常な雰囲気に気づいたが、手遅れだった。

ムオジネル兵にとって、クレイシュ王の命令は至上のものだ。また、キュレネー兵たちは味方とはいえ、高圧的であり、決して友好的ではなかった。ムオジネル兵の中には、理由なく殴られた者もいれば、パンを足下に放り投げられて食べるように強要された者もいたのだ。

「貴様らがジスタートに通じていたことがあきらかになった。よって、ここで討つ」

宣告は一方的になされ、反論は誰の耳にも届かなかった。

もはや二重、三重に囲まれて逃げ場がないと悟ったキュレネー兵たちは、死に物狂いでムオジネル兵たちに攻めかかる。ムオジネル兵たちは冷静に槍を突きだした。数ではムオジネル兵が圧倒的であり、無数の槍は壁となって、キュレネー兵たちの前進を阻む。

ムオジネル兵たちは徐々に包囲の輪を狭め、ひとりまたひとりとキュレネー兵を葬り去る。キュレネー兵たちは怒声と悲鳴をあげたが、その嘆きに耳を傾ける者はいなかった。

ほどなく、キュレネー兵たちはひとり残らず息絶え、屍の山が積みあげられる。

己の天幕でその報告を受けとったクレイシュは、撤退の準備をするように告げた。

「指揮官であったオンケロスがジスタート軍に討たれたあと、キュレネー軍は裏切ってジスタートに味方しようとした。それを知ったムオジネル軍は、キュレネー軍を殲滅した」

キュレネーへの報告はそのようなものになる。オンケロスが裏切ったと聞いたら、キュレネーは強い不審を抱くだろう。だから、ジスタート軍に討たせた。それでも彼らはムオジネルを疑うだろうが、時間は稼げる。その間に、クレイシュは次の手を打つつもりだった。

†

夜明けとともに、ムオジネル軍は幕営を引き払って撤退を開始した。

幕営の中の総指揮官の幕舎でその報告を受けたソフィーとオルガは、しかし、すぐには気を緩めなかった。クレイシュが気まぐれを起こす可能性を、捨てきれなかったのだ。一刻が過ぎて、彼らの姿が荒野の向こうへ消えると、二人の戦姫はようやく安堵の息をついた。

城砦の守備隊長であるタラスは、深く頭を下げて感謝の言葉を述べる。

「お二人のおかげで、この城砦を、そして国境を守り抜くことができました。何とお礼を申しあげたらいいか……」

「お礼など。わたくしは多くの勇敢な者たちを死なせてしまいました」

そう言って首を横に振るソフィーに、タラスは「いいえ」と、答えた。

「僭越ですが、多くの者を生還させてくれたと、そうお考えください。カージュダンなどは、戦姫様にそう望むでしょう」

「……ありがとうございます、タラス卿」

ソフィーは努力して微笑をつくり、オルガは無言で会釈をした。

ひとりの兵士が息せき切って幕舎を訪れたのは、そのときだった。ムオジネルの使者がやってきたという。ソフィーとオルガは顔を見合わせ、タラスを含めた三人で会うことにした。

現れた使者は終始、笑顔を崩さず、ジスタート軍の勇戦を讃え、自分たちがキュレネー軍との連合軍であったことをさりげなく話し、つまりはムオジネル軍だけで戦えばもっと強かったのだと主張し、春以降にあらためて交流を望むというクレイシュの言葉を伝えた。

使者の口上を聞き終えて、ソフィーは緊張を緩めた。少なくとも、冬の間にクレイシュが何かをしてくることはないと確信したのだ。

最後に、使者は一通の書簡をソフィーに差しだす。「黄金天女様へ」と、言われて、ソフィーは渋面(じゅうめん)をつくらないよう懸命に努めた。

そうして使者が去ったあと、ソフィーはさっそく書簡に目を通した。おそらくは使者の口上と同じことが書かれているのだろうと思ったが、違った。

ソフィーは目を瞠り、息を呑む。その反応を訝(いぶか)しく思ったオルガが聞いた。

「何が書いてある？」

すぐには答えず、ソフィーはあらためて書簡に目を通し、ため息をつく。淡い金色の髪が一気に艶を失ったように見えた。

「キュレネー軍約一万が、ここへ向かっているそうよ……」

オルガと、そしてタラスも愕然とした。

幕舎の中が驚愕に包まれているころ、幕舎の外では、兵たちが穏やかな顔で談笑していた。ムオジネル軍が去っていったということは、戦が終わったということだ。ジスタート人はムオジネル人よりも寒さに慣れているが、平気だというわけではない。ようやく隙間風が入ってくる幕舎での生活から解放されると、彼らは素直に喜んでいた。

そのとき、ひとりの兵士が、空から何かが舞い落ちてくるのに気づいた。

雪だろうかと思い、落ちてきたものを、手袋をした手で受けとめる。汚れた雪にも、黒い灰のようにも見えたそれは、手袋の表面で音もなく溶けて消えた。

「雪だろうか」

「黒い雪なんて聞いたこともないぞ。噴火したヴォージュから飛んできた灰じゃないか」

そう言った別の兵士は、すぐに自分の過ちに気づいた。灰ならば、溶けて消えるなどということはない。彼らは気味悪そうに顔を見合わせ、ヴォージュ山脈のある方角へと目を向けた。

ここからでは遠くて見えないのだが、西へ偵察に行った者たちの話だと、ヴォージュの山々の頂が黒煙らしきものに覆われていたという。

また別の兵士が、かすかな声をあげた。仲間たちに視線で問いかけられ、その兵士はきまり悪そうに答える。

「いや、いま、この黒い雪が顔にあたったんだが、妙な痛みを感じてな……」

再び、兵たちは顔を見合わせた。

†

ムオジネルの使者が去ってから一刻が過ぎたころ、ソフィーとオルガ、タラスの三人は幕舎の外に出ていた。キュレネー軍をどこで迎え撃つか話しあっていたところへ、兵たちが黒い雪について訴えてきたのだ。

曇り空を見上げて目を凝らすと、たしかにちらほらと黒い雪が舞っている。二つの竜具が淡い光をまとって警告を発した。

ソフィーはザートを高く掲げる。錫杖の先端にある大きな円環から光の粒子があふれて、彼女の周囲に漂った。黒い雪が光の粒子に触れると、どちらも消滅する。それによって、黒い雪がどのようなものなのかを、ザートはソフィーに伝えた。

ソフィーは厳しい表情になって、オルガとタラスに告げる。

「素肌でこれに触れてはだめ。布か何かで身体をしっかり守って」

「これは？」

フードを目深にかぶり、外套をまとい直しながら、オルガが聞いた。

「瘴気よ。つまり……毒素を多分に含んだ雪と思ってちょうだい」

後半の説明は、タラスへ向けたものだった。

魔物と戦ったことのある戦姫なら、瘴気といえばわかる。ひとならざるものたちの身体を構成するもののひとつであり、ふつうなら存在しないものだ。

「ザートが教えてくれたことから考えて、浴びたからといってすぐに死ぬことはないと思うけれど、徐々に弱っていくみたいなの」

ソフィーのザートにかぎったことではないが、言葉を持たない竜具の説明はどうしても感覚的なものになる。それを言語化するのは簡単ではない。ことに、このような異変の場合は。

――これはおそらく、ヴォージュから飛んできたものね。

ヴォージュ山脈のある西の彼方へと視線を転じる。

今日になってから、急に降ってきたとは思えない。おそらく、「噴火」が起きた日から、降る範囲が徐々に広がっているのだろう。ヴォージュそれ自体の広大さを考えると、オルミュッツやライトメリッツ、またブリューヌのアルサスなどにも舞い落ちているに違いない。

ティル＝ナ＝ファの夢を思いだす。この瘴気は、降臨が迫っていることを示しているのか。早くヴォージュに向かわなかったことが、いまさらながらに悔やまれる。近づいていれば、もっと詳しいことがわかったかもしれない。

――いまからでも……。

そう考えて、唇を噛む。キュレネー軍の存在について、クレイシュが偽りを伝えてきたとは思えない。むしろ、自分たちに重要な情報を教えてくれたのだろう。

ムオジネル軍との戦いは、クレイシュが本気でなかったから、このような結果に持ちこむことができた。キュレネー軍との戦いは、そうはいかないだろう。数の差を考えても、自分とオルガがいてさえ勝てるかどうかわからない。

「いったい、どうすればよいのでしょうか……」

タラスが不安を露(あら)わにした、青ざめた顔で助けを求める。彼に言葉を返そうとして、ソフィーは周囲の状況に気づいた。いつのまにか、兵たちが遠巻きに自分たちを囲んでいる。自分がポリーシャから連れてきた者もいれば、オルガがブレストから連れてきた者もいた。彼らの顔に浮かんでいる感情は、タラスのそれとほとんど同じだった。

城砦に立てこもって瘴気から少しでも身を守りつつ、キュレネー軍を、一部だけでも食いとめる。おそらくそれが、もっとも堅実な策だ。一万の敵すべてをルークト城砦に惹きつけることはできない。多くは国境を越えてオルミュッツに踏みこむだろう。

そうさせてはならない。キュレネー軍を、ここで迎え撃たなければ。

――ごめんなさい。

兵たちに心の中で詫びながら、ソフィーは毅然とした顔で兵たちを見回した。

「この黒い雪については、オルミュッツの戦姫リュドミラ＝ルリエに任せてあるわ。もうしばらく降り続けるでしょうけれど、心配しないで。他の者にも安心するよう伝えてちょうだい」

兵たちがざわめく。彼らにとって、戦姫というだけでもその言葉は信じるに値するのだが、ソフィーは勝利をもたらした指揮官だ。説得力が違う。

それに、ソフィーと並んで南方国境を守るべきミラが不在であることにも納得できる。この黒い雪のような異常な現象は、戦姫でなければ対処できないに違いない。

彼女の言葉を疑う者は、ひとりもいなかった。

ざわめきがおさまるのを待って、ソフィーは再び口を開く。黄金の錫杖を握りしめて。

「皆にお願いがあるの」

静かな声で、ソフィーはキュレネー軍の襲来を告げた。

「城砦に立てこもれば、キュレネー軍の半分を食いとめることができるでしょう。でも、残り半分は国境を越える。戦姫のいないオルミュッツや、ポリーシャが蹂躙されてしまう」

錫杖が涼やかな音を響かせる。ソフィーの意志を示すように。

「わたくしは、この地で彼らと戦う。あなたたちの力を貸して」

沈黙が訪れる。だが、それは兵たちの恐怖や逡巡によるものではなく、自覚と奮起によるものだった。ポリーシャ兵が前に進みでる。

「戦姫様、いかようにもご命令ください」

ブレスト兵も、ソフィーの隣に立っているオルガに訴えかけた。

「戦姫様、我々はただちに次の戦いの準備に入ります」

他の兵たちも戦意を昂揚(こうよう)させた顔を見合わせ、視線をかわし、おたがいに励ましあう。ひとりひとりの熱気が重なりあい、広がって、冬の大気を押しのける勢いだ。

ソフィーが顔をあげる。その気持ちを表すように、黄金の錫杖が涼やかな音色を奏でた。

「ありがとう、皆」

そして、ソフィーはタラスに視線を向ける。彼の顔には生気が戻っていた。

「醜態(しゅうたい)をお見せしました。かくなる上は、名誉挽回の機会をいただきたく思います」

「頼りにしているわ、タラス卿。いつでも戦いに出られるようにお願い。それから、黒い雪に肌をさらさないようにとすべての兵に伝えて」

タラスは力強い返事をすると、兵たちに向き直ってさっそく指示を出しはじめる。他の兵たちも駆けていき、あとにはソフィーとオルガが残った。

「リュドミラに任せたというのは本当？」

オルガに聞かれて、ソフィーは首を横に振る。

「でも、ヴォージュの異変は遠くからでも見えるわ。自分の公国を愛し、大切に思っているミラが何もしないはずはない。エレンやティグルもそう。あなたは、ティグルからアルサスの話を聞いたことはある？」

「ティグルが故郷を大切に思っている気持ちは、とても強く伝わってきた」

オルガはうなずきつつ、納得しかねるという視線をソフィーに向けた。

「本当にリュドミラたちが何とかしてくれると思ってる？」

「思うのとは少し違うわね。信じるの」

オルガは「信じる」とつぶやいて、胸に手をあてる。いくばくかの間を置いて、聞いた。

「不安にならない？」

「正直にいうと、少しはね」

くすりと、ソフィーはオルガに笑いかける。黒い雪の降る空を見上げた。

「でも、わたくしは万能ではないし、ひとりで何もかもやることは不可能よ。いまここにいる戦姫はわたくしとあなただけで、さっき言った通り、わたくしはミラに対して責任がある。だから、ここに留まる」

その言葉の方がよほど納得できるものだったらしい、オルガはうなずいた。

ソフィーが派遣した偵察隊が幕営に戻ってきたのは、その日の夕方である。

「十ベルスタほど西に、赤い丸を背負った鳥を描いた軍旗を掲げた軍勢を見つけました。数はおよそ一万で、すべて歩兵です」

キュレネー軍だ。クレイシュの言葉は、やはり事実だった。

オルガとタラスを幕舎に呼んだソフィーは、現在の状況を確認する。

「死者の埋葬も、まだすべて終わってはいません。傷の癒えていない兵は多く、軽傷の者たちも大半は疲労が残っています。それから、申しあげにくいことですが、黒い雪が気になって戦いたくないという者が何十人かおります。戦える者は約六千五百というところです」

包み隠さず答えると、タラスは意見を述べた。

「この城砦を囮にして敵を誘いだす手もあるかと」

ソフィーは「ありがとう」と、礼を言ったあと、首を横に振った。

「明日、戦いましょう。負傷者や動けない者たちに城砦を任せて。兵たちはできるかぎり休ませてあげて」

数の劣勢はどうしようもない。この瘴気が明日か明後日に消えるとも思えない。ならば、兵たちの士気が高いうちに挑むべきだった。

八日前、六十隻のキュレネー軍はブリューヌ王国のアニエスに上陸を果たした。海を穏やかなものに変えたメルセゲルの力は、彼らがブリューヌにたどりつくまで続いたのである。

キュレネーの神々に感謝を捧げたあと、総指揮官のサームートは配下の二万の兵のうち、半分の一万を副官のシェヌーテに預けた。

「私はブリューヌを攻める。おまえはジスタートを攻めよ。先にムオジネル軍と合流する手もあるが、その判断は任せる」

サームートたちは、ムオジネル北部の詳細な地図を持っている。むろん、ムオジネルに用意させたのだ。シェヌーテは総指揮官の配慮に笑顔で礼を述べた。

「ありがとうございます、サームート様。我々はルークト城砦へ向かいます。ムオジネル軍が城砦を攻略していればよし、していなければ我々の武勲とさせていただきましょう」

クレイシュがルークト城砦を攻める予定だというのは、事前に聞いている。城砦が陥ちていようといまいと、シェヌーテはそこで味方と合流できるはずだった。

シェヌーテは春になれば三十三になる。初陣は十六のときで、それから今日まで陸と海で戦歴を積み重ねてきた。これまで交流のなかった国への遠征と聞いても、まったく気負いしなかった。その豪胆さを買われて、サームートの副官に任命されたのである。

斥候を放って先の様子を確認しながら、シェヌーテは軍を進めた。

昨日、キュレネー軍の頭上にも黒い雪が舞い落ちてきた。

痛みと不気味さに戸惑う兵たちを、シェヌーテは明るい声で激励する。

「俺は詳しいことは知らぬが、神官殿は布で守れば問題がないと言っていた。この寒さからしてもジスタートというのは辺境といってよいのだろう。気をつけて進めよ、おぬしら」

そうして、シェヌーテは兵たちの士気が下がるのを押しとどめた。

そして今朝、彼は新たな報告を受けとった。黒竜を描いた軍旗を掲げた軍勢が、こちらへ向かってくるという。その数は六千と数百であると。

「ジスタートの軍か。もしかして、ムオジネル軍はやられたかな」

シェヌーテは行軍を止め、兵たちに隊列を整えさせる。彼らがいるところは街道から離れた荒野で、見晴らしもよい。自軍の方が多いなら、迎え撃つのに最適な地形だった。

それから一刻ほどが過ぎて、ジスタート軍が東から現れる。

太陽を隠したぶ厚い灰色の雲の下、広大な荒野で両軍は対峙した。

ジスタート軍の数はおよそ六千五百。歩兵が約六千と百で、騎兵が約四百である。騎兵はすべてオルガに従うブレスト兵だ。

総指揮官はこれまでと変わらず、ソフィーが務めている。ムオジネル軍を撃退した武勲があるからというより、戦うことを決意した責任感から、彼女はこの立場を引き受けた。

ソフィーは中央と左右両翼にそれぞれ約二千の歩兵を配置し、オルガ率いる約四百の騎兵を予備兵力として後方に待機させる。それから、自分のそばに百の歩兵を置いた。

一方、キュレネー軍は中央と左右両翼にそれぞれ三千の兵を並べたが、指揮官のシェヌーテはさらに、兵たちを前衛と後衛とにわけた。そして、一千の歩兵を後方に待機させる。

「戦場選びを間違ったかしら」

中央部隊の後方で指揮を執るソフィーは、緊張を隠せない顔で敵陣の様子をうかがう。この戦場も大軍に有利な地形だ。数の不利を、戦意の高さでどこまで補えるだろうか。

そのとき、キュレネー軍からひとりの兵が進みでて、朗々とした声を張りあげる。

「ジスタート軍よ、我々はキュレネーからはるばる来た。我々の目的はこの先にある貴様らの城砦だ。身の程をわきまえて抵抗せずに譲れば、無用な流血を避けられよう」

その兵はキュレネー語とムオジネル語で、同じ言葉を叫んだ。

高圧的な口上に、キュレネー軍からは歓声があがった。ジスタート軍からもわずかながら怒りの声があがる。少ないのは、キュレネー語がわかる者がおらず、ムオジネル語がわかる者も少なかったからだ。ソフィーはムオジネル語による口上を理解した。

「領土ほしさで攻めてきたようね」

ソフィーは考えこむ。キュレネーとムオジネルの関係次第では、彼らがルークト城砦を奪う手は有効かもしれない。今回、ムオジネルはキュレネーと手を組み、そして裏切ったが、状況次第ではまた手を組むこともあるだろう。クレイシュはそういうことができる男だ。

ともあれ、ソフィーは口上合戦につきあう気などない。角笛を吹き鳴らさせた。

対抗するように、キュレネー軍が大太鼓を叩く。両軍は前進を開始した。キュレネー軍の武装は、オルガから聞いたものと変わらない。兜に、鉄片で補強した革鎧、円形の盾、そして槍と湾曲した剣だ。鎧の上に毛皮をまとっているのは、寒さがこたえるのだろう。

先に前進を止めたジスタート軍が、まっすぐ向かってくる敵兵に矢の雨を浴びせかける。キュレネー兵たちは盾をかざして矢を防ぎながら前進を続けた。

距離が縮まり、ジスタート軍が弓矢を捨てる。剣や槍、手斧に武器を持ち替えた。

鬨の声が同時にあがり、両軍の兵士はどちらからともなく足を速める。冷気を含んだ砂塵を巻きあげて、激突した。剣が盾に防がれ、槍が兜をかすめる。

悲鳴は鮮血を伴い、怒号のあとには打撃か斬撃が続いた。湾曲した剣に顔を貫かれて倒れるジスタート兵がいれば、突き倒されて踏み潰されるキュレネー兵がいる。戦いがはじまって間もないにもかかわらず、流血の細長い川が大地に生まれつつあった。

ジスタート兵の方が疲労しており、負傷者も少なくなかったが、彼らはキュレネー兵に押し負けることなく奮戦する。この展開に、兵たちを後退させて敵の陣容を長く引き延ばそうとしていたソフィーは考え直してもう少し様子を見ることにした。

——膠着状態に持ちこめたら、オルガの部隊を大きく迂回させて敵将を叩けるかも……。

だが、キュレネー軍の指揮官であるシェヌーテは、ジスタート兵の勇戦につきあう気はなかった。彼は兵を慎重に後退させながら、前衛と後衛を巧みに入れ替えたのだ。体力を温存していた後衛の兵たちが、猛然とジスタート兵に襲いかかった。

前衛との戦いで疲労していたジスタート兵たちは、後衛の勢いに圧倒された。槍で叩き、盾で殴り、身体ごとぶつかってくるキュレネー兵の猛攻に耐えられず、五歩、十歩と後退を強いられる。倒れたところに容赦なく剣を振りおろされる。ジスタート軍は劣勢に陥った。

判断を誤ったことを悟って、ソフィーは歯噛(はが)みした。副官を務めるタラスに告げる。

「指揮を任せるわ。わたくしは先頭に立ちます」

「いまは危険です」と、タラスは反対した。

「戦姫様のお力はわかっていますが、勢いを覆せるものではありません」

「でも、このままでは……」

血煙が飛び、悲鳴があがるたびに、ジスタート兵がひとり、またひとりと倒れていく。タラスを振りきってソフィーが馬を進ませようとしたときだった。

東の方でどよめきが起きた。見れば、黒竜旗(ジルニトラ)を掲げた数百ほどの騎兵が前進してくる。

ソフィーもタラスも、驚きの表情でその集団を見つめた。オルガの部隊ではない。だが、他に騎兵の部隊はいない。だとすれば、どこかの諸侯が派遣した援軍が到着したのだろうか。

——あれは……。

ソフィーは目を瞠る。黒竜旗に隠れてさきほどは見えなかったが、彼らはもうひとつ軍旗を掲げていた。白地に蒼い槍を斜めに描いたそれは、オルミュッツ公国の軍旗だ。

そこでソフィーは、新たな驚きに襲われた。オルミュッツ軍と思われたその部隊の先頭で馬を進ませているのは二人の娘だったのだ。

ひとりは長剣を手にした長い白銀の髪の娘で、もうひとりは漆黒の鞭を握りしめた鮮やかな紅の髪の娘だった。エレオノーラ＝ヴィルターリアと、エリザヴェータ＝フォミナだ。

突然現れた黒竜旗の騎兵部隊に、キュレネー軍は攻勢を止めて後退する。その瞬間を待っていたかのように、エレンとリーザはそれぞれの竜具を振りあげ、振りおろした。

「突撃！」

二人の覇気を受けて、大気が激しく踊った。付き従っている騎兵たちが喊声をあげ、馬蹄の音を轟かせる。オルミュッツ軍はキュレネー軍左翼の側面に向かって突き進んだ。

一見して五百騎ほどの集団に、シェヌーテは適切に対応した。キュレネー軍左翼はすみやかに向きを変え、正面から迎え撃つ形を整える。このとき、キュレネー軍左翼はまだ二千八百以上の兵を有しており、数の差を考えれば、オルミュッツ軍を粉砕できるはずだった。

両軍が接触する。突風が逆巻き、雷光が走った。

血飛沫をまき散らしながら突き崩されたのは、キュレネー軍だった。エレンは右に左にアリファールを振るってキュレネー兵を次々に斬り伏せ、リーザのヴァリツァイフは変幻自在の軌道を見せてキュレネー兵たちを片端から大地にねじ伏せた。

二人の戦姫の前進は、止まらない。キュレネー兵は槍で突きかかり、剣で斬りかかったが、彼女たちに届いた刃はひとつもなかった。エレンの馬を狙って、剣の間合いの外から襲いかかった者もいたが、リーザの黒鞭から逃れることはできなかった。脚を吹き飛ばされて倒れる。

そうして二人がつくった傷口を、彼女らに続くオルミュッツ騎兵が広げていく。すでにキュレネー兵たちは戦姫の強さに圧倒されて腰が引けているので、難しいことではなかった。

「ムオジネル兵じゃないな、こいつら」

剣を振るう手を止めず、エレンがつぶやく。こちらも黒鞭を振りまわしながら、リーザが首をかしげた。

「では、どこの軍だというの？　この時期に我が国を攻めるなんて」

「知らん。馬鹿には違いないが。しかし――」

剣の間合いに敵がいなくなったわずかな時間、エレンがリーザを一瞥する。

「おまえの竜具は私のアリファールよりよほど凶悪だな。使い手によく似ている」

「それは誤解よ。ヴァリツァイフの強さを、私は少しも披露してないもの」

リーザが答えると、黒鞭の竜具が同意を示すように、かすかな光を帯びた。

「おっかない戦士に育ったものだな」

エレンは苦笑を浮かべたが、すぐにそれを打ち消す。投擲された槍を斬り払った。

オルミュッツ軍の猛進はすさまじく、キュレネー軍の左翼は半ばから引きちぎられる。この事態にはシェヌーテも唖然(あぜん)とした。戦慄が背筋を滑り落ちる。ひとまず、中央本隊でオルミュッツ軍の動き封じつつ、左翼の立て直しにとりかかった。

そのころ、ソフィーとオルガのジスタート軍は新たな行動に移っている。エレンたちが稼いだ時間を使ってソフィーは息を吹き返し、兵たちを後退させた。

そして、オルガが配下の騎兵を率いて動きだす。弧を描くように戦場を駆けて、キュレネー軍の後方へまわりこもうとした。その動きに気づいたシェヌーテは、予備兵力として待機させていた一千の歩兵を動かす。

倍以上の敵の登場に、オルガの部隊はじりじりと後退した。キュレネー兵たちは歩兵だが、相手の動きが鈍いことに気づいて追いすがる。オルガは騎兵の速度を巧みに調整して、キュレネー兵たちを引き離した。

それを待っていたかのように、ソフィーが配下の兵にあらためて攻勢を命じる。

「援軍が来たわ！　銀閃の風姫(シルヴフラウ)と雷渦の閃姫(イースグリーフ)が！　オルミュッツの騎兵を率いて！」

ジスタート兵たちの喊声は、空を震わせるかのようだった。戦いがはじまったとき以上の戦意でもって、彼らは怒濤(どとう)のごとくキュレネー兵たちに攻めかかる。

最初に崩れたのは、エレンたちの突破を許したキュレネー軍左翼だった。隊列が乱れ、陣容が崩れ、隙間だらけになって、ひとり、またひとりと逃走に移る。

敵左翼を崩壊させたジスタート軍右翼は、オルミュッツ軍と合流して敵の中央部隊に攻勢をかける。シェヌーテは青ざめた。わずか数百騎の、それも二人の娘に率いられた騎兵部隊が、戦況を一変させてしまったのだ。信じられない光景だった。

せめて手元に予備兵力があれば、投入して中央部隊を支えることができただろう。だが、オルガの部隊を追って、一千の歩兵は中央部隊から離れてしまっている。

戦姫たちは無言のうちに連係して、キュレネー軍を追い詰める。シェヌーテはいつのまにか引き際すら失い、もはや敗北を引き延ばすためだけに指揮を執っていた。

彼の前にエレンが現れたのは、それからほどなくのことだ。

「貴様が指揮官か」

「こんな小娘が……？」

キュレネー語による驚愕のつぶやきは、エレンに理解されなかった。長剣を振りかざして、エレンが馬を走らせる。シェヌーテもまた剣をかまえて応じた。

刃をかわす音が、一度だけ響いた。次の瞬間には、シェヌーテの首が血の尾を引いて宙に舞っている。周囲にいたキュレネー兵たちが悲痛の叫びをあげた。

総指揮官の死が伝わり、キュレネー兵たちは武器を捨てて逃げだしはじめる。ソフィーは容赦なく追撃を命じた。数は依然として彼らの方が多いのだ。加えて、キュレネー軍の総数について、ソフィーは知らない。別働隊がいる可能性を、彼女は捨てていなかった。

戦いは、昼を過ぎたころに終わりを告げた。

キュレネー軍は四千近い死者を出し、倍以上の負傷者を出した。軍船を待機させているアニエスに帰り着いた者は三千に満たず、三千ほどの兵が散り散りとなったのである。

ジスタート軍の死者は一千余りだった。

幕営に戻ってきたところで戦後処理をタラスに任せ、四人の戦姫はようやく顔を合わせた。

「あなたたち、どうしてここに？　それに、なぜオルミュッツの軍を……」

まず、ソフィーはずっと気になっていたことを訊いた。エレンが答える。

「ソフィーをさがしていたんだ。現状についていちばん詳しいのはおまえだろう」

エレンとリーザは、まずライトメリッツに行った。だが、とくに情報らしい情報が得られなかったので、エレンの副官を務めるリムアリーシャにライトメリッツを任せ、南下した。

そうしてオルミュッツに来たところで、二人はミラの母のスヴェトラーナからおおまかな事情を聞くことができたのだ。ムオジネル軍が国境近くに姿を見せているという話も、このとき聞くことができた。

「そうしたら、スヴェトラーナ様に兵を貸してほしいと頼みこんだのよ、エレンは……」

　リーザがため息をつく。ソフィーだけでなく、オルガもさすがに呆れた顔をした。

　騎兵を動かすということは、そうとうな量の食糧と馬糧を使うということだ。ジスタート全土が凶作に襲われ、しかも冬のこの時期にそのような頼みごとをするというのは、正気を疑われてもおかしくない所業である。

「だが、ラーナ様は快く貸してくださっただろう。それに、これでオルミュッツも戦いに参加したと胸を張れる」

　エレンはひるむどころか、胸を張って笑ってみせた。その判断のおかげで実際に助かったソフィーとしては何も言えないので、話題を変えた。

「サーシャのことは、ちゃんとできた？」

　控えめに、尋ねる。エレンは複雑な微笑を浮かべてうなずいた。

「最後に顔を合わせることができたし、大切な約束もできた」

　そして、感傷的な気分を振り払うように、エレンは新たな質問をぶつける。

「それで、あいつらは何だったんだ？」

　エレンに聞かれて、ソフィーはここ数日の出来事を話した。

「ずいぶん無理をしたのね」

　リーザが気遣うような表情でソフィーを見る。ソフィーは微笑を浮かべて首を横に振った。

「貴重な体験をさせてもらったわ。ただ、一度で充分ね」

エレンは、オルガの肩を軽く叩く。「がんばったな」と、ねぎらうと、オルガは照れたように目を細めた。その様子を、ソフィーは微笑ましそうに見守る。

「ところで、この瘴気について何か知っているか？」

エレンが空を指で示した。彼女はアリファールの力で周囲に微弱な風を起こし、瘴気が自分に舞い落ちないようにしている。リーザもまわりに小さな雷光を張り巡らせていた。

「ヴォージュが噴火のようなものを起こしたのは知っているかしら？」

「ここに来るまでに立ち寄った町で聞いたな。地震が起きたときだろう。だが、あのとき私とこいつの竜具が警告を発した」

リーザに視線を向けながら、エレンは腕組みをする。リーザが不安そうな顔で言った。

「まさか、ティル＝ナ＝ファが関わっているの？」

「間違いないわ。それで、ミラにブリューヌへ行ってもらったのだけど……」

ソフィーがそこまで言ったときだった。

四人のすぐそばの空間が不自然に歪(ゆが)む。戦姫たちは驚いたが、すぐに気を取り直した。見覚えのある歪みであり、何より邪気のようなものは感じられなかったからだ。

はたして、その歪みの奥から現れたのは、ミリッツァ＝グリンカだった。

「さがしましたよ、ソフィーヤ様」

ソフィーの顔を見てそう言ってから、彼女はオルガたち三人を怪訝(けげん)そうに見つめる。

「どういう集まりなんでしょうか」

エレンとリーザから任せるという視線を向けられて、ソフィーは苦笑した。実際、誰かひとりが順序立てて説明した方が、よけいな混乱を生まずにすむだろう。

「詳しい話は幕舎の中でしましょうか」

五人となった戦姫たちは総指揮官用の幕舎に入り、地図を広げたテーブルを囲む。水を満たした銀杯が人数分用意された。

先に、ミリッツァが自分のこれまでの行動について説明する。アルテシウムでドレカヴァクと戦い、聖窟宮（サングロエル）でメルセゲルと戦ったあと、ティグルたちとわかれて王都ニースへ跳躍し、レギン王女に会い、ムオジネル軍に対する共闘の約束をとりつけたことを簡潔に語った。

メルセゲルの名に驚きつつ、ソフィーも自分たちの身に起きたことを話す。

ムオジネル軍と手を組んだという話にミリッツァは驚き、落胆したが、一連の戦いの中でオルガが活躍したことを聞くと、口元を手で隠しながら得意げな笑みを浮かべた。オルガに向けた紫色の瞳には、恩着せがましい輝きがちらついている。

一方、オルガはひどく憮然とした顔で、露骨にミリッツァを無視した。

——そういえば、オルガはミリッツァに助けられて、その礼としてここに来たのよね。

ミリッツァにしてみれば、自分の頼みを聞いてよかったでしょうと言ってやりたい心境なのだろう。むろん、オルガの武勲は彼女の勇気と奮戦によるものだが、そもそもミリッツァに頼まれなければ、この地へ来ることはなかったか、来たとしてももっと遅かったのだから。

「まったく……。もう少し緊張感を持ちなさい」

ミリッツァの態度に気づいて呆れた顔をするリーザを横目に、ソフィーは深刻な顔になる。

ティグルによれば、この冷害は二柱の神の降臨がせめぎあった影響だという。

――ティル＝ナ＝ファの降臨を止めるというだけでも至難の業でしょうに……。

それだけでは不充分だというのだ。

絶望的な事態だった。まさかとは思っていたが、本当にアーケンまでが存在し、降臨しようとしていたとは。いや、ティル＝ナ＝ファが実在した以上、他の神もいてもおかしくないと考えるべきだったのだろう。

「空から降ってくるこの瘴気も、二つの神の降臨と関係あるのだろうな」

エレンが憤然(ふんぜん)とした顔で腕組みをする。いまにも立ちあがってヴォージュを目指しかねない雰囲気だ。だが、彼女の心情はソフィーにもよくわかった。自分も同じ気持ちだ。

「儀式が行われるのは朔か。あと何日だ」

「ここ数日は昼も夜も雲が出ていた」

独語めいたエレンの疑問に、オルガが首を横に振りながら答える。少なくともここにいる者たちでは、正確な日にちはわからないということだ。

「兵たちに聞いてみましょう。もしかしたら誰か月を見た者がいるかもしれない」

　そう言ってから、ソフィーはミリッツァに確認する。

「ヴォージュ山脈に向かったのは、ティグルとミラ、リュディエーヌ殿、ラフィナック殿、ガルイーニン卿の五人なのね？」

「わたしと別れたあとで誰も加わっていなければ」

　ミリッツァは残念そうに答えた。リーザが尋ねる。

「ヴォージュ山脈のどのあたりなのかはわからないの？」

「すみません。場所までは……」

　首を横に振るミリッツァに、ソフィーとエレンが唸った。ヴォージュは広大すぎる。

　しばらく考えこんだあと、ソフィーはあることに思いあたって、ミリッツァに聞いた。

「このことは、レギン殿下にもお話したのでしょう。殿下は何と？」

「殿下は、ティグルヴルムド卿に任せるとおっしゃいました」

　そのときのことを思いだしたのか、ミリッツァの表情と声音には感心と呆れのいりまじった感情がにじんでいる。

「ティグルヴルムド卿はやるべきことをきっとやってくれる。だから、自分も春まで耐え、できるかぎりブリューヌを平和に保ってみせると」

「全幅（ぜんぷく）の信頼というやつだな」

　エレンが感心したようなため息をついて、笑みを浮かべる。

「だが、ティグルに命を救われたことがある身としては、わかるな。やはりリュドミラのやつにはもったいなかったかもしれん」

　少々物騒なエレンの台詞に笑うと、ミリッツァは話を続けた。

　レギンに共闘の約束をとりつけたあと、ミリッツァはニースを発って、オルミュッツに向かうつもりだった。ソフィーの行方をさがして合流するためだ。

　だが、その直前に、ニースにひとつの知らせがもたらされた。南東の海が数日間、穏やかになり、そこから他国の軍が現れたというものだ。

　どこの軍なのか知るために、ミリッツァはさらに二日間、ニースに滞在した。そして、キュレネーの軍らしいとわかると、オルミュッツを目指したのである。

「わたしが知るかぎりでは、キュレネー軍は約二万で、ブリューヌのアニエスから上陸し、そのままブリューヌへ攻めこむらしいということでしたが」

「南の海は、冬でも船を出せるのかしら？」

　リーザが疑問を口にする。彼女は南の海を見たことがない。だが、この時期の北の海の荒々しさについては、この中の誰よりも知っていた。

「無理よ」と、ソフィーが首を横に振る。

「メルセゲルの仕業でしょうね。ブリューヌやジスタートを攻めるようキュレネーの王に進言していたというし。そうまでして軍を動かした目的として考えられるのは、わたくしたちのような者の動きを封じることと、ティグルに揺さぶりをかけることとあたりかしら」

「キュレネー軍の残り一万は、ブリューヌへ向かったのか?」

オルガが首をかしげる。ソフィーがうなずいた。

「そういうことになるわね。一万の兵でブリューヌを滅ぼすことはできないでしょうけど、南部の町を攻め落として、足がかりの拠点をつくることぐらいは可能でしょう。そこで春まで耐えれば、本国から援軍も期待できる……」

「助けに行く?」

オルガの質問に、ソフィーは首を横に振る。ここからブリューヌへ向かおうとすれば、ムオジネル領内を通過するか、ヴォージュ山脈を越えなければならない。どちらを選んでも厳しい行軍になることが予想できるし、何より食糧が足りなかった。

「私たちにできることはないの?」

不満そうに顔をしかめるリーザに、ミリッツァが答える。

「祈るしかないんじゃないでしょうか」

「何を言いだすんだ、おまえは」

エレンは呆れたが、ソフィーは真剣に受けとめた。祈りが意味のないものと思われるのは、耳を傾けてくれる神がいない、あるいは、いないものと思われているからだ。

「わたくしたちは、ティル=ナ=ファの存在を知っている。人間に、ティグルに友好的な女神がいることも。その女神にならば、祈ってもいいのではないかしら」

意表を突かれたという顔になって、エレンが考えこむ。ソフィーは皆を見回した。

「もちろん、それ以外にもやることはあるわ。ここに留まって、守ることよ。もしもティル＝ナ＝ファが降臨したら、わたくしたちはもちろん、すべてのひとが死ぬのでしょう。でも、ミラたちがそれを阻止したら、皆が生き延びられる。――それは敵も同じ」

最後の言葉に、戦姫たちは緊張を帯びた顔でうなずいた。自分たちが国境から去ったあと、体勢を立て直したキュレネー軍が再び国境に現れる可能性はないとはいえない。

「わたくしはミラたちが戻ってくることを信じているし、彼女の大切な公国を守り抜きたい」

戦姫たちはうなずきあうと、自分の竜具を握りしめる。

ヴォージュのどこかにいるだろうティグルたちのために、女神に祈った。

†

サームートに率いられた一万のキュレネー軍が、ブリューヌの南東にあるマッシリアの港町を攻めたのは、アニエスに上陸を果たしてから二日後のことだった。

マッシリアの住人にとっては予想外の出来事だった。数日前に、にわかに海が穏やかになり、様子を見ようと船を沖合いへ出していたところへ、六十隻もの軍船が現れたのだ。

食糧不足によって町の治安が悪化していたことに加え、この時期に戦などあるわけがないと誰もが思っていたことから、突然の来襲に対応できた者はほとんどいなかった。

港から乗りこんだキュレネー兵たちは、混乱し、逃げ惑う人々に向かって矢を射かけ、槍を突きたて、家々に火を放って、暴虐と略奪、殺戮をほしいままにした。

マッシリアは決して小さな町ではなく、二千の守備兵がいたが、彼らは組織だった反撃もできずに打ち倒され、斬り刻まれて、亡骸を路上に積みあげた。

神殿に逃げこんだ者たちもいたが、キュレネー兵らはブリューヌの神々を恐れることなく、血まみれの槍や剣を手に、神殿に乗りこんだ。神像を片端から突き倒し、神官を串刺しにし、巫女を陵辱した。

マッシリアは一日で陥落した。

「なるほど、この国が弱っているのはたしかなようだ。神官殿の言葉は正しかったたな」

町の長の屋敷を占拠したサームートは、キュレネー人やイフリキア人を連れてこさせて、詳しい事情を聞いた。

マッシリアにはキュレネーやイフリキアからも交易船が訪れており、商売をするうちに町に居着いた者や、新たな生活の場を求めて訪れた者が数多くいる。サームートがこの町を狙ったのは、アニエスに近いというだけでなく、そのような事情もあった。

サームートの構想は、このマッシリアを拠点として港町を次々におさえていき、最終的にブリューヌ南部を支配するというものだ。他の港町もこのマッシリアと変わらぬ状況なら、難しくないと思われた。

だが、彼の構想は実現しなかった。

マッシリアの陥落から二日後、ブリューヌ軍が現れたのである。その数は五千。ひるがえる軍旗はテナルディエ家のものだった。この状況でこれだけの兵をかき集め、統率するだけでもテナルディエ公爵の手腕は非凡なものであろう。

サームートは、当然のように彼らを叩き潰す道を選んだ。テナルディエ公はブリューヌでも屈指の大貴族であり、南部に領地を持つ諸侯らの中心的存在である。彼と、その軍勢をここで打ち破れば、南部の掌握は予想より早く進むだろう。

マッシリアの守りに一千の兵を割くと、サームートは九千の兵を率いて町の外へ出た。

「やつらの首をことごとくはね、それを積みあげた荷車を王都へ送りつけてやろう」

テナルディエ軍は大半が歩兵で、騎兵は二百ほどしかいない。その上、歩兵の武装はまるで統一されていなかった。寄せ集めであることは一目瞭然だ。

戦いは、はじめから一方的な展開を見せた。サームートは決して凡庸な指揮官ではなく、正面から押し潰そうとはせずに、別働隊を組織してテナルディエ軍を左右から攻めた。

テナルディエ軍は懸命に抵抗したが、まず士気が違う。凶作によって満足な食事がとれず、それでいながら食糧の確保に駆けまわっていた兵たちと、充分な食糧を抱え、神の加護があると信じて攻めてきた者たちでは、勢いが違った。

テナルディエと、腹心のスティードの懸命な指揮にもかかわらず、テナルディエ軍はじりじりと数を減らして追いこまれていく。

戦況に変化が起きたのは、昼になる少し前だった。

空に巨大な影が現れたことに、両軍の兵たちの何人かが気づいた。鳥にしては、それはあまりに大きかった。

「飛竜(ヴィーフル)だ!」

テナルディエ軍の兵が叫んだ。その兵にとっては、馴染みがある存在だったからだ。

どよめきが起こり、戦の流れが一時的に停滞する。

このとき、テナルディエ軍は期待を抱き、キュレネー軍は困惑していた。竜を見たことがない彼らは、上空を舞う巨大な生きものに恐ろしさを覚え、その存在に喜んでいるらしいテナルディエ軍に不気味なものを感じたのだ。

飛竜が旋回し、少しずつ高度を下げてくる。キュレネー軍はうろたえた。飛竜は、あきらかにキュレネー軍を狙っている。

不意に、飛竜が急降下する。突風を起こして、キュレネー軍の頭上を通過した。キュレネー兵たちは悲鳴をあげ、とうてい立っていられず、次々に転倒する。

飛竜はキュレネー軍から三百アルシン離れたところに着地した。その背には二人の人間が乗っている。ザイアン＝テナルディエと、ロランだった。

アスヴァールでロランを飛竜に乗せて飛びたったあと、ザイアンは予定通りアルテシウムへ向かった。ちなみに、海を越えてブリューヌに戻ってきたところで、ロランは己の甲冑を売り払っている。ザイアンに、「重すぎる。脱げ」と言われたからだった。

実際、飛竜は二人分の重さに耐えかねて不満を漏らし、暴れるように飛んでみせたので、ロランも従うしかなかった。

アルテシウムに着いた二人は、町の長のフィルマンに話を聞いたが、ティグルたちがヴォージュ山脈に向かったこと以外は何もわからなかった。

ティグルたちを追うか、それとも王都ニースでさらに情報を集めるか話しあい、二人はニースを目指した。ティグルたちのことも、もちろん気になったが、ザイアンはアルテシウムで見たものを、ロランはアスヴァールの状況を、それぞれ報告するべきだと感じていたのだ。

そして、ニースに着いた二人はキュレネー軍が攻めてきたことを知り、詳しい報告は後回しにして、戦場へ駆けつけたのである。

キュレネー軍もテナルディエ軍も、戦う手を止めた。誰もが飛竜とその乗り手たちから目を離せなかった。そのおかげで、ロランは腰や脚につけていたベルトを落ち着いた動作で外し、飛竜の背から降りたつことができた。

黒騎士は竜騎士に礼を述べると、キュレネー軍に向き直る。ロランは漆黒の甲冑をつけておらず、黒い外套を羽織(はお)って、アスヴァールの宝剣カリバーンを背負っていた。

急ぐことなく、ロランはキュレネー軍へ向かっていく。飛竜の急降下による衝撃から立ち直りつつあったキュレネー兵たちは、怪訝そうな目をロランに向けた。たったひとりでいったい何をしようというのかと思ったのだ。それは総指揮官のサームートも同じだった。

両者の距離が百アルシンにまで縮まったとき、ロランは大地を蹴る。猛然と駆けて、キュレネー軍に斬りこんだ。むろん、キュレネー兵たちは剣と槍をかまえて応戦する。単騎で飛びこんできた歩兵など、槍と盾で容易に前進を阻み、あるいは押し返せるはずだった。

鮮血が噴きあがり、肉片と毛皮の切れ端が飛び散った。ロランが背中のカリバーンを抜き放つや、二人のキュレネー兵を葬り去ったのである。

「変わらず重いが、むしろ俺にはちょうどいい。何より、デュランダルに劣らぬ」

切れ味が、である。カリバーンの刃は、毛皮と、鉄片で補強した革鎧ごと、相手の肉体を容易に斬り裂いてみせた。

キュレネー兵が怒りと戦慄の叫びをあげ、群がるように襲いかかってくる。だが、ロランはひるまず、それどころか果敢に突撃してひとりを斬り伏せた。

間髪を容れずにカリバーンを薙ぎ払って敵兵の槍を腕ごと切り飛ばし、盾を手ごと砕く。一呼吸ごとにひとり、あるいは二人を打ち倒す勢いで、彼の周囲にはたちまちのうちに血溜まりができあがり、屍が積みあがった。

　そこへ、再び空へ舞った飛竜が襲いかかってくる。さきほどと同様に、急降下して頭上を通過した。ザイアンは、いまだに飛竜を敵兵のただ中に飛びこませることができずにいる。むろん自分の身を気遣ってのことだが、飛竜に対する気遣いもあるかもしれない。

　たった二人の闖入者のために、九千のキュレネー軍は混乱に陥った。サームートは多数の兵でロランを取り囲むように命じたが、飛竜に陣容をかきまわされて、実現できなかった。

　飛竜とその乗り手は実のところただの一兵も討ちとっていないのだが、この一頭とひとりのためにキュレネー兵たちは戦意を失い、逃げ腰になっている。飛竜が近づくだけで武器を捨ててその場にうずくまる者さえ現れる始末だった。

　そして、ザイアンとロランが生みだした貴重な時間を使って、テナルディエ軍は体勢を立て直し、戦意を回復した。雄叫びをあげて、キュレネー兵に襲いかかる。テナルディエ公爵とスティードは、兵の暴走にだけ気をつけて指揮を執ればよかった。

　それから四半刻も過ぎぬうちに、キュレネー軍は崩れた。通常の戦と違ったのは、敵とぶつかりあっている先頭集団から崩れたのではなく、あらゆるところから瓦解（がかい）したことだろうか。飛竜に対する恐怖が限界に達した者たちから逃げだしたのだ。

　逃げ崩れる兵たちを踏みとどまらせようとしながら、サームートは呻いた。

「こんな馬鹿なことが……」

　ついさきほどまで、彼は圧倒的に優勢であり、勝利をつかみかけていたのだ。彼の指揮に間違いはなかったはずだった。

彼の前に、ひとりの騎士が現れる。ロランだ。戦場の中でテナルディエ軍の騎兵から馬を借りたのである。サームートは逃げられぬことを悟って、剣を抜き放った。

だが、彼は動かなかった。まさにロランに斬りかかろうとしたとき、こちらに向かって飛んでくる飛竜の姿が目に入ったのだ。飛竜に、彼は見入ってしまった。

ロランが馬を走らせ、カリバーンを振るう。サームートの首が地面に転がった。

こうして戦いは終わりを告げた。三千余りの兵が降伏して捕虜となり、マッシリアを守っていた一千のキュレネー兵も、状況を知って同じく降伏する。

腹心のスティードに彼らの処遇をどうするか聞かれたテナルディエ公爵は、彼にしかくだせないだろう苛烈な命令を発した。

「海に投げこめ」

豪胆で冷静なスティードが一瞬、反応できなかった。テナルディエは淡々と続けた。

「人は食えぬが、魚は食える。十数日も過ぎれば肥え太った魚が獲れるようになるだろう」

彼らに家族や友人を殺され、家を焼かれたマッシリアの住人たちが積極的に協力したこともあり、その命令は滞りなく実行された。

四千を超えるキュレネー兵たちは文字通り、海の藻屑と消えた。また、キュレネー兵の死体も同じく海に放り捨てられた。戦場から逃げ散ったキュレネー兵は四千ほどだったが、アニエスにたどりついたのは二千に満たなかった。

キュレネー軍の侵攻は、こうして失敗に終わったのである。


ザイアンが父と顔を合わせたのは、その日の夜だった。

テナルディエ公は珍しく、憮然とした顔で息子を見下ろした。

「おまえに飛竜を与えたことが正しかったのか、ときどきわからなくなるな」

公爵家の嫡男であり、次期当主となる男が気儘に各地を飛びまわるべきではない。だが、ザイアンがいなければ今日の勝利はなかったことを、テナルディエはわかっていた。何より、ザイアンの名声は飛竜の存在と不可分のものとなっている。

「それは、私も感じています」

ザイアンは複雑な表情でそう答えた。昨年の夏から飛竜を乗りこなそうと躍起にならなかったら、自分はまるで違う人生を歩んでいたのではないだろうか。

いまだに飛竜は反抗的で、扱いづらく、腹が立つこともしばしばある。

だが、ザイアンにとって飛竜をあるていどにせよ乗りこなせることは自信であり、誇りだった。飛竜は、家柄も、血統も、暴力すらも通用しない唯一の相手であり、自分自身の力だけで向かいあわなければならないのだから。

――ああ、いや、もうひとりいるな。

金髪の侍女の顔が脳裏をよぎる。

彼女にも、ザイアンがそれまで持っていたものは何も通じなかった。

思えば、アルエットはザイアンより先に、自分の持てるものだけで飛竜に向かいあっていたのだ。かなわないのも仕方のないことかもしれない。

「気になるなら、おまえだけ先にランスに帰るか。言伝を預けることもできる」

不意に、父がそんなことを言ったので、ザイアンはおもわず手を顔にあてる。ランスは、テナルディエ家の屋敷があるネメタクムの中心都市だ。

思いが顔に出たのだろうか。まさか、そんなはずはない。そもそも彼女に対して何も思っていないはずだ。もちろん留まりますと言うつもりだったが、ザイアンの口は主を裏切った。

「言伝といいますと……」

「戦勝報告だ。私はしばらくマッシリアに留まらねばならぬ。私が帰るまで、おまえが代理として屋敷に留まってくれるなら、ありがたい」

ザイアンは迷わなかった。

4　瘴気の山

遠くにセレスタの町が見えたとき、ティグルは驚愕と不安に襲われた。町を囲む城壁の一部が崩れている。

──五、六日前に東の方で大きな地震があったらしいと聞いたが……。

皆、無事だろうか。

もうひとつ、気になることがある。はるか遠くにそびえるヴォージュ山脈の稜線を、黒雲とも黒煙ともつかぬものが覆っているのだ。雨雲にしては暗すぎる。

──いまはセレスタが先だ。

領民たちの身を案じながら馬を進めると、城門のそばにいる二人の兵がこちらに気づいた。ティグルの帰還を知らせるためだろう、ひとりが町の中へ走っていく。

はたして、ティグルたちが城門の前に着いて馬から下りると、ひとりの娘と老人が現れた。侍女のティッタと父の側仕えのバートランだ。

「お帰りなさい、ティグル様！」

「若、よくぞご無事で！」

駆け寄ってくる二人を抱きとめ、ティグルも笑顔で「ただいま」と答える。

「この前、大きな地震があったと聞いたが、だいじょうぶだったか？」

「怪我人は出ましたし、壁にひびの入った家はいくつかありますが、それぐらいでさ」

バートランが元気に答える。

「地震がおさまったあと、ウルス様がすぐに町の中を見回って、みんなを落ち着かせてくれたんです。だめになった食器や家具はありましたけど」

「そのていどですんだのなら何よりだった」

ティグルが話を聞いている間に、他の者たちも馬から下りる。ラフィナックはバートランたちと笑顔をかわし、ミラたちは礼儀正しく挨拶をした。

城門をくぐると、見張りの兵から聞いたのだろう、領民たちが出迎えに現れる。ティグルとしては、父と話をしてすぐに立ち去るつもりだったのだが、まず領主の嫡男（ちゃくなん）としての責務を果たさなければならないようだった。

「簡単にだが、バートランから話を聞いた。皆、元気そうでよかった。ろくな土産もなくてすまないな」

「こんなご時世に土産をほしがるほど図々しくはありませんよ、ティグル様」

領民のひとりが言葉を返し、周囲が笑いに包まれる。ティグルは、「ありがとう」と言ったあと、表情を引き締める。いまのうちに言っておきたいことがあった。

「俺はブリューヌ北部を見てきたが、どこもかしこも苦しい状況だった。だが、誰も諦めてはいなかった。どうか、この冬を耐え抜いてくれ。アルサスの民はそれができると思っている」

一瞬の沈黙を経て、歓声があがる。「もちろんでさあ」「やってみせますよ」と、領民たちは前向きな言葉を叫んだ。ほとんどは勢いによるものだろうが、それが大事なのだと、ティグルはわかっている。

「頼むぞ」と、彼らに笑いかけ、バートランに先導させる形で屋敷へ向かった。知らせが届いていたのだろう、ウルスは屋敷の前でティグルたちを出迎えた。やや疲労の色が見えるが、無事な父の姿に内心で安堵の息をつく。

「ただいま帰りました、父上」

ミラとリュディの手前ということもあって、ティグルはなるべく堂々と胸を張り、領主の嫡男らしく挨拶をする。後ろでラフィナックが苦笑を浮かべていた。

「よく無事で帰ってきた」

ウルスは穏やかな微笑を見せて息子の肩を叩くと、その後ろにいるミラたちを見た。

「大人数だな。食堂で話を聞くとしようか」

「すぐにご用意します」と、ティッタが張りきって屋敷の中へ駆けていく。バートランが苦笑まじりに彼女に続いた。

食堂に通されたティグルたちは、挨拶もそこそこに、地震による被害について尋ねた。

「怪我人は出たし、家も何軒か倒れたが、死者は出なかった。安心しろ。この町は、それほど家々が密集していないのでな」

冗談めかしてそう言ったウルスだが、すぐに深刻な表情になった。

「おまえが帰ってきたのは、ちょうどよかった。ひとつ聞きたいことがあってな。おまえが戦ったという始祖シャルルだが……」

「ここに現れたんですか⁉」

おもわず父の言葉を遮って、ティグルは身を乗りだす。数日前に集落の外で出会ったときのことを思いだした。アルサスに入った可能性はあると思っていたが、この町に来ていたのか。

「おそらくな」と、ウルスは冷静に説明する。

「その男がこの町に現れたのは、昨日のことだ。地震でもろくなっていた家が倒れたところに通りかかってな。彼は怪我人を運んだり、瓦礫(がれき)を除けたりするのを手伝ってくれた」

「そのあと、シャルルはどうしたんです？」

「私は礼を言って、一晩泊まっていくように勧めた。旅人と名のっていたので、アルサスの外の話も聞かせてほしいと思ったのだ。だが、彼は一刻ほど休んだあと、葡萄酒(ヴィノー)を入れた革袋を受けとって去っていった……」

ウルスの表情から、何かあったらしいとティグルは察したが、黙っておくことにした。父が言わないのなら、言う必要がないか、言うべきではないことなのだろう。

「陛下と瓜二つであることに気づいたのは、彼が去ったあとだ。ブリューヌ貴族として陛下に何度も拝謁していながら情けない話だが、陛下と彼はまったく雰囲気が違った」

「いえ、わかります」

リュディが大きくうなずく。ウルスは複雑な表情で息子を見た。

「おまえが世界を変えたのか。よくやった。笑いながらそう言われた。そのときは意味がわからなかったが、彼が始祖シャルルだというなら納得できる。もしも私がこの国の風潮を強く重んじ、おまえに弓を学ばせず、家宝を飾るだけにとどめておいたら……」

「それは、私にとっては困る話ですね」

深刻さを吹き散らすように、ミラが微笑を浮かべる。ティグルが弓を学ばなくとも、彼女の母のスヴェトラーナはアルサスを訪れただろう。しかし、ティグルの才能を見出してオルミュッツに招くことはなかったに違いない。

「私もそうですね。ウルス様にはどれだけ感謝してもしきれません」

リュディも笑顔で言った。彼女がアルサスを訪れたのは、狩猟祭において、ティグルがレギンに卓越した弓の技量を披露したからだ。

「まったく、先のことはわからぬものですな」

ウルスは二人に頭を下げて感謝の意を示すと、話を戻した。

「始祖シャルルは、東に行くと言っていた」

「ヴォージュ山脈ですね」

緊張を帯びたティグルの表情と口調に、ウルスは首を縦に振った。

「おまえも見ただろう。ヴォージュ山脈の頂が黒煙のようなものに覆われているのを。地震の直後にあのようになってな。ただの煙や雲なら、長くても一日で消えるものだが……」

ティグルの胸中に不安が湧きあがる。それほど長く、黒煙らしきものが山頂にわだかまっているということは、山脈全体に何かが起きている可能性が大きい。そして、自分たちはこれからあの山々の連なりへ向かうことを告げなければならない。

ひとまず、ティグルはルテティアでの出来事を話した。ブリューヌ全体が凶作の被害に遭っていることをあらためて思い知らされ、ウルスは渋面をつくって唸る。

「そうか……。実は、領民たちを西へ避難させようと考えていたのだが」

ヴォージュ山脈の異変を警戒してのことだ。いまのところは何もないとはいえ、何かが起きてからでは遅いと、ウルスは確信している。

しかし、冬半ばのこの時期に、町や村を出て野営を続けるのは非常に困難であることも、彼はわかっていた。それに、ティグルの話した通りの状況であれば、食糧や燃料を抱えたアルサスの民は、野盗たちの格好の獲物となるだろう。

「伯爵閣下、可能なかぎり早く、持てるだけの食糧と燃料を持たせて避難させるべきです」

ウルスの迷いを断ち切るように、ミラが鋭い声で発言した。

「私もミラと同じ考えです。あれは危険なものだと思います」

リュディも身を乗りだして意見を述べる。驚くウルスに、ティグルは自分たちがこれからヴォージュ山脈に向かうことを話した。ウルスが顔色を変える。

「危険が待ち受けているのか」

父の視線を受けとめて、ティグルはうなずいた。気負いのない表情で口を開く。

「むしろ、私はすっきりしています。ヴォージュに何かがあるのだと、山の中に入る前からわかったのですから」

さらにいえば、アルサスに何らかの被害が及ぶ前でよかったという思いがある。この地上と大切な人々を守らなければという想いは、もちろん以前からあったが、アルサスが危機にさらされたことで、その決意はより強くなった。

「止めても無駄なようだな」

「そんなことをされたら、私は父上を殴ってでもヴォージュに向かいます」

気の利いたことを言おうとして、ティグルは彼らしくもないもの言いをする。ウルスは苦笑を浮かべた。

「ふむ、言われてみれば、おまえは手のかからない子だったな。マスハスなどは上の子とも下の子とも殴りあいをしたと言っていたが」

ウルスの親友であり、ティグルにとっても恩人であるマスハス＝ローダントには、二人の息子がいる。ティグルは小さいころ、その二人に面倒を見てもらったことがあった。

「わかった。おまえを信じて、その通りにしよう」

この場合の信じるとは、目前に迫っている危機を解決することではない。必ず生きて帰ってくるという意味だ。

「ところで、もう出るのか?」

「そうですね。急いだ方がいいと思いますから」

「ですが、ティグルヴルムド卿、一刻か二刻ほど、馬を休ませる必要があります」

やんわりとした口調でそう言ったのはガルイーニンだ。馬を休ませなければならないのはたしかだが、ティグルとウルスへの気遣いによるものであることは明白だった。

だが、ウルスは首を横に振って立ち上がる。

「お客様方は、この屋敷で休んでいかれよ。どの部屋も自由に使ってくれてかまわぬ。申し訳ないが、私は領民たちを避難させなければならぬ」

もっともな話だった。ティグルは落胆したが、すぐに気持ちを切り替える。父は、自分が後顧の憂いなく戦いに臨めるようにしてくれているのだ。感謝するべきではないか。

父に何か言わねばと思って、顔をあげる。ちょうど、ウルスもティグルに視線を向けた。

「そういえば、まだディアーナに挨拶をしていないだろう」

ティグルはおもわず声をあげそうになった。たしかに、父に話すことばかりを考えていて、屋敷の裏手にある母の墓のことは失念していた。

「いっしょに来なさい」

言いながら、ウルスが背を向けて歩きだす。ティグルは慌てて席を立ち、父に続いた。

屋敷の裏手に出る。母の墓に、ティグルは父と並んで祈りを捧げた。思えば、父といっしょに祈るのは何年ぶりだろうか。奇妙な感慨が胸をよぎった。

「ひとは何のために生まれ、何をして生きるのか」

穏やかな表情で母の墓を見下ろしながら、父は言った。

「昔、ディアーナとそんな話をしたことがあった。ひとは、いずれ死ぬ。それはどうやっても避けられない。では、かぎりある命をどう使うか」

父の声には懐かしさだけでなく、喜びのようなものが含まれているように思えた。

「ディアーナは、今際の際に言った。『ティグルを産んでわかった。私は世界を知るために、そしてこの子を守り、この子に世界を見せるために生まれたのだ』と」

ティグルはおもわず母の墓を見つめていた。父は続ける。

「その後、私もたびたび考えるようになった。いまは、父から受け継いだこの地を、力を尽くして豊かにし、おまえやディアンに託すために生まれたのだろうと考えている。領主としての私は、成功もあれば失敗もあり、思ったほどには豊かにできなかったが……。おまえやディアンに恵まれ、おまえたちとともにアルサスを支えてくれるだろう民にも恵まれた」

ウルスの声は穏やかだったが、不思議な満足感が伝わってきた。彼はティグルに向き直る。

「何のために生まれ、何をして生きるのか。それを決めるのは誰でもなく、おまえだ。女神と対峙することのできる者が、この地上におまえしかいないとしても、必ずしもその道を歩まなければならないということはない。強いられた運命などというものは、ないのだ」

優しさと厳しさの混じりあった激励に、ティグルはうなずいた。

「大切なひとたちと、愛すべきこの地を守る。私はそのために生まれました。生涯をかけて、この生き方を貫くつもりです」

「おまえなら、できる」

ウルスはティグルの肩に手を置く。

「おまえにアルサスを継がせて、私の生は完結する。私の願いをかなえてくれ」

ティグルは「はい」と、笑顔で答えた。

父子が屋敷の中に戻ると、廊下の奥からひとりの娘が歩いてきた。年齢は十六ぐらい。飾り気のない麻の服を着ており、紐を使ってティグルの弟のディアンを背負っている。

——見慣れない顔だな。

だが、ディアンを背負っているのだから、ウルスに信頼されて、この屋敷で働いているということだ。ウルスはよく、わけありの人間を引き取って面倒を見ることがあった。

その娘はウルスと、それからティグルにそれぞれ一礼して、静かに歩き去っていく。彼女の姿が見えなくなってから、ティグルは視線で父に答えを求めた。

「シャルルが連れていた娘だ」

こともなげに答えた父を、ティグルは困惑の視線で見つめる。ウルスは説明した。

「彼がここを去るときに、あとで引き取りに来るからしばらく預かってくれと言って、置いていった。何でも、ルテティアにある小さな村から連れてきたそうでな」

「置いていったって……シャルルとはどういう関係なんですか？」

「よくわからん」と、ウルスは頭を振った。

「話を聞くと、夏の半ばにシャルルに声をかけられたそうだ」

シャルルがファーロン王を名のり、ガヌロンとともに王都を攻めようとしていたころだ。村娘を口説いて連れまわすシャルルの姿を想像してみる。ありそうな話だった。

「口数こそ少ないが、真面目で善良な娘だ。掃除や洗濯などもだいたいやれるらしい。いまはバートランやティッタが忙しいのでな、ああしてディアンを見てもらっている」

「訊きにくいことですが、シャルルが引き取りに来なかったら……？」

「しばらくはここで面倒を見るしかないだろう。おまえのおかげで、よそ者を受けいれられないほど食糧が足りないという事態にはなっていないからな」

そう言うと、ウルスはティグルの肩を軽く叩いた。

「おまえは身体を休めろ。私は領民たちのところへ行ってくる」

「父上、私も手伝います」

ティグルはそう言ったが、父は首を横に振って、歩き去っていった。ティグルはくすんだ赤い髪をかきまわしたあと、食堂へ戻ろうと歩きだす。角を曲がったところで足を止めた。

突き当たりに、ミラが立っている。こちらに背を向けて、窓から外を眺めていた。

——オルミュッツが気になるのか。

あの窓は東に面している。ティグルが歩み寄って声をかけると、振り向いたミラは笑みこそ浮かべていたが、青い瞳には隠しきれない不安がにじんでいた。

ティグルはそっと彼女の肩を抱く。ミラは、ティグルの胸に顔を埋めた。

「わかってるのよ。お母様がいるのだから、きっと、だいじょうぶだって……」

声がかすかに震えている。ヴォージュの異変を見たあとでは、当然の反応だろう。

「君の言う通り、ラーナ様は上手くやってくれる。すべてかたづいたら、挨拶に行こう」

ミラの手をとって、指を絡めて優しくつなぐ。自分の言葉とぬくもりで、少しでも想い人の気持ちをやわらげたかった。

ややあって、落ち着いたらしいミラが顔をあげる。ティグルはそっと唇を重ねた。

アルサスの西の門から、人々が次々に外へ出ていく。食糧や燃料の入った袋を背負い、数人がかりで荷車を押しながら。街道に長い列を為して、西に向かって歩いていく。若者たちが列を整理しながら、脱落者が出たり、家族とはぐれたりする者がいないよう目を光らせていた。

彼らの先頭に立っているのはウルスだ。彼だけは馬に乗っている。

他の馬は町の外に放した。アルサスにとって馬は貴重な財産であり、捨てていくのは胸を締めつけられる思いだったが、連れていけば、飢え死にさせることになる。やむを得なかった。

他の村には使いの者が走っている。いざというときに備えておくようにと、ウルスが何日も前に命じてあるので、すみやかに動くだろう。

ティグルたちは東の門を出て、馬を進ませた。日が沈んできたところで野営をし、夜が明けるのを待って出発する。セレスタの町で食糧と水をもらうことができたのはありがたかった。

ヴォージュ山脈の頂を覆う黒煙らしきものは昨日よりも広がり、空に届いている。

「煙でも霧でもないとすると、何なのでしょうね、あれは……」

リュディが不安そうな顔で言った。

「着けばわかるさ。あと少しだ」

遠くにそびえるヴォージュの山々を見ながら、ティグルが答える。だが、その表情はいつになく険しいものとなっていた。

――あんな形だったか……？

山々の形が、ティグルの記憶にあるものと違う。崩れたというより歪んだかのようだ。これも山頂から噴きだしている黒い何かの影響なのだろうか。そんなことを考えていると、ミラの持つラヴィアスが淡い光を発した。

「竜具が警告を発しているわ。あれはやはり、ろくでもないもののようね」

それからしばらくして、ティグルたちはヴォージュ山脈のふもとにたどりついた。

空から、黒い灰のようなものが音もなく舞い落ちてくる。それは身体に触れたことすらわからないほどに小さく、軽く、しかも雪のようにすぐに溶けて消えた。

「噴火して灰が落ちてきてるんでしょうか？」

ラフィナックが顔をしかめる。ティグルはてのひらに落ちたそれに目を凝らしていたが、何なのか悟った瞬間、驚愕に息を呑んだ。

――瘴気だ。

ティグルは拳を握りしめて山脈を見上げる。山頂から噴きだし続けている黒い何かは、瘴気の塊だったのだ。それが無数の黒い粉塵となって、山脈の周辺に降っている。

しかも、瘴気の塊は、空を覆うように、徐々に広がっている。この黒い雪が降る範囲が、広がっているということだった。

†

近くで見るヴォージュ山脈は、三つの色に覆われていた。土の茶、雪の白、瘴気の黒だ。

山のふもとにたどりついたティグルたちは、すぐに山に入ることはせず、空から降ってくる黒い雪のような瘴気について調べることにした。

ミラが竜具を掲げる。ミラの周囲に冷気の防御膜が張り巡らされた。

瘴気は防御膜に触れると、音もなく溶けて消滅する。しかし、ミラは顔をしかめた。

「わずかに削りとってるわね。この調子で瘴気を浴び続けたら半刻ともたないわ」

「そんなに恐ろしいものなのか……」

ティグルは地面を観察する。瘴気を浴びた草木は、いずれも黒く変色していた。さわるのはためらわれたので、短剣の切っ先でつついてみる。変色していた草は粉々に砕け散った。

「私たちもこいつを浴び続けたらこうなるってことですかね……」

ラフィナックがおおげさに肩をすくめる。その顔は緊張に強張（こわば）っていた。

「だが、衣服を通り抜けてくることはなさそうだな」

ティグルたちは寒さに備えて厚地の服を着ており、その上に外套（がいとう）をまとっている。それに、雨風をしのげる岩陰や洞窟に逃げこめば、とりあえずはしのげるということだ。ヴォージュ山脈のこのあたりならば、ティグルにはそうした場所の心当たりがいくつかあった。

顔の高さまで落ちてきた瘴気に、リュディがふっと息を吹きかける。瘴気は灰のようにふわふわと飛んでいった。

「風次第では外套の隙間から入りこんでくる恐れがありますね」

　ガルイーニンが腰の剣を抜き放ち、舞い落ちてくる瘴気を薙ぎ払う。いくつかは剣風によって吹き散らされたが、それ以外は刃に触れた瞬間に溶けて消えた。

「ぱっと見て傷がついた様子はありませんが……」

　刀身に目を凝らして、ガルイーニンは続ける。

「目に見えないほどの傷が生じていると考えるべきでしょうな。浴び続ければ、いずれは」

　ティグルは馬たちに視線を向ける。このまま山の中に連れていくことはさすがに躊躇した。馬の全身を覆うようなものはない。それに、彼らには自分たちと違い、身を守る術がない。

　ミラとリュディと視線が合う。二人も同じことを考えていたらしい。ティグルたちは馬から荷物をすべて下ろし、手綱と鞍も外す。尻を叩いてやると、彼らは西の方へ走り去った。

「帰りは歩きになってしまいましたなあ」

　荷物を手際よくまとめて背負いながら、ラフィナックがぼやく。

　同じく荷物を背負って、ガルイーニンがティグルに訊いた。

「ところで、ティグルヴルムド卿、儀式とやらが行われる場所に心当たりはございますか。雪に覆われたこの時期の山の中で、やみくもに歩きまわるのは少々厳しいでしょう」

「ええ。試してみたいことがあります」

ティグルは黒弓を手に、山道の延びているゆるやかな斜面を見上げる。

かつて、ティグルは黒弓に訴えかけて、竜具の位置を突き止めたことがあった。

いまのティグルは、黒弓とティル＝ナ＝ファの関係を以前よりも詳しく知っている。黒弓を通じて、女神の気配をさぐることができるのではないかと考えたのだ。

目を閉じて、黒弓に訴える。儀式が行われるのはどこなのかと。

あまりに遠くであれば、わからないかもしれない。だが、ヴォージュのふもとまで来れば、気配の断片に触れることぐらいは可能なのではないか。

まわりの音が聞こえなくなる。ミラたちの息遣いさえも。

手に持っている黒弓や、踏みしめている大地の感触が消える。意識が闇の中に浮かび、水面に波紋が広がるように、感覚を延ばしていく。

それらしい気配に触れた。目を開ける。靴底から大地の固い感触が伝わってきた。

身体中から汗が噴きだす。大きく息を吐きだし、吸った。ミラたちが自分を見守っている。

「とりあえず、この山道をまっすぐだ。あるていどのぼったら、獣道に入る」

山の中を歩くのだから、まっすぐ行けるわけではない。

ティグルを先頭に、五人は山の中へ足を踏みいれる。リュディが肩を震わせた。

「けっこう冷えますね……」

「雪もだいぶあるだろうからな。滑りそうなところは気をつけてくれ」

　黙々と、五人は山道を進む。ティグルはすぐに違和感に気づいた。

　冬の山は、他の季節の山にくらべてはるかに静かだ。虫が少ない。獣たちもおとなしい。加えて、雪があれば、音を消してくれる。それだけに、人間の発する音は獣に気づかれやすく、狩人としては苦労する。

　――だが、静かすぎる。

　生きものが眠っているのではなく、死に絶えているかのように。

　ラフィナックさえも軽口を叩かないのは、山の中に漂う不気味な静けさに気圧されているためかもしれなかった。リュディがそっと尋ねる。

「このあたりは、いつもこんな感じなんですか？」

「こんなときもないわけじゃないが……」

　そこまで答えたところで、ティグルは足を止める。話し声らしきものが聞こえたのだ。

　ティグルは自分だけで行くと身振りで伝えて、音のした方へ歩きだした。木々の間を抜け、斜面をのぼり、灌木に身を隠して、物陰の向こうをそっと覗く。

　五人の男が、ひとりの少年を取り囲んでいた。少年は狩人だろうか、丈夫そうな長袖の服を着て、弓矢を手にしている。一方、彼を囲んでいる男たちは、薄汚れた革鎧を身につけ、錆びた剣や手斧を持っていた。山賊のようだ。

　断片的に聞こえてきた単語から推測すると、山賊らしき男たちは、少年の住んでいるところへ案内しろと言っているらしい。そして、少年は必死に拒否していた。

事情がだいたいわかった以上、放っておくことはできない。ティグルは黒弓に矢をつがえると、少年に剣を突きつけた男の足下を狙って射放った。

男は驚きの声をあげる。ティグルは新たな矢をつがえてから、彼らに姿を見せた。

「見逃してやるから、さっさと立ち去れ」

次は射抜くという意志をこめて、男たちを睨みつける。彼らがこちらを見ている間に、少年はすばやく男たちから距離をとった。

「突然現れて、勝手なことをぬかしやがって。おまえら、この野郎から……」

山賊のひとりが仲間たちに呼びかける。だが、彼の言葉はそこまでしか続かなかった。ティグルも斜面の上から禍々しい気配を感じて、そちらへ視線を向ける。目を瞠った。

黒い霧のようなものが、ゆるやかな斜面を覆うようにゆっくりと流れ落ちてくる。背筋に悪寒を覚えながら、ティグルはそれが何なのか、正確に理解した。

――瘴気の塊……！

男たちが悲鳴をあげてその場に立ちつくす。少年も腰を抜かして尻餅をついた。

ティグルは黒弓に矢をつがえ、心の中でティル＝ナ＝ファに祈りを捧げる。『力』をまとった矢を放った。矢は吸いこまれるように飛んでいき、瘴気の塊を吹き飛ばす。だが、瘴気の塊はあまりに大きく、一部を削っただけに留まった。

「逃げろ！」

山賊たちに怒鳴りながら、ティグルは少年の腕をつかんで引きずり、その場から離れる。瘴気の塊は音のない濁流となって、動けずにいる山賊たちを呑みこんだ。

濁流から、人間の上半身の形をしたものがいくつも突きでる。それらは何も身につけておらず、体毛もなく、頭部はいびつな球体をしていた。

「ティグル！」

その声に振り返ると、ミラたちの姿があった。ティグルがすぐに戻ってこないので、様子を見に来たのだ。彼女たちは瘴気の塊を見て、すぐに事態を悟った。

瘴気でつくられた人間の形の怪物たちが、こちらへ向かってくる。ミラとリュディはそれぞれの武器を握りしめて前へ飛びだした。恐れる様子もなく怪物たちに接近する。

気合いの叫びとともにミラが槍を突きだして、怪物の頭部を貫いた。怪物はもがくようにゆらめいていたが、二つ数えるほどで粉々に崩れ去る。

リュディもまた、他の怪物を一撃で斬り伏せた。それも同じように霧散する。

「どう思う、リュディ」

周囲にすばやく視線を巡らせながら、ミラが聞いた。顔には汗が浮かんでいる。

「危険ですね」

リュディの表情もまた緊張に満ちていた。二人とも、この怪物がまさしく瘴気だけでできていることに気づいたのだ。動きは鈍いが、少しでも触れられるようなことがあれば、ただではすまないだろう。

ラフィナックとガルイーニンが、左右から一体の怪物に斬りかかった。だが、まるで霧に刃を振るったかのように、二人の鉈と剣は怪物の身体をすり抜ける。怪物が手を伸ばしてラフィナックにつかみかかった。ラフィナックはかろうじてかわしたものの、尻餅をつく。

「ラヴィアス！」

ミラの槍から冷気が放たれ、ガルイーニンの剣の刀身にまとわりついた。初老の騎士が剣を振るうと、ラフィナックに迫っていた怪物の首が転がり落ちる。音もなく粉々になった。

「ありがとうございます、リュドミラ様」

そう言ったガルイーニンに、怪物が接近する。横合いから飛びこんだリュディが、怪物の胴を斬り裂いた。怪物の腰から上が地面に落ちて消滅し、腰から下もまた溶けていった。

「た、助かりました……」

ガルイーニンの手を借りて立ちあがりながら、ラフィナックが礼を言う。十歳年長の側仕えが無事だったことに安堵しながら、ティグルは厳しい表情で瘴気の塊を睨みつけた。

——山の中が異様に静かなのは……。

わずかに山の中に残っていた命あるものたちを、これが片端から呑みこんでいるのだろう。

ふと視線を感じて、ティグルは自分がさきほど助けた少年を見る。少年は驚愕と感嘆をにじませた顔で、ティグルを見上げていた。

「だいじょうぶか？」

　少年は十五、六歳というところか。日焼けしており、たくましそうな印象を与える。「すごい」と、つぶやいたあと、少年はティグルの手を強く握りしめて、叫んだ。

「お願いです！　助けてください！」

　ティグルは困惑して少年を見下ろす。いまは少年の話を聞くより、彼を抱えあげてでもこの場から離れるのが先決だ。だが、続けて発せられた少年の言葉に、ティグルは考えを変えた。

「俺の村を助けて！」

「……君の村というのはどこにあるんだ？」

　山を下りた先であるならば、少年を逃がしてやればよい。だが、違う可能性もある。

　はたして、少年は斜面の上を指で示した。

「山の上ということは、山の民ですか、この坊やは」

　ラフィナックが面倒くさそうな顔をする。

　ヴォージュ山脈の中で生まれ育ち、山から出ることなく死んでいく民がいる。彼らはどこの国にも属さないため、山の民と呼ばれていた。

　山に入った者を襲って荷物などを奪う山賊まがいのことをする者もいれば、毛皮や薬草などを何かと交換したがる者もいると、ティグルも父から聞いたことがある。どちらかといえば前者の印象が強いため、ラフィナックのようにあからさまに嫌う者がほとんどだ。

——ふつうに考えれば、かまっている暇はないが……。

最初に考えていた道は、瘴気の塊の存在によって、おそらく通れなくなっているだろう。

山の民ならば、自分たちが知らない道を知っている可能性がある。ここは賭けてみるべきではないか。

——とはいえ、この瘴気の塊を突破して山を駆けのぼることができるのか……。

葛藤していると、怪物を退けながら、ミラが訊いてきた。

「ティグル、この子は？」

彼女の顔を見たティグルの脳裏に、ひとつの光景が浮かぶ。

ティグルは少年が山の民であることを説明して、斜面の上を指で示した。

「あのあたりまで飛び越えられないか？」

呆気（あっけ）にとられた顔をするミラに、ティグルは言い募（つの）る。

「アルテシウムでの戦いで、二人が地面を凍らせながら何度も跳んでいただろう」

魔物ドレカヴァクが、多数の地竜（スロー）を率いてアルテシウムを襲ったときのことだ。ティグルがドレカヴァクとの戦いに専念できるよう、ミラとリュディは五十頭近い地竜と戦った。

そのとき、ミラとリュディのとった戦い方が、ティグルの言ったものだ。地面を凍らせて滑るように高速で移動しながら、ミラがリュディの手を引いて跳躍し、リュディが誓約の剣（セルマーヴェ）で地竜の視界を奪ったのである。たった二人で多数の地竜を迎え撃つための、決死の手段だった。

「つまり、私がまず上へ行って、長い氷の橋をつくってここまで伸ばすというわけね」

ティグルの言いたいことを正確に把握して、ミラが呆れた笑みを浮かべる。

「悪くないという意味で、及第点にしてあげるわ」

「私も賛成です。先に進まなければ解決できませんからね」

横から話を聞いたリュディが溌剌とした笑顔で言った。ラフィナックとガルイーニンも異存はないと伝えてくる。

「じゃあ、私と……リュディもいっしょに来て。だいじょうぶね？」

最後の質問はリュディに向けたものだ。彼女は色の異なる瞳を輝かせてうなずいた。

リュディが前へ出て怪物たちを斬り伏せる。ティグルは、とくに怪物たちが密集している一帯を狙って、『力』をこめた矢を放った。漆黒の軌跡が虚空を貫き、白い閃光が広がる。瘴気の怪物たちが爆風に引き裂かれて粉々に吹き飛んだ。

そうして二人が時間を稼ぐ間に、ミラが槍を垂直にかまえ、石突きで地面を突く。

「――静かなる世界（アーイズビルク）よ」

ラヴィアスの穂先から冷気が放たれ、あふれて、放射状に広がっていく。だが、冷気は途中で流れを変え、傾斜をつくりはじめた。そこから氷へと変わっていき、わずかに十を数えるほどでゆるやかな曲線を描いた氷の橋が出現する。

「リュディ、行くわよ」

ミラが差しだした手を、リュディが右手でつかむ。彼女は凍らせた地面を滑って勢いよく走りだした。リュディは身体から余分な力を抜いて、ミラに従う。

短い助走のあとに、氷の橋を駆けあがった。足が氷から離れて身体が浮く。

直後、二人の姿は空中にあった。呼吸するのも忘れて灰色の空を見上げたのも束の間、視界いっぱいにちらつく黒い雪に気を取り直したミラは、視線だけを動かして地上を見る。

雪と瘴気に覆われた山の斜面全体に、怪物たちの姿があった。ゆっくりとした足取りで斜面を下りている。自分たちの前に現れたのは、ごく一部の集団だったようだ。

背筋に怖気が走るのを感じながら、ミラはリュディとともに大きな岩の上に降りたつ。怪物たちをリュディが退けている間に呼吸を整え、ラヴィアスをかまえた。

「──静かなる世界(アーイズビルク)よ！」

竜具から真下に冷気が放たれる。瘴気の塊の上に延びる、ティグルたちのそばまで届く氷の橋をつくりあげた。

ガルイーニンが先頭に立ち、ラフィナックが続く。ティグルは驚く少年を先に行かせ、自分は殿(しんがり)を務めた。氷の橋を渡りきって、ミラたちと合流する。

怪物たちを蹴散らして、ティグルたちは前進した。

†

　怪物の群れを振りきったティグルたちは、狩人の少年に先導されて、山の中腹にぽっかりと口を開けている洞穴に入った。ティグルとリュディがそれぞれ松明を用意して火を灯す。

　洞窟はかなり大きく、ふつうに歩くだけなら高さも幅もかなり余裕があった。とはいえ、並んで歩くことは難しく、槍や誓約の剣のような武器を振りまわすこともできそうにない。ミラはラヴィアスの柄を短くした。

「こんな洞穴があるなんて知らなかったな……」

　ティグルの声には、多少の悔しさがある。ヴォージュの山々のことはよく知っているつもりだったのに、いままで気づかなかったのだ。

「外の狩人は誰も知らないと思うよ。俺も目印がわかってなかったら気づかないから」

　先頭を行く狩人の少年が答える。

「この洞窟は深いのか？」

「うん。奥に出口があるんだ。ついてきて」

　少年はケルヴランと名のった。目前の危機から逃れたからか、彼はかなり落ち着きを取り戻しているようだった。

「ところで、あんたたちは何者なんだ？　あんな恐ろしい怪物たちに平気で立ち向かうし、氷でできた橋をつくるし……。あれは呪術ってやつなのか？」

「それより、村を助けてっていうのはどういうことなんだ」

「さっきの怪物だよ」

ケルヴランは悔しさと恐怖の入りまじった顔で答えた。

「俺の村の近くにも、あの怪物が現れたんだ。村の外に出ていたやつはみんな呑みこまれた。俺は山の外に助けを求めようと言ったんだけど……」

だが、少年の提案は大人たちの反対にあった。

「だから、ひとりで行こうと思ったんだ。すばしっこさには自信があったし」

話を聞き終えて、ティグルたちは一様に疑問を抱いた。

「村の中には、あの怪物は入ってこなかったんですかね？」

そう聞いたのはラフィナックだ。そうでなければ、大人たちの反応がおかしい。助けを呼びに行く余裕があるというのも、釈然としない。

はたして、ケルヴランはうなずいた。

「俺の村には、女神さまのご加護があるんだ。だから、やつらは入ってこられない」

「女神ね……」

ミラとリュディが顔を見合わせる。ティグルも、黒弓に視線を落とした。

「村につけば、わかりましょう。考えこんで、周囲の警戒をおろそかになさいますな」

ガルイーニンが穏やかな声で言い、ティグルたちは気を取り直した。

「俺たちは今日、山に入ったんだ。だいぶ前から、山々が黒い煙のようなものに覆われているだろう。あれが気になってな。ケルヴランは、何か知らないか」

ティグルが尋ねると、ケルヴランは首を横に振る。

「俺は知らない。でも、長老様は、あれを『前触れ』って言ってた」

長老というのは、彼の暮らす村の長のことらしい。

「長老様はいつも女神様に祈ってるんだ。村のことや、みんなのことを。でも、昔はすごい腕の狩人だった。村で一番の狩人だけが長老になれるんだ」

ケルヴランの話を聞きながら、ティグルは考えを巡らせる。

――瘴気が村に入りこんでこないのならば……。

ティグルたちが今日中に決着をつければ、村を救うことにつながるのではないか。

途中で大きな段差を越えて、洞穴を抜ける。瘴気は依然として降り続けており、ゆるやかな傾斜が上へと伸びていた。そして、黒い霧のような瘴気の塊が斜面を流れ落ちてくる。

ミラの竜技やティグルの黒弓で瘴気を吹き飛ばしながら、五人はケルヴランの案内に従って道なき道を走った。消耗をおさえるために、前方に攻撃を集中して、急ぐ。

不意に瘴気の塊が消えて、木々の向こうにいくつかの家が見えた。着いたらしい。

――こんなところに村が……。

隠れ里という言葉が、ティグルの頭の中に浮かんだ。

村の前まで来たところで、ティグルはあることに気がついた。村をいびつな円で囲むように、何本もの石柱が等間隔に立てられている。高さはティグルの背丈以上もあり、大人が二人がかりでようやく囲めるほど太い。

「この石柱は何でしょうか」と、ガルイーニン。

「魔除けだよ。俺が生まれるよりずっと前からある」

ケルヴランにとっては見慣れた風景の一部なのだろう、目もくれずに歩いていく。ただし、彼は村の入り口で足を止め、両手を胸の前で組んで、目を閉じた。三つ数えるほどの時間が過ぎてから、目を開ける。いま何をしていたのか、ティグルは興味にかられて聞いた。

「女神様に祈ってたんだ。うちの村では朝晩、必ずやることになってる」

「どの女神なんだ？」

ヴォージュの山々がブリューヌとジスタートに挟まれており、二つの国が同じ神々を信仰していることを考えると、彼らもそうではないだろうか。そんなふうに思いながら尋ねると、思いもよらない答えが返ってきた。

「ジールナーバ」

ティグルたちはおもわず顔を見合わせる。響きが若干異なるものの、ティル＝ナ＝ファのことではないか。少なくとも、風と嵐の女神エリスや大地母神モーシアなどではない。

　ともあれ、ティグルたちは村に足を踏みいれようとしたが、二人の男が歩いてきて前に立ちはだかった。手には鉈を持ち、敵意を隠そうとせずにこちらを睨みつけている。

「山の外の者だな」

　ティグルはミラたちをかばうように立って、「アルサスの者だ」と、告げた。そこへケルヴランが慌てて横から取りなす。

「待ってくれ。このひとたちは俺の命の恩人なんだ」

「恩人だろうと、外の者をみだりに中へ入れるわけにはいかぬ。まして、このようなときに」

　男たちはにべもなく応じ、ケルヴランを横におしのけて、ティグルたちと距離を詰めた。

「このようなとき、とはどういうこと？」

　そう聞いたのはミラだ。男たちは「答える必要はない」と、そっけなく返す。

「では、どうすれば入れてもらえる？」

　ティグルが聞いた。ケルヴランを無事に帰すことができた以上、ここから立ち去ってもいいのだが、この村がティル＝ナ＝ファと思われる女神を信仰しているのは気になる。できれば長老から話を聞きたかった。

「いかなる理由があろうと――」

「――夜は昼と分かちがたく」

　このままでは埒があかないと判断して、ティグルは賭けに出た。目を閉じ、右手の人指し指と中指を伸ばして、まぶた、額、唇の順に押し当てる。

「闇は光と分かちがたく、死は生と分かちがたく、すなわち天と地の間にいる者たちにひとしく必要なものなり」

そこまで言うと、男たちは意外そうな顔をした。

「言葉にいくつか違いはあるが、大意は同じだ」

「山の外にジールナーバを崇める者がいるとは。それとも、村に縁のある者か」

ティグルは首を横に振る。

「いまの言葉は、ある人物から教えてもらったものだ。だが、意味は知っているし、面白半分で言ったつもりもない」

男たちは顔を見合わせた。ひとりがティグルに尋ねる。

「我らの村で何を求める?」

「少し休ませてほしい。それから、長老という方と話をさせてもらいたい」

男たちはすぐには答えず、ティグルの後ろに立っている四人を見た。

「山野を歩きまわる格好には見えぬが、鍛えているのはわかる。ケルヴァランを無事に連れ戻してくれた恩もある。よかろう、ついてこい」

男たちは背を向けて、大股で歩きだす。ティグルたちは慌てて彼らに続いた。不安そうに事態を見守っていたケルヴァランが、ほっとした顔でティグルの隣に並ぶ。

「よかった。あんたたちがどうしても入れないようだったら、長老様にお願いするしかなかったよ。それにしても、あんたもジールナーバを崇めてるんだな」

ティグルは苦笑を返した。ごまかしたと言った方が正確かもしれない。ティル＝ナ＝ファの力にはいままで何度も助けられてきたし、以前よりも親しみのようなものを感じているのはたしかだが、では信仰しているのかと問われたら、違うと思う。

ただ、そのあたりを詳しく話す気はない。自分がティル＝ナ＝ファと意思をかわしていることが知られたら、どのような混乱を招くか想像がつかない。

「この中には瘴気が降ってこないのね」

後ろを歩いていたミラが、驚きも露わに空を見上げる。リュディも不思議そうな顔をしていた。ケルヴランが振り返って、得意そうに笑う。

「すごいだろう。この村は女神さまに守られているからな」

とっさに言葉が出てこず、ティグルは素直にうなずくことにした。すごいなどというものではない。あの怪物たちも入ってこられないのだとすれば、この村に籠城することも可能だ。

村はそれほど大きくはなく、ティグルたちはすぐに長老の家の前に着いた。他の家より一回り小さいものの、木造ではなく、壁も屋根も石片を丁寧に積みあげてつくられている。家というより神殿のような雰囲気をまとっていた。

男のひとりが大声で中に呼びかけ、返事を待ってから扉を開けた。ラフィナックとガルイーニンは外で待つことにして、ティグルとミラ、リュディが中へ入る。

礼儀として、ティグルは黒弓を男に預けようとしたが、「そのまま入っておいで」と、家の中から声をかけられ、その通りにした。

家というよりも小屋のようなつくりだった。

藁を編んだ敷物が広げられ、奥に小柄な老婆がちょこんと座っている。灰色の髪は長く、顔の半分近くを覆っていた。この老婆が長老らしい。

ティグルは一礼して老婆の前に座る。

「はじめまして。私は山の外にあるアルサスという地の者で、ティグルヴルムド＝ヴォルンといいます。呼びにくかったらティグルと呼んでください」

ティグルに続いて、ミラたちもそれぞれ名のる。老婆は口元をかすかに緩めた。

「名前よりも、あんたらが持っているものの方がいい紹介になる。とくにあんた」

老婆の視線が自分に向けられたのを、ティグルは感じた。

「その弓のことを、この村の者に話したかい？」

ティグルが首を横に振ると、老婆はうなずいた。

「それでいい。他の者は言われなければわからないだろうし、山の外の者がジールナーバに選ばれたなんて知ったら、がっかりするからね」

やはり、ティル＝ナ＝ファのことだったのだ。それにしても、黒弓や竜具、また誓約の剣のような武器の持つ力を一目で見抜くとは、この老婆はただものではない。

ティグルは慎重に言葉を選んで聞いた。

「教えていただきたいことがあります。どうしてこの村はティル……その、ジールナーバを信仰しているのでしょうか」

「何代も、何十代も前からそうしているからだよ。この村の皆がね。朝、目を覚まして女神に祈ることが当たり前になっている。それだけさ」

「当たり前になっている？」と、リュディが眉をひそめる。

「ジールナーバは救いの女神さ。山の外で、むやみに数を増やしたあんたたちにはわからないだろうけどね」

「どういう意味でしょうか……？」

「多くの血が流れ、多くの屍が積みあげられ、絶望の中で祈りを捧げたとき、ジールナーバは地上に舞い下りて我らを救う」

厳かな口調でつぶやいたあと、老婆は鋭い視線をティグルたちに向けた。

「ひとの数が少ないころは、災害や疫病でしか、そんなことは起こらなかった。だが、ひとが増えすぎて、血も屍も戦でまかなえるようになった。度しがたい話さ」

ティグルは困惑して瞬きし、老婆の言葉を頭の中で繰り返して、ようやく納得した。

これは、ティル＝ナ＝ファを降臨させるための儀式の手順だ。かつて魔物ルサルカが言っていた。「戦乱を起こし、流血を起こし、闇の中に骸を積みあげる」と。

ティル＝ナ＝ファは人間や魔物の望みをかなえてきただけというティグルの推測は、当たっていたのだ。おそらく、この村には救いの女神としてのティル＝ナ＝ファの話だけが語り継がれてきたのだろう。魔のティル＝ナ＝ファの存在は知られていないのかもしれない。

──ともかく、ティル＝ナ＝ファについて理解があるのなら、話が早い。

ティグルは姿勢を正して長老に頭を下げる。

「私たちは、このヴォージュで起きた異変について知るためにやってきました。あなたは、この異変……空から降ってくるものについて、ご存じなのではないでしょうか」

長老は前触れと呼んでいる。ケルヴランはそう言っていた。

「前触れは、前触れさ。雷が光る前に雲が湧くようなものさね」

瘴気が雲だとすれば、雷とは何なのか。

「よかったら、話を聞いていただけますか」

時間に余裕のない状況だが、それでもティグルは詳しく説明するべきだと思った。この老婆なら耳を傾けてくれるだろうという確信がある。

自分の黒弓を見せて、これまでに見たティル＝ナ＝ファの夢について語る。それから、黒弓が尋常でない力を備えていることも。最後に、三つの鏃（やじり）を見せた。

「あなたがたがジールナーバと呼んでいる女神を、地上に降臨させようとしているものたちがいます。私たちが異変について知るために山の中に入ったのは、嘘ではありません。ですが、すべてでもない。最終的な目的は、女神の降臨の阻止です」

ここまで言ってしまっていいのかという不安はある。もしかしたら、この老婆はどのような願いによるものであれ、女神の降臨を受けいれるかもしれない。

だが、隠しごとをしながらでは、この老婆は話を聞いてくれないだろうと思えたのだ。

はたして、長老はティグルの顔を見て、「なるほど」と笑った。

「正直者だね、あんたは。昨日の客とは大違いだ」

「昨日？」

ティグルたちは驚いた。この村に、自分たち以外の者が訪れたというのか。

「その客について聞かせてもらえませんか。もしかしたら、知りあいかもしれないんです」

セレスタの町を発ったシャルルがここまで来た可能性は大きい。長老はティグルの態度を面白そうに眺めながら答えた。

「金色の髪と碧い瞳をした男だったよ。四十過ぎのね。立派な剣を持っていた。あんたたちのように、この村の者に連れてこられたわけじゃなく、迷いこんできた」

シャルルだ。しかし、迷いこんできたというのは本当だろうか。あの男は、この村の存在を知っていたのではないか。

シャルルと何か話したのかを聞こうとして、ティグルは、リュディが顔を強張らせていることに気づいた。なだめるように彼女の肩を軽く叩く。

「いまから気負っていたら、またシャルルに逃げられるぞ」

リュディは緊張をいくらか解いて、笑みを浮かべた。

「そうですね。あの男は逃げ上手ですから」

長老が、ティグルに興味深そうな目を向けて、表情を緩める。

「その男のこと以外に、聞きたいことがあるんじゃないか」

その通りだった。ティグルは考えを切り替える。

「さきほどあなたは前触れと言いましたが、雷とは、女神のことではないでしょうか」

声を潜めてティグルが聞くと、長老はうなずいた。わずかなためらいを覚えたものの、ティグルは思いきって尋ねる。

「では、この村の近くに、女神と関係の深い場所はありませんか」

あるはずだという確信がある。何十代も前からティル＝ナ＝ファを信仰していたというが、この環境だけが信仰のきっかけになったとは思えない。何かがあったのではないか。

長老はティグルを見上げて、口の端を吊りあげた。

「いいよ。あんたになら教えてあげよう。ここから東へまっすぐ行き、曲がりくねった谷底を下っていくと、その先に、朽ち果てた大きな像の残骸が転がっている。あたしたちは祈りの場と呼んでいる。ずっとずっと昔、ジールナーバが降臨しようとした場所らしい」

ティグルたちは目を瞠る。いくつかの疑問が結びつき、一気に氷解した気がした。

――まさか、シャルルはそこを目指しているのか。

そして、魔物も祈りの場にいるのではないか。メルセゲルも、ミラの敵であるズメイも。

「そのときは、どうなったんですか？」

ミラが慎重な口調で聞くと、長老はこともなげに答えた。

「失敗したんだろうね。女神が地上におられないのだから。この村を囲む柱や、この家の材料は、女神の像の残骸を運んできたものさ。昔の長老が、何かを感じとったんだろうね」

「女神の像……」

ティル＝ナ＝ファの神殿で見た女神の石像を思いだす。すべての石像がそうであるとは思わないが、いくつかは女神の降臨のためにつくったのかもしれない。

「ただし、そこへ行くなら、先に身を清めておくれ。この村の端に湯が湧いている」

ティグルは戸惑った。身を清めたとしても、この村を出れば、すぐに瘴気の怪物たちと戦うことになるのだから、あまり意味がないのではないか。

――いや、この村のひとたちにとって大事な儀式のひとつなんだろう。

これだけのことを教えてもらったのだ。従うべきだった。

ケルヴランに案内してもらって村の端に向かうと、長老の言葉通り、温泉があった。

それほど大きなものではない。大人なら五、六人も入ればいっぱいになるだろう。

「傷を負ったときは、傷口がふさがるのを待って湯に浸かるんだ。病に罹ったときは、桶いっぱいに湯を飲む。俺たちはそうやって傷や病を治してきた」

ミラとリュディが先に湯に浸かることになり、ケルヴランは見張りをするからと歩き去る。ティグルたち三人も、彼につきあって温泉から離れた。

ミラたちは服を脱いで、軽く汗を流したあと、湯に身体を沈める。

「まさか、こんなところで湯に浸かるとは思いませんでしたね」

リュディが小さく息を吐いた。瘴気の怪物たちと戦い、洞穴を抜けてきて、かなり汗をかいている。それに、ラヴィアスの守りから離れれば、服の隙間から冷気が忍びこんでくる。湯で身体を温めることができるのは、正直ありがたかった。

「一刻を争う状況で、こんなことをしていていいのかとは思うけどね」

彼女に言葉を返しながら、ミラは油断なく周囲に目を光らせている。身を清めるための場所に武器を持ちこむのも気が引けたため、ラヴィアスは長老の家に置いてきていた。長老やケルヴランは信用できても、他の者たちについてはわからない。油断するべきではなかった。

「それにしても、いくら石像の残骸とやらに守られているとはいえ、瘴気に覆われた山の中にいて、逃げだそうとは思わないのでしょうか」

リュディが理解できないというふうに首をかしげる。ミラが答えた。

「推測だけど、彼らには、山の外の世界が私たちとまるで違う見え方をしているんじゃないかしら。瘴気の塊に覆われつつある山の中と、大差ないのかもしれない」

「たしかに、この山の中で一生を過ごすと、そういうふうになるのかもしれませんね」

身体が熱くなってきたのか、リュディが立ちあがって縁に腰を下ろす。ミラは彼女のそばまで歩いていきながら、おもむろに咳払いをして話題を変えた。

「ところで、その、聞くべきじゃないのかもしれないけど……ティグルとはどうだったの?」

すでに二人が関係を持ったであろうことは、イヴェットで再会したときに察している。予想外の問いかけに、リュディは顔を耳まで真っ赤にして、胸を手で隠した。

「そ、それは、話さなければならないこと、でしょうか……」

「あ、いえ、ごめんなさい、質問が悪かったわ……」

ミラは謝罪する。いまだけでも気分を変えようと、この状況とは関係ない話をしようと思ったのだが、品性を欠く話だった。ティグルがリュディをどのように抱いたのかなど聞きたくはないし、自分も聞かれたくない。ただ、確認しておきたいことはある。

「つまり、あの、うまくいったのか、今後もうまくやれそうなのか……」

あまりに直接的なもの言いになってしまい、ミラは恥ずかしさのあまり、湯に顔の半ばまで沈めた。リュディもさらに顔を紅潮させてうつむく。

いくばくかの時間が過ぎて、ようやく気を取り直したらしいリュディが口を開いた。

「ミラの懸念は、はい、わかりました……。よく覚えてないのですが、上手くできたかと」

わずかに視線を動かして、リュディはミラを見つめる。

「こ、今度はミラの番ですよ。どうだったんですか？」

「あなたと同じよ。問題はなかったと思う。よく覚えてないけど……」

横を向きながら、ミラは顎を湯から出して答えた。愛し方や愛され方は、ひとそれぞれだ。身体を重ねずともおたがいに満ち足りた気分になれる、そんな関係があることも知っている。とはいえ、気にならないといえば嘘になるし、聞いて安心できたのもたしかだった。

「自分で選んだことながら、あらためて、私たちの関係って難しいですね」

「私はリュディじゃないし、リュディにできることは私にはできない。逆もそう。それはわかっているんだけどね」

「私はミラのことも好きなので、私をたくさん愛してもらって、ミラも同じように愛してあげてほしいと思ってますよ」

無邪気な笑みを浮かべて、リュディが言った。だが、そうするためには、ときとして相手の心に無遠慮に踏みこまなければならない。ミラのさきほどの質問のように。

「いつか、おたがいを怒らせるような質問をするかもしれないわね、私たち」

そうなったらどうすると、ミラは視線で問いかける。リュディの答えは明快だった。

「ティグルの顔を想像してみます」

「どういう意味？」

顔をしかめるミラに、リュディは笑顔で答える。

「ミラの話をしているときのティグルの顔は、素敵なんです。狩りの話をしているときや、アルサスの話をしているときも素敵ですが、甲乙つけがたいですね」

その二つと並ぶほどなら充分すぎる。表情を緩めるミラに、リュディが聞いてきた。

「そういえば、ミラはどうですか？　私の話をしているときのティグルは素敵に見えます？」

「やんちゃな妹に手を焼いている兄がいたら、こんな感じだろうと思ったことはあるわ」

ミラはあえてそっけなく答える。リュディは「私の方がお姉さんなのですが」と、不満そうにつぶやいた。

「私は、自分の好きなチーズをティグルがおいしいと思ってくれたら、幸せな気分になれます。ミラもそうですよね」

「まあ、ね……」

突然同意を求められて、ミラは顔を赤くしつつ、もごもごと答える。チーズを紅茶（チャイ）やジャムに置き換えれば、彼女の言葉はそのまま自分にあてはまった。

——そうね。だからこそ……。

自分の淹れた紅茶を笑顔で飲んでいるティグルを思い浮かべて、ミラは決意を新たにする。

「ねえ、リュディ。いつか派手に大喧嘩をしましょう」

楽しそうなミラの言葉に、リュディも嬉しそうに応じる。

「ええ。ティグルがびっくりするぐらいすごい喧嘩をして、そして仲直りをしましょう」

そのためには戦って勝ち、生き残らなければならなかった。


ミラたちが身を清めているころ、ティグルは村の片隅で、ラフィナックとガルイーニンにすさまじい形相で睨まれていた。ラフィナックは手を強く握りしめている。

「若、いま何とおっしゃいましたか……？」

猛々しい眼光を受けとめて、ティグルは静かに、同じ言葉を繰り返した。

「二人にはここに残って、俺たちの帰りを待ってほしい」

「承知できません」と、ガルイーニンが激情に声を震わせる。

「それなら、いっそセレスタの町で置いていっていただきたかった。なぜ、ここで……」

「ヴォージュの状況が予想以上だったことと、俺が二人を失いたくないからだ」

足手まといであると、ティグルは容赦なく言い放つ。ラフィナックが呻いた。

「私たちは盾にすらなりませんか」

ティグルはうなずき、二人に頭を下げる。

「俺と、たぶんミラもまだ未熟なんだ。目の前で二人がやられるようなことがあれば、冷静でいられないと思う」

「卑怯な言い方をなさる」

ラフィナックは憤然（ふんぜん）として鼻を鳴らしたが、反論はできなかった。二人では、ミラの力を借りなければ怪物たちと戦うことはできない。そして、いざ魔物と対峙したら、ミラにそのような余裕はなくなるだろう。

三人の間に横たわった重苦しい沈黙を破って、ガルイーニンが確認するように聞いた。

「……必ず帰ってきていただけますな？」

「もちろんだ。ミラと、リュディと、三人で帰る」

決意を瞳に宿してティグルが答えると、ラフィナックが大きなため息を吐きだした。ガルイーニンが受けいれた以上、自分だけが駄々をこねて主を困らせることはできない。

「帰ってこなかったら、こちらからさがしに行きますよ。一歩も動けなくても背負って山を下りますので、その点は安心してください」

その言葉に、ティグルは安堵の息をつく。

「ありがとう」と、昂（たか）ぶる感情を懸命におさえながら、礼を言った。

湯に浸かって身を清めたあと、ティグルは村の出入り口に立って、黒弓に訴える。東の方に、女神の気配を感じとることができた。長老の言葉と合致する。

「行ってくるわ」

何でもないような口調で、ミラはガルイーニンと握手をかわした。ガルイーニンは無言でミラの手を握りしめる。初老の騎士は、無言を貫くことで感情をおさえていた。

「リュディエーヌ殿、こんなことを頼んで申し訳ありませんが、若をお願いします」

立ち直ったラフィナックは、ことさらに恐縮しながら、リュディに頭を下げる。リュディも彼に合わせて、「任されました。ご安心を」と胸を張ってみせた。

二人と、ケルヴランをはじめとする村の者たちに見送られて、三人は歩きだす。雪に覆われた山の中を、黙って進んだ。

瘴気が空に広がっているために薄暗く、ティグルは松明を用意して火を灯した。

「俺が明かりを持つから、二人はまわりを見ていてくれ」

ミラとリュディに守ってもらう形になるが、戦士としての技量は二人の方が圧倒的に上だ。矢をあまり使いたくないという事情もあった。

「どれだけ怪物が現れようと、ティグルには近づけさせませんから」

笑顔で答えるリュディの隣で、ミラはラヴィアスを使って冷気を遮るとともに、落ちてくる瘴気を防いでいる。

「思えば、あの村の柱か何かを削って、少しだけもらってくればよかったわね」

「だが、そのせいで村が怪物たちに襲われたら困るな」

四半刻ほど歩いたころ、リュディがぽつりとつぶやいた。

「瘴気の塊も、怪物も出てきませんね」

「もしかして、湯に浸かって身を清めることに、本当に意味があったのかしら」

そうかもしれないと、ティグルは思った。何にせよ、足を止めずにすむのはありがたい。

足下に気をつけながら、三人は慎重に歩みを進める。地面は雪に覆われており、場所によっては足をとられやすい。怪物が現れずとも、気を抜くべきではなかった。

一刻ほど歩いたところで休憩する。三人で焚き火を囲んだ。湯を沸かして飲む。ミラのラヴィアスで氷を生みだし、それを溶かせば、水はいくらでも用意できた。

「こう薄暗いと、時間がどのていど過ぎているのか、わかりにくいわね」

空を見上げて、ミラがため息をつく。リュディが同意を示してうなずいた。

「山の中ということもありますね。上ったり下ったりしていますし」

「どちらかというと、徐々に下っているな。これからもっと暗くなっていくと思う。ただ、間違いなく近づいてはいる」

冷静に言ったのは、この中でもっとも山の中での行動に慣れているティグルだ。

休憩を終え、出発するときになって、ティグルは二人を呼びとめる。

「こんなときに言うのもおかしいかもしれないが。――ありがとう」

心からの感謝を、ティグルは二人に贈る。

ミラは微笑で、リュディは明るい笑顔でそれぞれ応じた。

「私がいっしょにいるのは当然でしょ」

「礼を言うのは私の方ですよ。もしもいま、この場にいなかったら、どれだけ後悔したか」

リュディがそう言いながら、ミラの背中を軽く押す。ミラはティグルに向かって一歩、前に出る形となった。ティグルは驚いた顔でミラを、次いでリュディを見つめたが、すぐに彼女の意図を悟って、自身も前に出る。ミラの肩にそっと手をかけた。

「こんなところで……」

頬を染め、いまにも消え入りそうな声で、ミラがつぶやく。ティグルは首を横に振った。

「いまじゃないと、な」

あと一刻ほども歩けば、祈りの場に近づくだろう。ズメイもこちらの存在に気づくはずだ。

ミラはティグルを見つめてこくりとうなずくと、目を閉じる。

ティグルは彼女を抱きしめて、優しく唇を重ねた。

三つ数えるほどの時間が過ぎて、ミラがそっとティグルの身体に触れる。抱擁を解くと、ミラは二、三歩、後ろへ下がった。そして、リュディが前へ出てくる。

唇には当然ながらミラの感触とぬくもりが残っていたが、ティグルはリュディも同じように抱きしめて、接吻をした。二人分の愛を支えにし、活力にしたいと思いながら。

三人は歩きだす。短い休憩を何度か挟みながら進むうちに、周辺の地形が変わってきた。枯れた木々や草がまったく見当たらなくなり、左右から断崖がせり出してくる。

不意に、ティグルは足を止めた。闇に慣れた目が、前方にわだかまる禍々しい瘴気を捉えている。観察してみたが、それはティグルたちの前進を阻むように、断崖の間に広がっていた。

慎重に近づいて、黒弓を近づけてみる。だが、瘴気はわずかに揺れるだけだった。

ティグルの隣に進みでたミラが、瘴気に向かってラヴィアスの切っ先を突きだす。竜具が触れたあたりの瘴気は弾けて散ったが、小さな渦を巻いて、すぐに元の形に戻った。

「瘴気の結界とでもいうべきものね。何としてでも私たちを先に進ませたくないと」

「つまり、祈りの場はこの先にあるということだ」

「どうしましょうか。ミラの力で吹き飛ばしてもらおうにも、瘴気がどれだけ深いのか……」

リュディが渋面をつくる。ティグルは黒弓を握りしめ、黒い鏃をはめた矢を取りだした。

「二人は周囲の警戒を頼む」

このようなところで立ち往生するわけにはいかない。自分の持てる力を叩きこんで、道を切り開くのが最善の手だ。矢をつがえて、弓弦を引き絞る。

弓弦を離した。放たれた矢はまっすぐ飛んでいき、音もなく瘴気を吹き飛ばす。そのまま瘴気の塊を貫き、粉砕した。瘴気が霧散したあとに、断崖に挟まれた細い道が露わとなる。

遠くに、灰色の建物らしきものが見えた。

——長老の話と違うな。

祈りの場には、女神の像の残骸しかないということだった。だが、黒弓から伝わってくる女神の気配は、間違いなくこの先にある。

——行ってみるしかない。

ティグルは小さく息をつく。右のてのひらから固い感触が伝わってきたので見てみると、黒い鏃があった。手元に戻ってきたのだ。ミラに頼んで氷の矢筈をつくってもらう。

「急ぎましょう。また瘴気の結界をつくられたら厄介です」

リュディが歩きだそうとして、足を止める。誓約の剣と長剣を同時に抜き放ち、鋭い視線を周囲に走らせた。

ティグルが吹き飛ばした瘴気が、風もないのに大気の中を漂い、空中で寄り集まる。六つの塊となった。それらの塊は内側から押しだされるように大きくふくらんでいき、何かの形をとりはじめる。武器をかまえて様子を見ていたティグルとミラは、息を呑んだ。

ひとつは、人間のそれに似た上半身と、無数の触手と大蛇で構成された下半身を持つ形をとった。ひとつは巨大な猪の形をとり、ひとつは額から角を生やした巨人の形をとった。ひとつは背中に一対の翼を持つ異形となり、ひとつは猪や巨人をしのぐ巨体を持つ竜の形をとった。そして最後のひとつは、骸骨の形をとった。

「ティグル、こいつら……」

ミラの声が強い緊張を帯びている。ティグルはうなずいた。

──魔物だ……！

人間の上半身と、触手と大蛇で構成された下半身を持つ怪物は、ムオジネルで戦ったルサルカだろう。猪はライトメリッツで戦ったレーシーの本体であり、巨人はアスヴァールで戦ったトルバランだ。竜はドレカヴァクだろう。異形と骸骨も、何らかの魔物に違いない。

瘴気で形づくられた魔物たちの口から、音とも声ともつかぬおぞましい響きがほとばしる。彼らはティグルたちを囲んで、いっせいに襲いかかってきた。

ミラが気合いの叫びとともにラヴィアスを一閃して、トルバランに似た魔物を薙ぎ払う。肩から胸にかけて深く斬り裂かれ、魔物はよろめいた。だが、断面にある瘴気が広がり、魔物はすぐに元の形を取り戻す。ミラに殴りかかった。

迫る拳を、ミラは反射的に竜具で受けとめる。防ぎきれずに弾きとばされ、ミラは地面を転がった。そこへ、他の魔物たちが殺到する。

ティグルがミラに飛びつき、抱きかかえて地面を転がる。そこへ追撃を仕掛けてきた異形の魔物に、リュディが斬りつけた。片翼を切り飛ばされて魔物は転倒したが、すぐに翼を再生させて、空へと飛びあがる。

ミラを助け起こしながら、ティグルは黒弓をかまえて続けざまに矢を射放った。魔物の頭部や肩を吹き飛ばすが、やはりたちどころに復元する。

――中途半端な攻撃じゃ、すぐに戻る。まとめて消し去るぐらいでなければだめだ。

必死に考えを巡らせながら、突進してくる魔物をかわして、距離をとる。ミラとリュディもそれぞれ二体以上の魔物を相手にして、苦戦を強いられていた。

瘴気で形づくられた魔物たちは、ティグルたちがかつて滅ぼしてきた魔物たちとは異なり、超常の技こそ使ってはこない。だが、彼らの攻撃は、瘴気を叩きつけてくるのも同然だ。まともにくらえばひとたまりもない。

不意に、魔物たちが動きを変える。一体ずつがティグルとリュディを牽制し、他の四体がミラに殺到した。三方と上空から襲いかかられ、逃げ場のないミラはその場に立ちつくす。

「――空さえ穿ち凍てつかせよ（シエロ・ザム・カファ）！」

刹那、ミラがラヴィアスの石突きで地面を叩いた。彼女の足下に雪の結晶を思わせる模様が描かれ、莫大な量の冷気とともに長大な氷の槍が噴きあがる。冷気は三方から襲いかかる魔物たちを吹き飛ばし、氷の槍は頭上から迫る異形の魔物を貫いて粉砕した。

「いまのうちに――！」

ミラがそう叫んだときだった。粉々に吹き飛んだ瘴気が彼女の周囲に渦を巻いて、手足に絡みつく。絡みついた瘴気はうねり、歪んで、大蛇や触手の形をとった。

瘴気が集まっていき、ルサルカの姿を取り戻す。魔物はミラの動きを封じて、己の体内に押しこもうとした。ミラはラヴィアスから冷気を放って抵抗するが、魔物はさらに多くの触手をミラの身体に絡みつかせ、力ずくで己の身体に沈めようとする。

消耗など気にしていられない。ティグルは三本の矢を取りだした。

黒い鏃が二つ、白い鏃がひとつ。それらをつがえて、同時に放つ。

大気がふくれあがり、黒と白の閃光がほとばしった。放たれた矢は半ばで絡みあって一本になったかと思うと、六つにわかたれる。閃光は、魔物たちを正確に貫いた。

魔物たちが崩れ去る。それを確認すると同時に、強烈な脱力感を覚えて、ティグルはその場に膝をついた。ミラとリュディが駆け寄ってくる。

「ティグル、だいじょうぶ？」

「ああ……。ちょっと疲れただけだ」

「少しの間だけでも休んでください」

リュディがティグルを左から支える。ミラも右から支えた。

二人はゆっくりと駆けだしたが、すぐに足を速めた。建物へと急ぐ。

ズメイを、一刻も早く打ち倒すべきだった。

5　蒼氷星（シズリート）

断崖に挟まれた道を抜けたティグルたちは、灰色の建物の前にたどりついた。

呼吸を整えながら間近で見上げたそれは、朽ち果てた神殿のようだった。

屋根にも壁にも無数の亀裂が走り、柱は何本か折れている。また、柱の根元や、入り口へ通じる階段などは凍りついた雪に覆われていた。

神殿の周囲を見回して、ティグルは首をひねる。村の長老の話によれば、ここには女神の像があるはずではなかったか。

──女神を降臨させる儀式が、俺たちの想像以上に進んでいるということだろうか。

「私が先頭に立つわ。リュディは後ろをお願い」

ミラが言って、神殿へ入っていく。ティグルとリュディも武器を手に、彼女に続いた。

冷たい大気が三人の肌を撫でる。どのような仕掛けかはわからないが、神殿の中は昼のように明るかった。床には石畳が敷き詰められ、天井は高く、壁には見事な装飾がほどこされている。だが、外観と同様に損壊が激しく、床や壁の一部は凍りつき、氷塊が張りついていた。

──ここは……？

ティグルは既視感を覚えて足を止め、神殿内をぐるりと見回す。後ろにいるリュディが不思議そうに声をかけた。

「どうしたんですか、ティグル」

「ここは、夢に何度か出てきた場所だ」

呻くような声で、ティグルは答える。夢の中で、ティグルの身体はひとりでに進み、歴代の魔弾の王と思われるものたちとすれ違ったのだ。

「この先にはティル＝ナ＝ファの像がある」

「――その通りだ」

冷徹なその声は、三人の前方から聞こえた。

十数歩先が開けた空間になっており、そこにひとりの女性が立っている。長い黒髪を持つ美女で、その手には黄金の輝きを放つ槍グングニルが握られていた。

「ズメイ……！」

ミラの全身から怒りが噴きあがる。だが、ズメイはミラを一瞥すらせず、淡々と言った。

「ティル＝ナ＝ファはまもなく降臨する。あらゆるものが死に絶え、空も、地も、海も、我々の望む形につくりかえられる」

「そうまでして死を望む理由は何だ」

慎重に距離を詰めていきながら、ティグルは問いかける。ここに至ってはおそらく無意味な問いであろうが、聞かずにはおれなかった。

「世界をつくりかえることを拒むからだ」

　当然のことのように、ズメイは答えた。

「魔弾の王よ、貴様は知っているだろう。はるか古の時代、この世界は皆のものであり、同時に誰のものでもなかった。ならば、強き者が望むようにつくりかえることは当然。だが、人のティル＝ナ＝ファは弱き者を憐れみ、黒竜にすがった。かつて地上を脅かし、ティル＝ナ＝ファによって眠りについたジルニトラに」

　ズメイがグングニルの切っ先をミラのラヴィアスに向ける。

「死ぬべきだ、人間は。ひとり残らず」

「あいにく、そういうわけにはいかないわ」

　ミラが不敵な笑みを浮かべて、無造作に歩いていく。

「まだ女神が降臨していないのに勝った気分でいるなんて、ずいぶんおめでたいのね。でも、おまえはここで滅ぶ。私が滅ぼす。女神は降臨しない」

　ズメイがグングニルを両手で握りしめる。

「貴様の母親も、祖母も、大言壮語だけは得意だった」

　ミラが床を蹴った。ズメイも滑るように前進し、両者の距離は瞬く間に詰まる。

　風が唸り、閃光が飛散し、大気が悲鳴をあげた。ラヴィアスの穂先とグングニルの穂先が激突し、戦姫と魔物は彫像と化したかのように動きを止める。だが、それはほとんど一瞬で、ふたりは同時に後退し、すぐに肉迫した。

　青い髪と黒髪がともにうねり、弧を描く。ミラは気合いの叫びをあげたが、ズメイは無言だった。立て続けに突き、かと思えば薙ぎ払い、上から柄を叩きつける。一撃ごとに青い火花が散り、冷気と閃光がまじわり、金属音が重なる。両者の力量はまったくの互角に見えた。

「ティグル、行ってください」

　戦姫と魔物の戦いを見守りながら、ミラを援護できないかと考えていたティグルに、リュディが声をかける。彼女は笑顔でうなずいた。

「頼む」

　両者を避けるように、ティグルは駆けだす。ミラとリュディがズメイを足止めしている間に奥へと進み、女神の降臨を止めなければならない。

　開けた空間の奥には通路が延びている。ティグルは振り向かずに、前だけを見て走った。

　一方、ミラはこちらへ駆けてくるリュディを見て、目を丸くする。声をあげなかったのは、ズメイと激しい攻防を繰り広げていたからだ。

　リュディはすばやくズメイの背後にまわりこむと、容赦なく斬りつけた。

　ズメイは振り返りすらしなかった。左手をグングニルから離して、リュディの誓約の剣(セルマーヴェ)をてのひらで受け止める。しかも、その間、ミラにつけこむ隙を与えなかった。

「ひとり増えたていどで、私に勝てると思うのか」

ズメイの態度は落ち着いていて、何の感情もうかがわせない。ルテティアで戦ったときと異なる雰囲気を感じて、ミラは慎重に後退した。呼吸を整えながら、相手を観察する。

——あっさりティグルを行かせたわね。

一見して、変化はない。だが、伝わってくる重圧が増したように思えた。

「私が戦うことを想定していた相手は、戦姫などではない。ティル＝ナ＝ファの力を借りた魔弾の王だ。あれと戦うために、必要な手を打った」

ミラは眉をひそめる。女神の力を借りた魔弾の王。魔物と化したガヌロンや、ドレカヴァクと戦っていたときのティグルのことか。

ズメイの姿が消える。そう思った次の瞬間、魔物の姿はミラの目の前にあった。

「——氷華(リオヴェート)！」

反射的に後ろへ跳びながら、ラヴィアスの穂先から冷気を放射状に放つ。だが、ズメイは冷気をものともせずにミラとの距離を詰め、グングニルを繰りだしてきた。轟音とともに、ミラの身体が宙に舞う。ラヴィアスで受けとめたものの、威力におされて吹き飛ばされたのだ。

リュディがミラの名を叫びながら床を蹴り、ズメイに斬りかかる。ズメイはリュディを振り返ると、誓約の剣による斬撃をグングニルで弾き返した。そして、長剣での一撃は素手で受けとめ、刃を握りしめて粉々に砕く。リュディは目を瞠(みは)った。

ズメイはグングニルを回転させて逆手に持ち、石突きの部分でリュディの肩を殴りつける。

その速さと鋭さに避けることもできず、リュディは短い悲鳴をあげて床に倒れた。

　それ以上彼女にかまわず、ズメイは身体をひねってミラに視線を戻しながら、グングニルを投擲する。体勢を立て直したミラは、竜技で迎え撃った。

「――空さえ穿ち凍てつかせよ(シエロ・ザム・カファ)！」

　ミラの足下に生みだされた長大な氷の槍と、グングニルが激突する。耳をつんざくような破砕音とともに氷の槍が砕け散り、無数の氷の礫となって飛散した。虚空(こくう)を貫いて、グングニルがミラに迫る。再びミラは吹き飛ばされ、背中から床に叩きつけられた。

　声が出ない。全身に痛みと痺れが走っている。それでもミラはラヴィアスを支えにして、懸命に身体を起こした。ズメイを睨(にら)みつける。

「はじめは、力をおさえていたのね……」

「そうだ」と、ズメイは肯定した。

「まもなく女神の降臨が行われるのは事実だが、そのことを告げれば貴様たちが先を急ぐことは想像できた。魔弾の王と貴様たちを同時に相手どるのは、少々危険なのでな」

　ミラとリュディは歯噛(はが)みする。自分たちは各個撃破の機会をつくらせてやったというのか。

　ズメイの手が輝いたかと思うと、グングニルが現れる。この槍は、使い手の意思に従って手元に戻ってくるのだ。ミラに向かって歩きだしながら、ズメイは言った。

「この身体はいささか使い勝手が悪い。貴様を殺して乗り換えれば、魔弾の王との戦いもいくらか有利に運べよう」

魔物の言葉に、ミラは一瞬、痛みを忘れた。傷ついた身体を叱咤して、竜具(ヴィラルト)をかまえる。

「ふざけるな……」

思い浮かべて吐き気を覚えるほど、最悪の想像だった。自分が命を落として乗っ取られ、ティグルに槍先を向けるなど。何としてでも、この魔物は滅ぼさなければならない。

――でも、どうすればいい……？

とにかく、じっとしていては一方的に攻められるだけだ。積極的に仕掛けなければ、二対一であることも活かせない。

ズメイの後ろにいるリュディと視線をかわす。それだけで意思の疎通には充分だった。

二人は同時に動く。ミラは正面からズメイに突きかかり、驚くべき速さで槍を繰りだした。リュディは誓約の剣を両手で握りしめて、背後から斬りつける。

ズメイはその場から動かず、グングニルを縦横に操って刺突と斬撃を受けとめ、あるいは弾き返した。槍も、刃も、ズメイに届きすらしない。

――それなら、これはどう？

ミラは姿勢を低くして、槍でズメイの足を薙ぎ払う。リュディは跳躍し、ズメイの頭上から斬撃を叩きこんだ。だが、ズメイは足下にグングニルを突きたてることでラヴィアスを受けとめる。そして、身体をひねって後ろを振り返り、誓約の剣を素手で受けとめたかと思うと、リュディを投げ飛ばした。リュディは受け身も取れずに背中から床に叩きつけられる。

「――静かなる世界（アーイズビルク）よ！」

ミラの放った竜技が、ズメイの両足を床ごと凍りつかせた。しかし、ズメイが無造作に足を持ちあげると、彼女を封じていた氷はあっけなく砕け散る。

鋭い蹴りを肩に受けて、ミラは吹き飛ばされた。苦痛の呻き声が口から漏れる。

――かなわない……。

身体能力も、戦士としての技量も及ばない。竜技も通用しない。二対一にもかかわらず、あしらわれる。突破口が見出せない。

グングニルを手に、ズメイが向かってくる。ミラは立ちあがり、気丈にも魔物を睨みつけたものの、槍を支えにしなければ立っていられなかった。

ズメイが床を蹴ってミラに襲いかかった。閃光のような刺突の数々を、ミラはラヴィアスで受けとめ、かわして、どうにかしのぐ。だが、すべてを避けるのは不可能で、髪が数本舞い、頬や肩、腕から鮮血が飛び散った。よろめいて後退する。

ズメイは間合いを詰めずにグングニルを投げ放った。ミラはかろうじてラヴィアスで受けとめたが、衝撃に吹き飛ばされて床に倒れる。

「私の動きに反応する点は評価できるが、それが限界のようだな」

冷然と言い放って、ズメイがグングニルを手元に戻した。とどめを刺すべく歩きだす。

その前に、誓約の剣をかまえたリュディが立ちはだかった。一歩も退かない姿勢を見せる。

「なぜ、戦う」と、ズメイが問いかけた。

「二人でも私に傷をつけられなかったのだ。ひとりで何ができる」

「わかりませんが、何かはできます」

額に汗をにじませながら、リュディは笑みさえ浮かべて言葉を返した。しかし、その態度はズメイに何の感銘も与えなかったらしく、魔物は再び歩きだそうとした。だが、何を思ったのか、一歩目で足を止める。リュディの肩越しに、ミラへ視線を向けた。

「戦姫、ひとつ聞きたいことがある」

ミラは気力だけで身体を起こしながら、ズメイを睨みつける。だが、魔物の発した疑問は彼女の意表を突くものだった。

「貴様はどうして戦姫になった」

「何が言いたい……」

「その竜具は貴様の何を評価した」

死が目前に迫っている状況であることをミラは充分に理解していたが、それでも当惑を覚えずにはいられなかった。この魔物は、どうしてそのような疑問を抱いたのか。

「そうね……」

答えをさがすふうを装って、ミラは呼吸を整え、手足を休ませる。たとえひとつか二つ数えるほどの短い時間でも貴重だった。それに、これは勝機かもしれないと直感が訴えている。すべてにおいて自分たちをはるかに上回る魔物の唯一の隙が、ここにあるかもしれない。

「私の戦士としての力量を評価したわけではないのは、たしかね。ラヴィアスが私の前に現れたとき、私はいまよりも未熟な戦士だった」

「では、何だ」

「答える前に、聞かせて。誰に、何を言われたの？」

この質問は引き延ばしの類であって、答えを期待したものではない。しかし、ズメイはあっさりと答えた。

「この身体の持ち主だ。我々が敗北するのは当然だと言った」

ミラが目を瞠る。驚愕と同時に、呆れまじりながら、祖母への尊敬の念が湧きあがった。

――お祖母さまは、おそらく私よりも魔物のことを知っていた。

そうでなければ、挑発にしてもそのような言葉は出てこない。祖母は、『凍漣の雪姫（ミーチェリア）』ヴィクトーリアは、人間が魔物に勝利しうる要素を知っていた。

――もしかしたら。

ひとつの考えが浮かぶ。確証は持てない。賭けになる。だが、他に手はない。

「残念だけど、答えは教えてあげられないわ」

痛みに耐えて、ミラは冷笑を浮かべた。だが、すぐに真剣な表情になる。

「リュディ、時間を稼いで！」

ズメイが動いた。同時に、リュディも床を蹴る。槍の間合いを保とうとしたズメイの懐へ飛びこみ、斬りつけた。だが、ズメイは誓約の剣ではなくリュディの手をつかんで、強引に投げ飛ばす。そうして体勢を崩したリュディに、グングニルを投擲した。リュディは誓約の剣を盾代わりにして防ぎ、どうにかこらえる。

そのときには、ミラも行動に移っていた。

「――静寂より来たれ氷の嵐（ヴァルミテルッァ）！」

垂直にかまえたラヴィアスから、氷雪をともなった冷気の嵐が放たれた。ズメイはグングニルを手元に呼びよせたが、そこから動かずに様子を見る。ミラは床を蹴った。吹雪にまぎれて一息に間合いを詰める。ズメイがグングニルで応戦した。

二本の槍が激突し、水晶を砕くのにも似た音が響き渡る。ラヴィアスの穂が砕け散り、ミラの左腕をグングニルがかすめて鮮血が噴きだした。

しかし、この光景に驚いたのはミラではなく、ズメイだった。グングニルが強力な武器とはいえ、竜具を容易に打ち砕けるはずがない。すなわち、これは冷気でつくった囮だ。

ズメイが動きを止めたのは、一瞬の半分にも満たぬ時間だったが、その隙にミラは次の行動に移っている。彼女の手元に本物のラヴィアスが現れた。

裂帛の気合いとともに振るわれた槍が、ズメイの手からグングニルを弾きとばす。間髪（かんぱつ）を容（い）

れずミラの放った冷気の奔流は、宙を舞うグングニルを凍りつかせた。

硬質の響きとともに、グングニルが床に転がる。ミラは身体をひねり、ズメイに向かってラヴィアスを鋭く突きこんだ。

ズメイは微塵も動揺を見せず、迫る穂先をかわして、ラヴィアスに手刀を振りおろす。強烈な衝撃に、ミラは槍を取り落とした。

ズメイの手が、床に転がった槍の竜具へと伸びる。ラヴィアスをつかみとったとき、ズメイの表情にわずかな変化が生じた。それは、魔物の意図した行動ではなかったのだ。身体が無意識のうちに動いたとしか、ズメイには思えなかった。

そして、それはミラの期待した動きだった。凍漣の雪姫は力のかぎり叫ぶ。

「――ラヴィアス！」

ズメイの手にある槍の穂先に埋めこまれた紅玉が輝き、槍全体からすさまじい冷気がほとばしる。ズメイの両手が瞬時に凍てついた。冷気はさらに魔物の全身にまとわりついて、ズメイを氷塊に変えようとする。

ズメイが吼えた。全身から衝撃波を放って、自分に絡みつく忌々しい冷気を吹き散らす。そして、気がついたとき、魔物の目の前にはラヴィアスを手にしたミラがいた。

槍先がズメイの胸部に突き刺さる。貫き、背中へと抜けた。

ズメイは、己の手に非難するような目を向ける。そのとき、金属的な破壊音が響き渡った。

駆けてきたリュディが、誓約の剣を振りおろしてグングニルを打ち砕いたのだ。

ズメイはミラへと視線を移した。

「私から武器を奪い、竜具をつかませることが狙いだったのか」と、言ってから、続ける。

「この手は、私の意思によらず、竜具を拾った。貴様の動きは、私がそうすることを知っていたかのようだった」

「そう教えこまれてきたからよ」

曾祖母は祖母に、祖母は母に、母は自分に、教えこんできた。竜具を手放したら、すぐに拾えと。むろん、拾おうとして隙を見せるなど、状況によっては危険なこともある。また、呼びかければ手元に戻ってくるのだから、そうすればいいという考えもある。

だが、母のラーナはミラにこう教えた。基本的には手で拾うように心がけ、どうしても致命的な隙を見せてしまうときは呼びかけるようにと。最初から呼びかけに頼っていては、貴重な手札を切ることになる。そして、最後にこう言った。

お祖母さまも、曾お祖母さまも、もちろんそうしていたわよ。

「貴様の槍の使い方は、お祖母さまのそれだった。何千、何万と槍を振るって身体に染みこませたものだった。竜具がそばにあれば、戦姫は反射的につかむものよ」

もっとも、他の戦姫はそうでもないだろうと、ミラは思う。自分のように、先代の戦姫からさまざまなことを教わらないからだ。ズメイが乗っ取った死体が他の竜具を持つ戦姫のそれであれば、この手は通用しなかった。

「死体に、魂の破片が残っていたとでもいうのか……」

ズメイの声は問いかけるというよりもつぶやくような響きを帯びている。魔物は仰向けに倒れた。その身体が急速に乾き、萎びて、土色に変色していく。死体に戻っているのだ。

――お祖母さま……。

いたたまれなくなって、ミラは顔を歪める。そのとき、朽ち果てていくヴィクトーリアの亡骸から、黒い瘴気のようなものが飛びだした。よく見ると小さな黒い竜の形をした瘴気は、ミラの不意をついて彼女の身体に飛びつく。

おもわぬ不意打ちに後ずさるミラから離れず、その身体を霧のように崩しながら、ミラの全身に絡みついた。手足の自由を奪い、首と胸部を強く締めつける。

「貴様を殺して、代わりの身体とする」

ミラの耳元で、くぐもった声が響いた。ズメイのものだ。

「なるほど、ドレカヴァクよ、貴重な経験を得た。我々が負ける所以がわかった。人間にあって我々にないのは継承だ。受け継がせる力だ。それは――」

誰かに語って聞かせるようなズメイの口上は、そこまでしか続かなかった。

ラヴィアスから放たれた冷気が、瘴気を凍りつかせる。さらにリュディが誓約の剣を振るって、瘴気だけを器用に斬り裂いた。

見る見るうちに瘴気が黒ずんでいき、土塊と化してぼろぼろと崩れ落ちる。

ズメイが滅んだことを、ミラは確信した。祖母の亡骸を見れば、そちらも亡骸としての形すら留めず、音もなく崩れ去っていく。

「だいじょうぶですか、ミラ」

リュディが気遣うような声をかける。ミラは祖母だったものを見つめていたが、顔をあげてうなずいた。青い瞳には戦意の輝きがある。

「おかげで助かったわ、リュディ。あなたがいてくれてよかった」

それから、ミラは先へと続く廊下に視線を向ける。

「行きましょう、ティグルのもとへ」

二人は並んで走りだす。ミラはもう振り返らなかった。

少しばかり、時間をさかのぼる。

ひとりになったティグルは、長大な廊下を抜けて、神殿の最奥にたどりついていた。廊下にはいくつも脇道があったが、夢の中で通路を覚えていたティグルはまっすぐ突き進んだ。

最奥は、広大な空間になっていた。奥には黒い竜を背にした巨大な女神の像があり、手前の床には七つの燭台が置かれている。燭台のひとつひとつは柱と見紛うほどに太かった。

　そして、燭台の中央には白蛇を模した一張りの弓が転がっている。その弓から感じられる禍々しさに、ティグルは息を呑んだ。

「──来たか、魔弾の王よ」

　どこからともなく聞こえてきた静かな声とともに、蛇弓が空中に浮かびあがる。身がまえるティグルの視線の先で、蛇弓から黒褐色の瘴気があふれでた。瘴気は瞬く間に人間に似た形をとり、その上にローブをつくりだし、輪郭を整える。

　蛇弓を右手に持ち、小さな箱のようなものを小脇に抱えて、それは床に降りたった。アーケンの使徒メルセゲルであった。アルテシウムの聖窟宮(サングロエル)で戦って以来である。

「どうしておまえがここにいる……？」

「知れたこと」

　メルセゲルは女神の像を振り返りながら答えた。

「この地に降臨するのはティル＝ナ＝ファではない。アーケンだ」

　そういうことかと、ティグルは納得する。メルセゲルは、自分たちがズメイと戦うのを待っていたのだ。ここにいたであろうズメイの目を欺き、この空間に潜んで。

　左手の指をティグルにつきつけ、おさえきれない感情を露わにして、メルセゲルは続ける。

「かつて、我はうぬぼれていた。我が手で敵をことごとく滅ぼせばよいと。その増長は、神の降臨の失敗を招いた。二度と同じ過ちは犯さぬ」

「俺にならなら勝てるというわけか」

黒弓に、黒い鏃の矢をつがえながら、ティグルは言った。そうかもしれないと思う。聖窟宮では四対一だったにもかかわらず、苦戦した。一対一で戦って、勝てるだろうか。

「そうではない」

メルセゲルが脇に抱えていた箱を、自分の身体に押し当てる。服をすり抜けて、箱は彼の体内に溶けるように沈みこんだ。そして、彼の全身から放たれる重圧が、その強さを増す。

「魔弾の王、貴様だけは、我が手で確実に滅ぼす。それゆえに姿を見せたのだ」

言い終えたときには、メルセゲルの姿がその場から消えている。ティグルは視界に頼らず、気配だけを感じとって横に跳躍した。直後、さきほどまで立っていた場所に白い大蛇が落下する。身体をくねらせて襲いかかってこようとする大蛇の頭部を、矢を射放って打ち砕いた。

間を置かず、背後から黒褐色の霧のようなものがまとわりついてくる。それは長大な蛇となってティグルの全身を締めつけようとした。

――人のティル＝ナ＝ファよ……！

黒弓を握りしめて、ティグルは女神に祈る。黒い瘴気が体内からあふれて、ティグルを守るように覆っていく。絡みついていた蛇は、紙のように乾燥して崩れ去った。

「そう、それだ」

頭上から、声。避けるのは間にあわないと判断して、腕を交差して、頭部を守る。強烈な拳

の感触が伝わってきたと思ったら、ティグルは吹き飛ばされていた。

床に着地しながら、メルセゲルはティグルを静かに見つめる。

「もはや、願うだけで、神をその身に降臨させる。危険な存在だ、貴様は」

ティグルは身体を起こし、右手に瘴気の矢を三本つくりだした。まとめて射放つ。メルセゲルは二本まではかわしたが、三本目を左腕に受けた。傷口から瘴気が噴きあがる。

左腕に刺さった矢を引き抜いて握り潰しながら、メルセゲルは蛇弓をかまえた。右手から蛇の牙を思わせる刃を三本生みだし、矢のようにつがえて放つ。

空間の歪みを、軋むような音としてティグルは感知する。床を蹴って跳躍した。直後、空間を飛び越えてきた三本の刃が床を打ち砕き、吹き飛ばしてすり鉢状の穴を穿つ。

「弓と見せかけた、紛いものか」

吐き捨てた。新たに二本の矢をつがえる。瘴気の矢ではない。いずれも黒い鏃の矢だ。

メルセゲルが蛇弓から二本の刃を放つ。空間を跳躍して眼前に現れた二本の刃に、ティグルは黒い鏃の矢を放った。刃と矢は正面から激突し、刃が粉々に砕け散る。黒い鏃の矢はその勢いを弱めることなく、二本ともまっすぐメルセゲルへ飛んでいった。

メルセゲルは黒い鏃の矢を避けようとせず、蛇弓をかまえる。弓弦を弾いた瞬間、数十本の刃がメルセゲルの周囲に生まれ、黒い鏃の矢へ襲いかかった。

衝撃と轟音が大気を激しく揺らし、入りまじった瘴気が周囲にまき散らされる。とっさに床を転がって衝撃からまぬがれたティグルの手に、二つの黒い鏃が出現した。吹き飛ばされて戻ってきたのだ。すぐに自身の瘴気で矢幹をつくりだす。

──あの弓を何とかしないと……。

このままでは一方的に攻めたてられて、追い詰められる。

メルセゲルが弓弦を震わせた。ティグルの周囲に無数の刃が現れる。ティグルはつくりだしたばかりの黒い鏃の矢を一本、足下へすばやく放った。

爆発が起きて、ティグルの身体が空中に吹き飛ぶ。それによって傷を負いつつ無数の刃から逃れながら、ティグルは二本の矢をつがえる。黒い鏃の矢と、白い鏃の矢を。

白い鏃の矢を放つ。だが、不安定な姿勢に加えて、メルセゲルが蛇弓から無数の刃を放って叩きつけたことで、矢は大きくそれた。メルセゲルから離れたところの床に浅く突き立つ。

姿勢を整えて着地しながら、ティグルは黒い鏃の矢を放った。それはメルセゲルではなく、床に突き立っている白い鏃へと飛んでいく。そのため、メルセゲルは反応が遅れた。

硬質の音が響いたかと思うと、黒い鏃の矢は軌道を変える。

次の瞬間、メルセゲルの蛇弓が半ばから砕かれた。一瞬の半分ほどの間、怪物は呆然として立ちつくす。ティグルの放った黒い鏃の矢は、白い鏃にぶつかって方向を変え、メルセゲルではなく、蛇弓に飛んだのだ。メルセゲルにとって予測のできない攻撃だった。

そして、ティグルは間髪を容れず、新たにつくりだした黒い鏃の矢を放つ。大気を貫いて襲いかかったその矢は、メルセゲルの左腕を吹き飛ばした。

「見事だ、魔弾の王」

次の瞬間、メルセゲルの姿がかき消える。後ろに気配を感じたと思ったときには、ティグルはすさまじい衝撃によって吹き飛ばされていた。受け身も取れずに床に転がる。

メルセゲルの蹴りをまともにくらったのだと悟り、起きあがろうとしたところへ、第二撃が飛んできた。再生させたらしい左腕で殴りつけられる。

メルセゲルの動きは、目で捉えられないほど速かった。四方八方から攻めたてられ、ティグルは黒弓に矢をつがえる余裕すら与えられない。

「まず、貴様から女神を引き剥がす」

どこからかメルセゲルの声が聞こえた。

「ただの人間になったところで、肉体を一片も残さず消滅させる。魂は偉大なるアーケンのもとへ送ってやるゆえ、心安らかにはるかな眠りの旅につくといい」

「アーケンは……」と、ティグルは問いかける。

「いったい何を望むんだ」

「死を」

メルセゲルは簡潔に答えた。間を置いて、付け加える。

「貴様たちが死を望むゆえに、アーケンはそれを与えた」

ティグルの前に立ったメルセゲルの周囲に、いくつもの白い光が生まれる。

光のひとつひとつが、死を望む声をあげた。不治の病によって長く苦しみ続けた少女が、苦痛からの解放を願って死を望んだ。飢えた少年が、人生に疲れ果てて死を望んだ。戦場へ向かう者たちが、相手の死を望んだ。誰かが誰かの死を望んでいた。

「アーケンはお考えになった。死を望む者たちは不完全であると」

教義を語る神官のように、泰然とメルセゲルは続ける。

「ゆえに、万象ことごとくに死を与え、アーケンの管理する冥府にすべての魂をおさめる。そして、生命なき世界を礎として新たな世界を創世し、冥府におさめた魂を放出する。死を望む者がいなくなるまで、それを繰り返す」

ティグルは愕然とした。そんな世界が訪れるとはとうてい思えない。だが、アーケンはやり続けるのだろう。いつか、それが無意味と気づくときまで。

「おまえはここで倒す」

ミラとリュディをはじめ、大切な者たちを死なせることはできない。

だが、メルセゲルが攻撃を再開すると、防御も回避もできず、ティグルは追い詰められる格好となった。どうにか逃れようとしても、メルセゲルは正確に追ってくる。

――いや、手はある。

ティグルは手元に戻ってきた二つの黒い鏃をつかみ、瘴気によって矢筈をつくる。二本の矢を黒弓につがえて、女神の像に狙いを定めた。メルセゲルがこの像にアーケンを降臨させようとしているのなら、無視できないはずだ。

「させぬ」

声が響いた次の瞬間、女神の像の前に白い大蛇が現れる。ティグルはかまわず二本の矢を射放った。だが、矢は白い大蛇を吹き飛ばすだけにとどまる。そして、メルセゲルがティグルの頭上に現れ、襲いかかってきた。

だが、メルセゲルの攻撃は届かなかった。横から飛びこんできた人影の一撃が、メルセゲルを弾きとばしたのだ。ティグルは驚きと喜びの入りまじった目を人影に向ける。ミラかリュディのどちらかであるはずだからだ。

しかし、人影の正体がわかったティグルは、おもわず顔をしかめていた。

「礼はいらんぞ」

飄々(ひょうひょう)とした態度でティグルにそう告げたのは、シャルルだった。

「どうやってここに……」

ティグルの疑問はもっともだった。シャルルはといえば、ブリューヌ王国の宝剣デュランダルを肩に担(かつ)ぎながら、皮肉めいた笑みを浮かべる。

「俺も魔弾の王だったからな。この場所のことは知っていた。まさか、アーケンの使徒まで いるとは思っていなかったが」

「ミラたちは？」

「違う道を通ってきたからな」

知らないということらしい。ティグルは苛立ちを覚えたが、メルセゲルを敵と見做しているという点については一致している。感情をおさえて手を組むべきだった。

「古き魔弾の王よ」

離れたところに姿を見せたメルセゲルが、シャルルに視線を向ける。

「アーケンの力でよみがえった存在が、我に刃を向けるか」

「恩着せがましいもの言いだな。俺から頼んだわけじゃねえだろう」

獰猛な眼光を放って、シャルルはメルセゲルに吐き捨てた。

「それに、俺をよみがえらせたのは実験だったんじゃねえか。この世界でアーケンをよみがえらせるための」

メルセゲルが沈黙する。シャルルは続けた。

「とはいえ、礼は言っておこう。俺は目的を果たしたのでな。おまえはもう用済みだ。滅べ」

この短いやりとりの間に、ティグルは呼吸を整えている。人のティル＝ナ＝ファを降臨させた身体はそろそろ苦痛の呻きを漏らしはじめているが、まだ耐えることができた。

「相変わらず、いろいろと知っていそうだな」

「かたづいたら聞かせてやる。ただし、おまえの嫁に酌をしてもらうぞ」

「力ずくで聞きだす」

ティグルの返答を聞いたのかどうか、シャルルが床を蹴る。メルセゲルに斬りかかった。メルセゲルは瞬時に姿を消し、ティグルの目の前に現れる。そのとき、シャルルがこちらに向かって左腕を振りあげるような仕草をした。

瞬間的にその意図を悟り、ティグルは左手を握りしめてメルセゲルを殴りつける。メルセゲルの拳がティグルの顔面に叩きこまれるのが、同時だった。両者は吹き飛び、床に転がる。

――なるほどな……。

起きあがりながら、ティグルは舌を巻く思いだった。その左手には、白い大蛇を吹き飛ばしたあと、手元に戻ってきた二つの黒い鏃がある。これをとっさに握りこんで殴ったから、メルセゲルに効いたのだ。

――シャルルは、自分が無視されることをわかっていて斬りかかったんだ。

そうすることで、メルセゲルをティグルのもとへ誘導したのだ。

シャルルはまたもデュランダルでメルセゲルに斬りつける。アーケンの使徒は考えを変えたらしく、宝剣の斬撃を素手で受けとめた。

ティグルは瘴気を使って黒い鏃の矢をつくり、迷わず二人を狙って射放つ。メルセゲルは逃げようとしたが、その動きを見抜いたシャルルがすかさず宝剣を薙ぎ払った。浅いものの、たしかな一撃を与える。また、その勢いを利用してシャルルは二本の矢から逃れた。

二本の矢がメルセゲルに命中し、周囲が黒い閃光に包まれ、衝撃波がまき散らされる。シャルルはあらためてデュランダルを肩に担ぎ、とどめとばかりにその中へ飛びこんだ。

だが、吹き飛ばされたのはシャルルの方だった。

閃光が消えたあと、そこには傷ついた姿のメルセゲルが立っている。黒い鏃の矢を耐え抜いたばかりでなく、シャルルが向かってくることを予想して、待ちかまえていたのだ。

ティグルはおもわずシャルルに駆け寄った。その腹部は赤く染まっている。彼の身体を支えて抱き起こしながら間近で見ると、かなり深い傷だとわかった。

言葉が出ずにいると、シャルルはティグルをおしのけて身体を起こす。

「まずいぞ」

顔中に汗をにじませながら、シャルルの目はメルセゲルに向けられている。ティグルもメルセゲルを見た。彼の身体が黒褐色の瘴気に包まれている。彼の手には、さきほど体内に収納した小箱があった。その箱はいま、緑色の異質な光を帯びている。

「――偉大なるアーケンよ」

箱を両手で掲げて、メルセゲルが厳かな声音で言った。

「御身を、古の依り代ではなく、器でもなく、我が身に降臨させること、お許しください。なれど、敵がことごとく滅んだ暁には……」

メルセゲルの言葉は、そこまでしか続かなかった。

彼の身体が白い光に包まれる。ティグルはその光から、神々しさと禍々しさを同時に感じとった。そして、身体が動かなくなってしまうほどの畏怖も。

「女神の像にアーケンを降臨させるのは無理と判断して、自分を捨てやがった」

シャルルが悪態をつく。そのとき、複数の足音が聞こえてきて、ティグルは我に返った。見ると、ミラとリュディが駆けてくる。傷ついてはいたが、無事のようだった。

「――滅せよ」

メルセゲルが手を持ちあげる。その声は、メルセゲルのものではなかった。

目を灼くほどのまばゆい閃光が、ティグルたちに向けて放たれた。

すさまじい爆発が起きて激しい揺れが生じ、長大な燭台の何本かが倒壊する。

ミラとリュディは呆然として、噴きあがる灰色の煙を見つめていた。ティグルと、それからシャルルの姿が見えたと思ったら、白い閃光が走って爆発が起きたのだ。ティグルの名を叫びだしたくなる気持ちを懸命におさえて、二人は慎重に歩みを進める。

ほどなく煙が吹き散らされた。視界に飛びこんできた光景に、ミラは息を呑む。床の一隅が吹き飛んでえぐられ、その中心にティグルとシャルルが倒れていた。

「ティグル！」

たまらず叫び、二人は急いでティグルたちに駆け寄る。ミラの顔から血の気が引いた。ティグルの左腕が、半ばから失われている。鮮血の跡はほとんどなく、断面は黒く炭化していた。シャルルにいたっては、腰から下がなくなっている。そして、二人の間に黒弓とデュランダルが転がっていた。

ミラとリュディはティグルを抱き起こす。シャルルに意識を傾ける余裕はなかった。

気を失っていたらしいティグルは、二人の呼びかけによって目を開けた。痛みを自覚し、呻き声を漏らす。それからミラとリュディの存在に気づいた。

「ミラ、リュディ……」

発した声は、かすれている。ティグルはぼんやりと周囲を見回し、自分の左腕がないことに気づいた。左肩から先の感覚が失われている。次いで、無惨な姿のシャルルが視界に入った。

何が起きたのかを、ようやく理解する。

メルセゲルが閃光を放った瞬間、シャルルはデュランダルを投げ捨て、自分に覆いかぶさりながら床を転がった。自分を守ろうとしたのだ。だが、かわしきれなかった。

ティグルは膝立ちになり、よろめきながらシャルルのそばに歩み寄る。

強く、したたかで、何があっても死にそうにないと思われた男が死に瀕している。衝撃の深さに、ティグルはメルセゲルの存在さえ一時的に忘れてしまっていた。

「なぜ、俺を……？」

それ以上、言葉が出てこない。シャルルは白くなった顔に不敵な笑みを浮かべた。

「俺は、大昔の魔弾の王だからな」

信じられないことに、声も力強さを失っていない。

「上手くやれよ」

そう言って、シャルルはティグルに手を伸ばす。

しかし、その手を横から別の手が握りしめた。リュディだ。

「ふざけないで……」

碧と紅の瞳に、怒りとそれ以外の感情をあふれさせて、リュディはシャルルを睨みつける。

シャルルの手を握りしめる彼女の手は、震えていた。

「かばえるんじゃないですか。それなのに、どうして父を……父をっ……！」

その先の言葉を、彼女の胸の奥で荒れ狂う感情が発させなかった。シャルルの視線がリュディに向けられ、顔から笑みが消える。口が動いて、何かを言おうとした。

だが、リュディとは異なる意味で、言葉は出なかった。

シャルルの手から力が失われ、その身体に異変が生じる。金色の髪が、碧い瞳が、白い肌が急速に色を失い、砂のように崩れていく。まるで、人間ではなかったと主張するかのように。

ほどなく、リュディの手の中に残っていた部分も砂となってこぼれ落ちた。

「あの光は何なの……？」

リュディをかばうように立ちながら、ミラがティグルに尋ねる。説明を求めるのも当然だろう。想像を超える出来事ばかりだからだ。右手で黒弓を拾いあげ、二人に支えてもらって立ちあがると、ティグルは顔をあげる。

白い光の中で、メルセゲルの肉体が粉々に崩れ去っていく。跡形もなく消えて、光だけが残ると、それは少しずつ人間の形をとりはじめた。

ティグルたちは声を奪われたかのように、その変化を黙って見つめる。自分たちは、あまりにも強大な存在の前に立っているということを、肌が感じとっていた。

──あれは……？

わずかに聞きとれたメルセゲルの言葉を思いだす。御身を。我が身に降臨させる。あの怪物はそう言っていた。言葉通りに受けとるならば、あの光はアーケンなのか。

「メルセゲルが、ここで俺を待っていた」

ようやく声が出た。落ち着けと自分に言い聞かせる。

「やつはティル＝ナ＝ファではなく、アーケンを降臨させようとしていた。俺と、ここに現れたシャルルとで戦った。そうしたら、やつは自分の身体にアーケンを降臨させたんだ」

言葉にしてみると、戦慄がティグルの全身を包んだ。足がすくむ。臓腑(ぞうふ)が締めつけられているかのように痛む。逃げだしたくなるのではなく、這いつくばって許しを乞いたくなる。

自分の腕とシャルルの半身を吹き飛ばしたさきほどの閃光は、おそらく降臨の余波のようなものだと、ティグルは理解していた。メルセゲルとの戦いで消耗していたとはいえ、ティル＝ナ＝ファの力を宿しているこの身体で、まったく耐えられなかったのだ。

リュディがティグルを見つめる。色の異なる瞳には驚愕と不安、恐怖がにじんでいた。

「止める方法は……？」

わからない。だが、ティグルにはひとつ心当たりがあった。

シャルルは死に際に、「上手くやれよ」と言った。

――俺にできることで、アーケンに対抗する手段がある。

答えはひとつだ。ティグルは黒弓を握りしめる。アーケンを見据えながら、二人に言った。

「二人は後ろに下がってくれ」

「何を言ってるのよ」と、ミラが気色ばんだ。

「あなたは腕がなくなっているのよ。私たちが代わりに戦うに決まってるでしょう」

「だいじょうぶだ」

決意を固めた声で、ティグルは答える。心の中で、ティル＝ナ＝ファに祈りを捧げた。

――夜は昼と分かちがたく、闇は光と分かちがたく、死は生と分かちがたく……。

ドミニクの話を思いだす。ティル＝ナ＝ファは、アーケンと死者の世界を取りあったと。

もしもあの話が本当ならば、魔のティル＝ナ＝ファは自分の祈りに応えてくれるはずだ。

身体が重くなり、目に見えない何かがまとわりついて、のしかかってくる。急速に感覚が薄れていき、自分が世界から切り離されていくのを感じる。

二つの声が重なって聞こえてくる。甘美で心地よい声と、凛とした力強い声。

力が体内に流れこみ、駆け巡る。左腕から黒い瘴気のようなものが噴きだしたかと思うと、漆黒の腕を形づくった。黒弓をそちらに持ち替えてみる。自分のもののように動いた。

「ティグル……」

ミラとリュディが同時にティグルの名を呼ぶ。悲痛な表情で。

ティグルの口元に笑みが浮かんだ。二人がここにいてくれることが、嬉しい。自分が誰のために、何のために戦っているのかを、あらためて自覚できる。少しでも気を抜けば、強烈な力の奔流に自分というものを呑みこまれそうなのだ。

鏃を用意する。白い鏃と、二つの黒い鏃を。己の力で矢筈をつくり、黒弓につがえた。

体内で荒れ狂う力を解き放つように、矢を放つ。三本の矢は黒と白の軌跡をそれぞれ虚空に描いて、吸いこまれるようにアーケンのもとへ飛んでいく。

次の瞬間、めくるめく閃光と暴風と衝撃波が広間に吹き荒れた。矢が命中した余波だけで大気が激しく震え、床が削れる。ティグルは静かに立っているが、ミラとリュディは自分たちの武器を支えにして、吹き飛ばされないように耐えるのが精一杯だった。

光が徐々に薄れていく。アーケンの姿が現れ、ティグルは愕然とした。いまの自分にできる最大の一撃であり、これで倒せるとまでは思っていなかったが、それなりに打撃は与えられるだろうと考えていたのだ。だが、アーケンを形成する白い光には何の変化もなかった。

「そんな……」

深刻な衝撃が呻き声となって漏れる。そのため、反応がわずかに遅れた。

アーケンが閃光を放つ。それは一直線にティグルを襲い、吹き飛ばした。


目が覚めると、ティグルは奇妙な空間に浮かんでいた。

夜空のように暗く、周囲には無数の輝きが浮かんでいる。輝きは人間の頭部ほどの大きさで、赤い光を帯びているものもあれば、青い光をまとっているものもあった。

——何だろう、これは……。

いままで見たことのない光景に、ティグルは戸惑った。それに、意識がはっきりしているのにくらべて、身体の感覚がない。空中に浮いていることにも不安を覚えた。自分を支えているものがなく、上昇しているのか落下しているのかもよくわからない。

——この輝きは……。

好奇心から、輝きのひとつに顔を近づけて覗きこむ。ティグルは目を丸くした。

輝きの中に、不思議な光景が映っている。豪奢な絹服を着た自分が、ひとりの女性とどこかの城の廊下を歩いていた。その女性はどう見てもエレンだ。二人は笑顔で何かを話しており、とても仲睦まじそうに見えた。

　いくばくかの時間が過ぎて、驚きから回復したティグルは輝きから目を離す。他の輝きに視線を向け、別のひとつを覗きこんだ。その中にも自分がいた。エレンの副官であるリムアリーシャとともにいる。草原に並んで座り、月を見上げていた。

　また別の輝きの中では、傷だらけの自分がいて、見知った顔の戦姫に支えられていた。魔物の集団と戦っているものもあれば、戦場で死体の山の上に座りこんでいるものもあった。

　ひとつ、違和感を覚えた輝きがある。そこにはエレンが大きく映っていた。自分の知るエレンと顔こそ瓜二つだが、まとっている軍衣や、伝わってくる雰囲気はまるで違う。そのエレンはまるでこちらが見えているかのように、正面を向いて何やら口を動かしていた。

「──これらは分かたれた枝の先」

　不意に、荘厳(そうごん)さを感じさせる女性の声が頭の中に響く。

──聞いたことのある言葉だ。

　分かたれた枝の先。たしか、ドレカヴァクが言っていた。ここではない現実の自分と。

──この輝きのひとつひとつが、そうだというのか……？

　それを理解すると、いくつか見たところで、ティグルは輝きを覗くのをやめた。自分が歩まなかった道を見るという行為が恐ろしくなってきたのだ。

「アーケンの使徒は」と、さきほどの女性の声が語りかけてくる。

「異なる枝の先から、こちらへ跳躍してきた」

必死に考えこんでその言葉の意味をどうにか理解すると、ティグルは眉をひそめた。この声の言いたいことが、漠然とながら伝わってきたのだ。この光景を自分に見せた意味も。

目を閉じて、女性の声に答える。

「俺は、俺が生まれ育った世界を見捨てない。守り抜いてみせる」

返事はない。だが、相手に自分の意思が届いたという確信を、ティグルは抱いた。

不意に、身体に無形の重みを感じる。目を開けると、ミラとリュディがいまにも泣きだしそうな顔で自分を覗きこんでいた。

「気がついたのね」

ミラが表情を緩める。リュディも目の端に浮かんでいた涙を拭った。

「俺は、気を失っていたのか……？」

「ええ。あの白い光をまともに浴びて、吹き飛ばされたの」

身体を起こす。広間の隅に、自分は倒れていた。アーケンの様子に変化はない。

——俺の覚悟が甘かった。それに、わかったつもりになっていた。

反省し、決意を新たにティグルは立ちあがる。気づけば、服も鎧も吹き飛んでいた。矢筒ももうない。ただ、黒弓と三つの鏃だけは両手で握りしめていた。

立ちあがったところで、ティグルはよろめいた。全身を激痛が襲い、視界が揺れる。人と魔

のティル＝ナ＝ファを降臨させていることに、身体が限界を訴えているのだ。

ティグルは歯を食いしばって、遠のきかける意識をつなぎとめる。これから、さらに身体に負担をかけようというのだ。このていどで気を失ってなどいられなかった。

「ティグル、何をするつもりですか……？」

表情から察したのだろう、リュディが恐る恐るという口調で問いかけてくる。

息を吸い、吐いて、ティグルは広間の奥にある女神の像を見つめた。

「第三のティル＝ナ＝ファを降臨させる」

口にしてみると、どうしてそれに気がつかなかったのかと思う。

ドミニクの話を正確に思いだすべきだった。アーケンの強さに、ティル＝ナ＝ファも本気を出してやっと退けた。そう言っていたではないか。

人と魔の力だけでは、三位一体の女神とも呼ばれるティル＝ナ＝ファの本気とはいえない。

「やめなさい」

ミラが怒りを押し殺した形相で、ティグルを睨みつける。殴りかねない気迫があった。

「自分がどんな状態か、わかっているでしょう。アーケンと戦う前に死ぬわ」

「だが、やつをこのままにしてはおけない」

ミラは口をつぐむ。反論が浮かばないのではなく、ティグルの覚悟に言葉が出てこないようだった。リュディも同様で、ティグルの手に触れながら、うつむいてしまっている。

「離れてくれ。二人に何かあったら……」

だが、ティグルはそこまでしか言えなかった。ミラがティグルの腕を強くつかんだのだ。

「ティグル」と、青い瞳に決意の輝きを満たして、ミラはゆっくりと告げた。

「ティル＝ナ＝ファを、私の身体に降臨させなさい」

予想外の申し出にティグルは呆然とする。

リュディは、喜び勇んでミラの考えに飛びついた。

「私にもお願いします、ティグル。ひとりにつき一柱ずついきましょう」

「待ってくれ」

ティグルは混乱して、苦しそうに喘いだ。

「そんな、そんなことができるわけが……」

「やってみなければわからないでしょう」と、ミラ。

「私たちはたしかに巫女でもなく、あなたのように魔弾の王でもない。でも、覚悟はある。何より、最後のときまであなたといたいんです」

「……わかった」

ティグルはうなずく。迷っていた時間は短かった。

いまここでアーケンを退けなければ、自分やミラたちだけでなく、村で自分たちを待っているラフィナックたちや、世界中の人々までが死に呑みこまれてしまう。できることはすべてやらなければならない。

漆黒の左腕で黒弓を握りしめて、弓弦を爪弾く。心の中で、力の女神に呼びかける。

ティグルの周囲に、白い瘴気が湧きあがった。そして、身体から黒い瘴気が放たれる。

黒い瘴気はゆるやかにティグルの周囲を泳ぎまわっていたが、二つの流れに分かたれ、それぞれミラとリュディのもとへ向かった。彼女たちの身体にまとわりつき、体内へと流れこむ。

二人はおもわずティグルの肩につかまって、自分を支えた。ティグルの存在を、自分の手から伝わってくる感触でたしかめ、自分自身をつなぎとめる。そうしなければ、女神の力に自我を押し流されてしまうように思えたのだ。

「あなたはずっと、こんな戦いをしてきたのね」

ミラが苦痛に耐えながら、笑みを浮かべる。リュディもだ。

「勝ちましょう、ティグル」

ミラもリュディもティグルにつかまる手に力をこめながら、体内で暴れまわる女神を受けいれようと、激痛と違和感に耐える。

そして、不意に大気の震えが止まった。


神殿の広間に静寂が訪れる。

それは、何人たりとも寄せつけない荘厳な空間と化していた。もしもここへ侵入を試みる者がいたら、たちどころに消滅させられただろう。

それが、神のいる場だった。

ティグルは、自分が白い光に包まれ、ミラとリュディがそれぞれ黒い光に包まれていることに気づいた。そして、三つの光は身体が触れているところで溶けあい、まざりあって、金色の輝きへと変じている。

「うまくいったのか……」

「少し、おかしな気分ね」

自分の手を見つめて、ミラがつぶやく。リュディも左手はティグルの肩に置いたまま、右手で自分の身体を盛んに撫でまわしていた。

「神を降臨させるというのは、こういうことなんですね……」

次の瞬間、ティグルたちの足下が大きく揺れる。正確には、ヴォージュ山脈全体が激しく揺れ動いていた。二柱の神の存在に、大地が耐えかねているのだ。

――これが、世界を変容させることのできる力なのか。

ただ立っているだけで、世界がねじれ、歪む。大地は泥のように不安定なものとなり、大海は氷原のように底まで凍りつく。空はすべてを吸いあげ、太陽は光と熱を失う。人間は滅び、混沌の中で新たな生命が蠢（うごめ）く。

ティグルは気を取り直して、脳裏に浮かびかけた光景を消し去った。これですら、神が変える世界のひとつの形に過ぎない。ねじれと歪みによっては、また別の形にもなるだろう。

いまのままの世界を望むのであれば、神には去ってもらわなければならない。

アーケンを見据える。黒弓をかまえて、三つの鏃を用意した。右手から金色の輝きがあふれて矢をつくりだす。神々ですら貪欲に喰らうというジルニトラを、星から竜に変えた一矢だ。相手が神であろうと通じるはずだった。

アーケンは超然とたたずんでいる。ティグルは狙いを定め、弓弦を引き絞った。

一拍の間を置いて、矢を射放つ。三本の矢は半ばで絡みあい、金色の輝きを放つ一本の矢へと変わってまっすぐ突き進んだ。

だが、アーケンの身体に命中する直前で、金色の矢は止まる。不可視の障壁によって受けとめられたのだ。それどころか、金色の矢は少しずつ押し戻されはじめた。

しかし、ティグルの顔にはわずかな動揺も焦りも浮かんでいない。右手で弓弦をつまむ。

突然、ミラの持っているラヴィアスが淡い光をまとった。リュディの持つ誓約の剣と、床に転がっているデュランダルも。それらの光は武器から離れ、ティグルの右手へと吸いよせられていく。次いで、ティグルの右手に新たな光がいくつも出現した。

「何が起きているの……？」

呆然とするミラに、ティグルが答える。

「竜具や、魔物たちがつくった武器から、力を集めているらしい」

金色の矢を放つ直前に、ティル＝ナ＝ファが教えてくれたのだ。

ひとの力だけでは神に届かない。ひとならざるものたちの力も加えなければ。

アーケンのまとっている白い光が大きくゆらめいた。

神が、うろたえている。

――ここは、おまえの世界じゃない。

その思いをこめて、矢を放つ。同時に、アーケンが金色の矢を粉砕する。

そこへ、虹色の閃光と化した矢が突き立った。

白い光の奔流があらゆる方向にまき散らされる。ティグルたちは吹き飛ばされそうになったが、黒弓が三人を守った。

アーケンの姿が大きく揺らいだかと思うと、急速に霞みはじめる。

――逃がさない。

それは、ティグルの脳裏に響いた女神の声だった。刹那、白い光が一瞬、強く輝いたかと思うと、音もなく消え去る。その強大な気配も。

ティグルたちの周囲は再び静寂に包まれた。

――メルセゲルの打った手は、中途半端なものだったんじゃないか。

ふと、そんなことを考える。彼は正しい依り代を用意できず、自分たちとの戦いで消耗していたその身に、アーケンを降臨させた。

それゆえに、アーケンは、本来の力を引きだせなかったのではないか。そして、自分たちの身体に降臨したティル＝ナ＝ファは、そのことを見抜いたから追ったのではないだろうか。

——考えてもわかることじゃないか……。

ため息をついて、ミラとリュディと顔を見合わせる。

その瞬間、ひときわ大きな震動が、ティグルたちを襲った。神殿が上下左右に激しく揺れ、天井といわず壁といわず亀裂が走る。巨大な瓦礫がすぐそばに落下して、音高く砕け散った。三人は立っていられず、その場に膝をつく。

「どういうこと……？」

ミラの疑問に、ティグルは愕然とした顔で答えた。

「たぶん、長すぎた」

神が地上にいた時間が。すぐに決着をつけたつもりだったが、それでも地上に影響を与えるには充分すぎたのだろう。

「早く、逃げましょう」

リュディが誓約の剣を背負い、それからデュランダルを拾いあげる。だが、揺れはますます激しくなり、歩くことすら容易ではない。亀裂は床にまで広がり、何箇所かが陥没した。

耳をつんざくほどの轟音が響きわたり、土煙がたちのぼる。

ミラが息を呑んだ。広間と廊下をつなぐところの天井が崩れて、通路がふさがったのだ。

「こんなところで……！」

ミラはラヴィアスをかまえたが、大きくよろめいてその場に座りこむ。

揺れではなく、疲労によるものだった。女神をその身に降臨させたことで、自分でも知らないうちに、彼女は力尽きていた。それはリュディも同様で、誓約の剣とデュランダルこそ手放さないものの、一歩も動けずにいる。

「せめてもの救いは……」と、リュディの顔に寂しそうな笑みが浮かぶ。

「この三人で、最後までいっしょにいられることですね」

ティグルは立っていた。疲労の度合いは二人と変わらないが、魔弾の王であるためか、いままでに何度かその身に女神を降臨させたことがあるからか、少しだけ余裕があった。

――矢では、無理だな。

黒い鏃と白い鏃の矢を射放てば、神殿そのものが崩壊する。何より、この激しい揺れは山脈全体を襲っているのだとわかる。神殿から逃げれば助かるというものではない。

ティグルは微笑を浮かべて、黒弓と三つの鏃を床に置いた。「すまない」とつぶやいて両手を伸ばし、ミラとリュディに触れる。

次の瞬間、ミラとリュディの身体を取り巻いていた黒い光がうねり、躍った。二人が呆気（あっけ）にとられている間に、黒い光はティグルへと流れこむ。

「ティグル……！」

想い人の考えを悟って、ミラが叫んだ。リュディも「待って！」と大声をあげる。

二人の目の前で、ティグルの左腕が吹き飛んだ。身体にも縦横に傷が走り、裂けはじめる。

取りこんだすべてのティル＝ナ＝ファに、身体が耐えきれなかったのだ。

気を失うどころか錯乱してもおかしくないほどの重圧と激痛に、ティグルは耐える。両眼から血を流しながら、残された力を振りしぼって、女神の力を使った。

次の瞬間、ミラとリュディの姿がかき消える。

少なくともこの神殿の崩壊からは二人を守ることができた。

それを確信すると、ティグルはその場に座りこむ。

だが、すぐに座っていることもできなくなり、仰向けに倒れた。

穴の空いた天井から、夜空が見えた。瞬く星も。

——蒼氷星（シズリート）……？

ティグルは呆然とした。隙間から見えるその星は、蒼氷星のようだった。

笑みを浮かべると、失われた左腕を思い描いて、弓をかまえる体勢をとった。

存在しない矢を、射放つ。

そのとき、誰かの声が聞こえたような気がした。

エピローグ

ミリッツァ＝グリンカがオルミュッツ公国の公都を訪れたのは、冬の半ばのある日のことだった。昼過ぎの太陽が、弱い陽射しとともにかすかなぬくもりを地上に投げかけている。

彼女は旅人を装って外套（がいとう）を羽織（はお）り、竜具（ヴィラルト）エザンディスにも幾重にも布を巻きつけていた。

十七歳の彼女は、一年前よりもわずかに背が伸び、面立ちは成長と激務のためにややすっきりしている。身体つきは華奢（きゃしゃ）なままだが、肉づきの薄さがしなやかな印象を与えた。

大通りに足を踏みいれた彼女は、視界に飛びこんできた光景に驚きの声をあげる。

広い道の両脇に、押しあうように露店が並んでいる。どの店にも客が集まって、活気に満ちていた。何とはなしにひとつの露店を横から覗きこんでみると、ブリューヌ産の麻布やチーズを扱っている。店主は麻布の宣伝を熱心にしているが、人気なのはチーズのようだった。

──そういえば、リュドミラ姉様はブリューヌ産のチーズの扱いを厳しく定めていましたね。

チーズに関税をかけるだけでなく、値段の上限を定め、町の中へ持ちこむ量についても制限していたと、ミリッツァは記憶している。おそらく他にも必要な手を打っているだろう。

その店からそっと離れて、ミリッツァは歩きだした。あちらこちらから聞こえてくる声に耳を傾けてみると、ブリューヌ語が少なくない。ジスタート語とブリューヌ語は共通する言語が多いのだが、ミリッツァは言葉の訛り(なま)で区別できた。

「にぎやかなのは、うらやましいですね。わたしのオステローデなんて、冬の間は雪と氷に埋もれて寂しいものなのに」

そのとき、怒鳴りあうような声が聞こえた。見れば、商人と客がいまにもつかみかからんばかりに睨(にら)みあっている。商人がブリューヌ語を、客がジスタート語を話しているので、会話のどこかでずれが起きたのだろうと、ミリッツァは見当をつけた。

いつもなら放っておくところだが、ここで仲裁に入れば、話の種にはなるかもしれない。そんなことを考えていると、近くで見張りに立っていたらしい兵が、仕方ないという顔をして止めに入った。慣れた様子で商人と客の両方をあしらっている。

注意深く大通りを観察してみると、兵士の姿がかなり目についた。

――こうした揉めごとが増えるのを予想して、リュドミラ姉様が増やしたのでしょうね。

足を止めて、西へと視線を向ける。

ここからは見えないが、はるか遠くにそびえているヴォージュの山々を思い浮かべた。

ヴォージュの異変。

昨年の冬の終わりに起きた出来事は、そう呼ばれている。

ティグルヴルムド＝ヴォルンたちと異神アーケンの戦いによって、ヴォージュ山脈はその形をすっかり変えてしまった。山脈を形成する山々の半分以上が、見えざる巨人に殴りつけられたかのように崩れ去り、崩壊しなかった山も大きく形を変えた。真っ二つになった山、断崖のようになった山、洞穴だらけになった山など、さまざまだ。

異変が起きてから十日が過ぎたころ、ラフィナックがアルサスのセレスタに、ガルイーニンがオルミュッツの公都に姿を見せた。二人とも泥だらけで疲れきっており、枯れた木の枝を杖代わりにしてどうにか身体を支えていた。ろくに口もきけない有様だったという。

そして、ラフィナックはウルスに、ガルイーニンはラーナに、同じことを語った。

山の民の村でティグルたちの帰りを待っていたら、山全体をすさまじい衝撃が襲い、混乱の中で気を失ったこと。夜が明けたころに目を覚ましたが、村の建物がことごとく倒壊しており、周囲の風景も一変していたこと。

そして、一日待ってもティグルたちが戻ってこなかったこと。

二人はティグルたちをさがそうとしたが、すぐに不可能だと悟った。山の中の地形が一変してしまったために、歩きまわることさえ困難だったからだ。山の民は自分たちの住まいを立て直すのに必死で、彼らの助けも借りられそうになかった。

ラフィナックとガルイーニンは断腸の思いで捜索を諦め、別れて、下山を試みた。

十日後に、二人はどうにか帰り着くことができたのだが、どこをどのように歩いてヴォージュから出ることができたのか、途中から思いだせないほどだった。

ウルスも、ラーナも、ヴォージュに入ったことのある者たちから志願者を募って、ただちに捜索隊を編成した。だが、山歩きに慣れた者たちでさえ、ヴォージュに入るのは難航した。それでも、異変のあった日から三十日が過ぎたころ、山の民の協力を得られた捜索隊は、ミラとリュディを発見した。ともに泥だらけだったが、外傷らしきものはなかった。

二人は意識を失っていたが、数日で目を覚まし、ミラはオルミュッツへ、リュディはアルサスへ、捜索隊とともに帰還した。

ヴォージュで起きたことの報告をすませて、ミラとリュディはそれぞれ本来の役目に復帰したのだが、それからほどなく、二人はあることを命じられた。もはや山脈とは呼べなくなったヴォージュの管理と調査だ。

いくつもの山々が崩れ去ったことで、ヴォージュには、ジスタートとブリューヌをつなぐ道が何本か生まれていた。これまでのように山を越えたり、また迂回したりせずとも、二つの国を行き来できるようになったのである。

むろん、それらの道はとうていまともとはいえず、獣や野盗に襲われたり、土砂崩れに遭遇したりする可能性をおおいにはらんでいるが、これを好機と捉えた商人は少なくなかった。

諸国の為政者たちが奔走して恐ろしい凶作を乗りきり、大量の死者を出しながらもかろうじて滅亡をまぬがれ、作物の実りがある春を迎えることができた点も、彼らに希望を抱かせた。

最初の道が発見されたのは春の終わりごろだったが、夏の終わりには比較的安全とされる第二の道が見つかった。

商人たちは手を組み、傭兵を雇い、その道を突き進んだ。そして、山脈の向こう側へ出た。

ジスタートとブリューヌの為政者たちがこれらの道の存在を知ったのは、夏の半ばである。ジスタート王も、ブリューヌのレギン王女も国の立て直しに力を注いでおり、ヴォージュ周辺には近づかないようにという布告を出すのみにとどまっていた。誰も立ち入れないように封鎖するには、ヴォージュは広大すぎたからだ。

山々の中に国境線を引くのは難しい。管理にも手間がかかる。それぞれの民の間で揉めごとが生まれるというだけでなく、ムオジネルやアスヴァールが介入してくる可能性もある。かといって、山脈をまるごと他者に譲るというのはありえない。

そのため、ジスタートもブリューヌもこれまでヴォージュにおける国境を曖昧にしてきたのだが、そうもいっていられなくなり、ジスタート王とレギンは急いで会談の場を設けた。

そして、共同でヴォージュを管理することを決めたのである。

この決定に対して、不満の声はほとんどあがらなかった。二つの国をつなぐ道の整備と、その両端に、それぞれ小さな城砦を築くことが併せて発表されたからだ。裕福ではない行商人などにしてみれば、道がいくらかでも安全になってくれる方がありがたかった。

この道を含めたヴォージュの管理、調査は、ジスタートにおいてはオルミユッツが、ブリューヌではベルジュラック家が任命された。オルミユッツはヴォージュに接しているし、ブリューヌ東部に領地を持つ諸侯たちでは、ヴォージュの調査は手に余る問題だった。

二人の努力の甲斐あって、秋から冬にかけて、道を通る商人や旅人たちは少しずつ増えはじめた。そうしてできたのが、ミリッツァの見ている公都の風景だった。


公宮を訪ねたミリッツァに応対したのは、官服をまとったガルイーニンだった。

「これはミリッツァ様、ご無沙汰しております」

うやうやしく頭を下げる初老の騎士に、ミリッツァも笑顔を返す。

「ガルイーニン卿も、お元気そうで何よりです」

ミラの無事が確認されたとき、ガルイーニンは人目もはばからずに大泣きしたという。

彼は今年の夏に、宮廷顧問官の地位に就いた。戦姫の相談役であり、政務を補佐し、あがってくる陳情をまとめるのが役目だ。ただし、非公式にささやかれるところによれば、もっとも重要な役目は、ある人物の存在をできるかぎり隠すことだといわれている。

それまでと変わらぬ穏やかな笑みを湛えて、他愛のない世間話をしながら、彼はミリッツァを応接室へ案内する。ミリッツァはふと気になって、彼に尋ねた。

「もう剣は持たなくなったと聞きましたが、鍛錬は続けているんですか？」

「人間の身体というものは、剣よりもよほど錆びやすいのですよ。この年になると毎日、手入れをしなければなりません。ただ、長く生きようと思えるのはありがたいことです」

「それは同感です」

応接室に通されたミリッツァは、さほど待たされずにミラに会うことができた。

「いらっしゃい。忙しくしているみたいね」

姿を見せたミラは、蒼を基調とした軍衣に身を包んでいる。二十歳を目前にした彼女の表情と態度には、公国の主にふさわしい落ち着きや余裕が感じられた。ジスタートを支える戦姫のひとりとして、ミラは成熟しつつある。

「ええ。あちらこちらに行かされて、自分の公国にいる暇がほとんどありません」

苦笑まじりに、ミリッツァは愚痴をこぼした。テーブルを挟んで、二人は向かいあうようにそれぞれソファに腰を下ろす。テーブルの上には紅茶(チャイ)を淹れるための道具一式と、白磁の杯が二つ、苺のジャムの瓶、それからチーズを盛った皿があった。

「これはブリューヌのチーズですか？」

ミリッツァが何気(なにげ)なく尋ねると、ミラは肩をすくめる。

「もらいものよ。チーズはどうしてもブリューヌにかなわないのよね。だからといって無制限に商売を許したら、オルミュッツのチーズが売れなくなるから、頭の痛い問題だわ」

「勉強になります」

ミラが紅茶を淹れ、ジャムを添えて差しだす。ミリッツァはありがたく受けとった。

「最近はどこへ行ってきたの？」

「ムオジネルです」

おもいきり顔をしかめて、ミリッツァは答える。

「正直、あの国にはソフィーヤ様に行ってほしいんですけどね。クレイシュ王は、お目にかかるたびに、黄金天女(タラパルータ)は元気にしているかと聞いてきますし、物騒な話しかしてきませんし」

ヴォージュでミラの無事が確認されたあと、ソフィーヤ＝オベルタスはジスタート王にあることを願いでた。今後数年間、ポリーシャから動かず、政務に専念したいというものだ。

これまで、ソフィーは外交の使者として各地へ赴くことが多く、ポリーシャにいないことが多かった。そのことを考えれば妥当な要望といえる。

だが、理由はそれだけではない。彼女はムオジネルを警戒し、南方国境で何か起きたときにすぐ対応できるようにしておきたかったのだ。

ジスタート王はソフィーの願いを聞きいれ、ミリッツァに外交を任せることを決めた。

ミリッツァとて自分の公国の政務に専念したいのは同じである。だが、オステローデへの支援を約束され、ミラや、彼女が師と仰ぐ先代の虚影の幻姫(ツエルヴィーデ)ヴァレンティナからも、「いまのうちにやっておいた方がいい」と諭されて、拝命した。それに、昨年の秋にソフィーと行動をともにして、外交の使者が務まる戦姫の育成の重要さを、ミリッツァもわかっていた。

「物騒な話って、またキュレネー？」

ミラがそう尋ねたのは、以前にもその話を聞かされたことがあったからだ。チーズをかじりながら、ミリッツァはうなずいた。

「そうです。我が国とブリューヌとムオジネルで組んで、キュレネーを攻めないかと。ブリューヌの方はいまのところ、のらりくらりとかわしているみたいですが」

「キュレネー攻めでどの国がもっとも得をするかといえば、ムオジネルだものね」

この三国の中で、キュレネーと国境を接しているのはムオジネルだけだ。ブリューヌがキュレネーへ向かうには南の海を渡らなければならず、ジスタートにいたってはブリューヌかムオジネルのどちらかを通過する必要がある。手間がかかりすぎるのである。

むろん、ジスタートは昨年、彼らに攻めこまれたことを忘れていないが、報復するとしても他にやり方があるはずであった。

「ムオジネルの様子はどうなの？」

「何度か足を運んだ印象として、驚くほどの速さで再建が進んでいます。もっとも、他国を攻めるだけの余裕ができたのかというと、そうは思えないんですが……。奴隷を手に入れるための戦なら、仕掛けてきそうな気がします」

白磁の杯を手に、慎重に意見を述べるミリッツァに、ミラは「合格点」と言いたげな顔で、真剣にうなずいた。

「昨年の冬に多くの奴隷が命を落としたという話は、こちらにも伝わっているわ。キュレネー攻めにしても、必要な数だけ奴隷を手に入れたら勝手に撤退、なんてやりかねないわね……。

ところで、キュレネーの状況は？」

「ムオジネルで話を聞いただけですが、かなり混乱しているみたいです。メルセゲルがいなくなったことと、我が国とブリューヌとでキュレネー軍を撃退したのがいまなお響いているようです。内乱になるかもしれないと」

二人の戦姫は顔を見合わせる。ムオジネルがジスタートやブリューヌに声をかけてまでキュレネーを攻めようとする理由がよくわかった。

「このことは陛下にも申しあげたんですが、ムオジネルを外して、ブリューヌと組んで攻めるのならば考えてもいいとおっしゃっていました」

ジスタートにも、ブリューヌにもそのような余裕はないとわかっていての発言だ。ミラは苦笑をこぼして、話題を変えた。

「国内は見て回った？　私はここのところオルミュッツから出ていないのよ」

「では、レグニーツァの話からにしましょうか」

これこそが本題だといわんばかりに、ミリッツァは楽しそうな笑みを浮かべた。

「実は、新たな戦姫に王宮で会いました。数日前に竜具に選ばれたそうで」

これにはミラも驚いた顔を見せる。昨年の冬にアレクサンドラ＝アルシャーヴィンが病によって亡くなってから、レグニーツァ公国は戦姫不在の状態が続いていたからだ。

「どんなひとなの？」

「オクサーナという方で、ご挨拶しただけですが印象は悪くないですね。年齢は三十近くで、ソフィーヤ様よりも背が高くて、女の子を二人連れていました。娘だそうで」

次々に出てきた新たな戦姫の特徴に、ミラは言葉を忘れたかのように呆然とした。

ジスタートの歴史において、子を持つ女性が戦姫に選ばれた例はある。だから、おかしなことではない。とはいえ、ミリッツァもはじめて会ったときは面食らったものだった。

ひとつ咳払いをして気を取り直すと、ミラは当たり障りのない感想を述べた。

「まあ、印象が悪くなかったのならよかったわ。そうなると、エレオノーラとリーザの喧嘩も終わりかしらね」

「そうなってくれれば、わたしも厄介ごとが減って助かりますね」

しみじみとした口調で、ミリッツァは応じる。

エレンとリーザは、己の公国の復興に力を尽くす傍ら、戦姫のいないレグニーツァをさまざまな形で支援していた。レグニーツァの治安が悪くなれば、その影響は近い位置にあるライトメリッツとルヴーシュにも及ぶので、支援すること自体に問題はない。

だが、レグニーツァ領内に現れた山賊団の討伐に無償で兵を出すなど、必要以上に協力的な姿勢を見せるエレンを、リーザは批判した。

「レグニーツァのためにならないわ。あなたは厚意のつもりかもしれないけど、レグニーツァにしてみれば借りが増えていくのよ」

エレンは次のように反論した。

「だが、西の海に出没する海賊への対処は、おまえのルヴーシュがすべて負担しているという話じゃないか。それは私がやっていることとどう違う」

リーザは憮然(ぶぜん)としたが、何も言わなかった。

これは夏の出来事だったが、それ以来、二人の仲は険悪なものになったという。

この一件について、ミリッツァは以前、ミラとソフィーに意見を求めたことがある。ソフィーは苦笑まじりに言ったものだった。

「リーザの考えは、半分が義務感で、もう半分がエレンへの手助けというところね」

彼女の治めるルヴーシュも西の海に面しており、戦姫として海賊を放っておくわけにはいかない。また、自分が何もしなかったら、エレンが海賊退治に乗りだしかねない。リーザはそう考えたのだろう。そして、それを口にすることは彼女の自尊心が許さないに違いない。

それがソフィーの推測であり、ミラも同感だった。

新たな戦姫が現れれば、エレンとリーザがレグニーツァに協力する理由はなくなる。あとはソフィーなどが二人の間を取り持てば、対立は解消されるだろう。

「でも、時間に余裕のできたエレオノーラ様は、ヴォージュの管理と調査に手を出すかもしれませんよ。リュドミラ姉様はいいんですか？」

「むしろ、ありがたいわ。ヴォージュは広すぎるもの。私が南、エレオノーラが北を見てまわるぐらいが、ちょうどいいんじゃないかしら。リーザも、アスヴァールに目を向ける余裕ができるでしょうし」

「アスヴァールですか……」

ミラの言葉に、ミリッツァは渋面をつくった。白磁の杯に残っていた紅茶を一息に飲む。

空の杯に新たな紅茶を注ぎながら、ミラは訝しげな顔で聞いた。

「アスヴァールがどうかしたの？」

「ギネヴィア殿下の統治は安定していて平和そのものですし、我が国にも友好的なんですが、殿下が少し怖いかなと……」

アスヴァールも、多くの死者を出したものの、凶作を乗りきった。カル＝ハダシュトという遠い国から食糧を調達したと聞いたときは、ミリッツァも素直に感心したものだ。

だが、それによってギネヴィアとアスヴァールは自信をつけたように思える。

ギネヴィアの父であったザカリアス王は、野望を抱いていた。ムオジネルと手を組み、ジスタートとブリューヌにそれぞれ存在していた『反国王派』とでも呼ぶべき者たちを支援して、ブリューヌを攻めようとしていたのだ。

父の野望を、ギネヴィアが受け継ぐとは思わない。むしろ、彼女はすでに父親以上の野望を抱いているのではないか。ミリッツァはそんなふうに思えてならなかった。

そういったことを、ミリッツァはいささか自信なさげに話した。ミラは少し考える様子を見せたあと、確認するように尋ねる。

「そのこと、他のひとには話した？」

ミリッツァが首を横に振ると、ミラは安心したように小さく息を吐いた。

「ソフィーと、そうね……ヴァレンティナには話してもいいわ。でも、他のひとには決して言わないようになさい。もしかしたら、あなたのそれは直感かもしれない」

そう言ってから、ミリッツァを安心させるためか、ミラは口調をやわらげた。

「でも、ギネヴィア殿下がすぐに何らかの行動を起こすとは思えないから、あまり警戒することはないわ。アスヴァールに滞在していたロラン卿も帰ったのでしょう？」

「そう聞いています。それについては、少し下世話な噂がありますが」

もののついでとばかりに、ミリッツァは噂について話した。アスヴァールを発つ前に、ロランがギネヴィアと一夜の契りをかわしたというものだ。

「ギネヴィア殿下がロラン卿に好意を抱いているのは間違いないもの。そういう噂が流れるのは仕方ないでしょうけど、ロラン卿も大変ね」

同情するような表情を浮かべたあと、ミラは思いだしたように聞いてきた。

「そういえば、オルガは元気にしているかしら」

「この前会ったときは、無駄に元気でしたよ」

ことさらにそっけない調子で、ミリッツァは答える。彼女とオルガの関係は、相変わらず顔を合わせれば憎まれ口を叩くようなものだった。

「リュドミラ姉様には、まだ話していなかったと思うんですが、彼女はおかしいです。ふつうは公宮で政務を処理するのに、オルガは公国内を馬で駆けまわって、視察をしながら行く先々の町で政務をかたづけてるんですよ。部下を引き連れて」

　ミリッツァが言い終える前に、ミラは吹きだしていた。

「オルガらしくておもしろいじゃない。民の反応はどうなの」

「民の評判はいいです。でも、わたしとしては最悪です。公務で話を聞きに行く身にもなってほしいですね。この町にいない、あの町にもいないで、何度、跳躍する羽目になったか」

「あなたの言い分もわかるけど、騎馬の民らしいというか……」

　そこまで言ったところで、ミラは何かを思いだしたのか、笑みを消す。その変化に、ミリッツァは首をかしげた。皿に残っていた最後のチーズをかじりながら尋ねる。

「どうしたんですか？」

「そのやり方、昔、ティグルが教えたものだった気がするわ……」

「あのひと、あんな小さな子まで口説いていたんですか」

　驚きを露わにするミリッツァの額を、ミラが指で軽く弾いた。額を両手でおおげさに痛がる黒髪の戦姫を、青い髪の戦姫は冷ややかに見下ろす。

「ともかく、オルガも元気でやっているということね。彼女は何か言っていた？」

「いつかザクスタンと交易をしたいと言ってましたね」

「それは難問ね……」

オルガの治めるブレストはジスタートの東部にある。そこからザクスタンへ行くには、ジスタートとブリューヌを横断しなければならない。途中で海路に切り替える手もあるが、それでもかなりの日数がかかるだろう。

「ただ、世の中、何が起きるかわかりませんからね。ヴォージュがあんなふうになるなんて想像もしませんでしたし。もしかしたら、ザクスタンと交易できるような何かが発見される可能性もあるとは思ってます」

ミリッツァがそう言うと、ミラはからかうような目を向けてきた。

「いい言葉ね。オルガには言ってあげたの？」

「言うわけないじゃないですか」

すました顔で答えて、ミリッツァは紅茶を飲み、白磁の杯を空にする。

「リュドミラ姉様」と、微量の恐怖と不安をにじませて、話題を変えた。

「アーケンも、ティル＝ナ＝ファも、もう降臨しませんよね……？」

「安心なさい。私たちが生きている間は、たぶんないわ」

アーケンとの戦いについて、ミラはミリッツァに話している。聞き終えたときは、「わたしたちの祈りも意外に意味があったのかもしれませんね」などと言っていたミリッツァだが、ヴォージュの異変などをじかに見て、考えが変わったようだった。

「そこは絶対と言ってほしいところですが。それでは、そろそろお暇させていただきます」

「楽しかったわ。ありがとう、ミリッツァ」

おたがいに多忙であることをわかっているので、ミラは引き留めない。

二人は応接室を出た。談笑しながら廊下を歩いていると、前方から誰かが歩いてきた。

「おや、おそろいで」

ラフィナックだった。彼は飾り気のない麻の服を着ている。町の住人が、用事があって訪れたという風情だ。ミリッツァは会釈をして、ついでのように聞いた。

「新しいお仕事は上手くいってるんですか？」

「ご主人が寛容なおかげで、どうにかやっております。最近は、ブリューヌ人の客が少しずつ増えてきましたね。ブリューヌ人の働く宿だとわかると、少しは安心するようで」

ラフィナックは、ミラの父であるテオドールが経営している宿で働いている。

「父は感謝していたわ。あなたのおかげで母に会う余裕ができたって」

ミラが笑顔で言うと、ラフィナックは「それは恐縮」と、肩をすくめた。

「ただ、テオドール様は何かというと私に結婚を勧めてくるんですが……」

「それは仕方ないでしょう。あなた、春になれば三十だもの」

ミラが呆れた顔で言うと、ラフィナックはごまかすように頭をかく。逃げるように歩き去っていった。その後ろ姿を見送って、二人は苦笑を浮かべる。

公宮を出たところで、ミリッツァはまだ話していなかったことがあったのを思いだした。

「忘れてました。先日、ティナ姉様が子供を生みました。男の子で」

こともなげに言ったミリッツァに、ミラは目を丸くして驚きの声をあげた。何ごとかと視線を向けてきた見張りの兵たちに、彼女は何でもないというように手を振る。

「あの女が子供を……？」

「結婚して何年もたってますし、そんなにおかしくないと思いますが」

「いまのうちに子供を引き離して、まっとうな人間のもとで育てた方がいいと思うわ」

この反応と感想こそが最大の収穫かもしれないと思いながら、ミリッツァは言った。

「次は、どなたでしょうね？」

ミラが言葉を失った瞬間、ミリッツァは竜具の力でその場から消え去ったのだった。

†

ミリッツァとミラが談笑していたころ、リュディはブリューヌ王国の王都ニースにいた。

冬でも、ニースのにぎわいが衰えることはない。大通りには露店が並び、寒さを吹き飛ばすかのように、商人たちが声を張りあげている。アスヴァールの毛織物や羊毛が、ザクスタンの革細工や宝石をあしらった装飾品が、ムオジネルの絹織物や絨毯が軒先に並んで、諸国の言語が慌ただしく飛び交っていた。

露店から離れたところでは、吟遊詩人(ミネストレーリ)たちが竪琴を弾きながら武勲詩(ジェスタ)を高らかに歌いあげ、道化師(クローウン)や踊り子が競うように芸を披露している。見物客たちに葡萄酒(ヴィノー)や麦酒(ビエレ)を振る舞って娼館へ誘う娼婦たちもいた。年明けの光輪祭(ジョグレイス)に向けて、催し物を企画しているらしい者もいる。

――昨年は、このような光景を見ることができませんでしたね。

昨年の冬、誰もが世界を守るために力を尽くした。春を迎えてからも、やはり皆が復興のために必死になった。そうした奮闘がこのように実を結んだと思うと、心が熱くなる。

「ティグルにも見せたかったですね……」

そして、いっしょにニースを歩きたかった。

一年前、捜索隊の手によってヴォージュから救出されたリュディは、アルサスで身体を休めたあと、王都へ向かった。レギンに詳細を報告し、ティグルについてはヴォージュの崩落に呑みこまれたらしいと説明した。そのときの王女の表情を、リュディはいまでも覚えている。

レギンはティグルは行方不明として扱うこととして、公にしないよう命じた。王女を助けた英雄の悲報が、民の心に暗い影を落とすことを懸念したのだ。また、もしかしたら生きているかもしれないという希望を、彼女は捨てなかった。

リュディの予定も大きく変わった。彼女はベルジュラック家に留まり、ミラと交渉を進めながら、ヴォージュの調査と管理に着手することとなった。

必然的に、東部に領地を持つ諸侯へ指示を出すことが多くなったが、ウルスや、ウルスの友人であるユーグ＝オージェ子爵などの協力によって順調に進んでいる。

ちなみに、ヴォージュについてはアスヴァールとムオジネルも関心を寄せており、調査の協力を申しでてきたことがあった。彼らの狙いがヴォージュを南北に縦断する新たな道の発見であることは間違いなく、リュディは丁重に断っている。

頭を振って気分を切り替えると、リュディは大通りを抜けて、王宮へ向かった。


王宮を訪れたリュディだが、すぐにはレギンに会うことができなかった。もっとも、若き王女の激務を知っていたリュディは、このことを予想していた。

レギンはブリューヌ全土に広がった内乱を終わらせ、キュレネー軍を撃退し、凶作による被害を可能なかぎりおさえた。ベルジュラック家とテナルディエ家に忠誠を誓わせ、近隣諸国と友好を結んで、国内を安定させた。もはや、彼女が王国の統治者であることに異議を唱える者はおらず、最近まで王子として育てられたことについても、気にする者はいなくなっている。

それでも、ブリューヌが内乱以前の繁栄を取り戻すにはまだ長い時間が必要であり、レギンは心を砕かねばならなかった。

客室で待つ気分になれず、リュディは庭園のひとつへと向かう。時期が時期だけに花は咲いていないが、丁寧に手入れされた草木を眺めるのは嫌いではなかった。

庭園に着くと、先客がいた。鍛え抜かれた長躯を黒い服に包んだ黒髪の男である。彼はこちらに気づいて振り向き、表情を緩めた。

「リュディエーヌ殿か。変わらず元気そうだな」

「ロラン卿も変わりないようで何よりです」

リュディは笑顔になって、ロランのそばへと歩いていく。

昨年の冬にキュレネー軍を撃退したあと、ロランは春になるのを待って、アスヴァールへ向かった。一年間、客将として彼の国に滞在する約束であったし、何よりも宝剣カリバーンを返さなければならなかった。

そして今年の秋、ロランはブリューヌに帰ってきた。

ロランを強く想っているギネヴィア王女が彼を引きとめなかったことに、リュディは驚くと同時に不審を抱いたものだったが、ほどなくして二つの噂を耳にした。

ひとつは、ロランとの仲を臣下に疑われたギネヴィアが、統治者としての姿勢を示すためにあえて引きとめなかったというもの。もうひとつは、滞在期間を引き延ばさない条件として、ロランがギネヴィアと一夜の契りをかわしたというものだ。

ロランがギネヴィアにつくった借りの大きさと、ギネヴィアの気性を考えると、後者の噂を否定することは難しい。考えた末に、リュディは噂として聞き流すことにした。ギネヴィアには彼女なりの考えがあって、引きとめなかったのだろう。むやみに詮索すべきではない。

ちなみに、当事者のロランはこれらの噂について、ごく親しい者にのみ、こう語った。

「強く否定しようと、このような噂が消えることはないだろう。私は何も言わぬ方がよいと思っている。ギネヴィア殿下のためにも、ブリューヌのためにも」

ともあれ、帰ってきたロランは、レギンによって王都の警備隊長に命じられた。

ザクスタン、アスヴァールの二国と友好的な関係になり、以前ほどには西方国境を警戒せずともよくなったからと、レギンは周囲の者に告げたが、それは本当の理由ではない。

国内のどこかで重大な問題が起きた場合、すぐにロランを派遣できるようにするためだ。黒騎士の武名と武勇は、国内で蠢動（しゅんどう）する勢力にとって何よりも脅威となるはずだった。

「ロラン卿はどうしてこちらに？」

「上へ行って、いま戻ってきたところだ」

リュディの質問に、ロランは穏やかな顔で答える。上というのは、リュベロン山の山頂にある神殿のことだ。捨て子だったロランは、その神殿に勤めていた巫女に拾われたのだ。

「ヴォージュ周辺では、何か問題が起きていないか」

「道の整備中の事故、揉めごと、はかどらない資材集め……。小さなことを数えあげたらきりがありませんが、幸い、ロラン卿の手を借りるようなことはないですね」

庭園の草木を眺めながらのロランの質問に、リュディは笑顔で答えた。

「ロラン卿はどうですか？」

「こちらも似たようなものだな。私自身が出向かなければならないような問題はなくなっているので、そういう意味では落ち着いてきたといえるが……」

そこまで言ってから、ロランの声に沈痛の色が混じった。

「時々、ラシュロー殿のことを思いだす。あの方からは、もっと多くのことを学びたかった」

ラシュロー＝ナセル＝ベルジュラックはリュディの亡き父だ。公爵家に嫁ぐ前はナヴァール騎士団の団長を務めていたこともあり、ロランに剣技を教えた男でもあった。ファーロン王に忠誠を誓っており、ガヌロンとシャルルによって命を落とした。

リュディは前髪をいじるふりをして、色の異なる瞳ににじんだ涙を拭う。静かに息を吸い、そっと吐いて、胸にこみあげてくるあたたかい感情をおさえた。

父とロランの関係を忘れていたわけではない。だが、彼の言葉はとても嬉しかった。

「ロラン卿」と、リュディは彼を見上げる。

「父から学んだことを、多くのひとに教えてあげてください。きっと父は喜びます」

黒騎士は「そうだな」とうなずくと、短く一礼して歩き去った。あるいは、リュディの内心に気づいて、気をきかせてくれたのかもしれない。

リュディも庭園から離れる。そろそろレギンに会えるだろう。

廊下を歩きながら、心に甲冑を着せる。自分がティグルと結ばれたことについて、後悔はないし、後ろめたさもないが、レギンと顔を合わせるとなれば、気を引き締める必要があった。

執務室に通されると、書類の積まれた執務机の向こうにレギンの姿がある。この一年で、王女は背中に届くほどまで髪を伸ばしていた。彼女のそばには護衛のジャンヌが控えている。

そして、レギンの後ろには、紅馬旗(バヤール)とともに宝剣デュランダルが飾られていた。これはリュディとミラがヴォージュで救出されたとき、近くに転がっていたのを発見されたのである。宝剣を取り戻した功績はリュディのものとなったが、リュディとしては複雑な心境だった。

「リュディ、しばらくぶりですね」

レギンに屈託のない笑みを向けられて、リュディは笑顔で一礼する。王都の様子について触れたあと、ヴォージュの状況について報告した。

「新たな道は発見されていませんが、調査自体は進んでいます。オルミュッツとの交渉も、いまのところ目立った問題はなく、アスヴァールやムオジネルの干渉も小さなものです。ただ、警戒を怠るべきではないかと」

「わかりました。引き続き、ヴォージュのことをお願いします」

レギンがそう言ったとき、それまで黙って控えていたジャンヌが口を挟んだ。

「リュディ、ティグルヴルムド卿について、何かわかったことはありませんか?」

「……残念ながら」

一呼吸分の間を置いて、リュディは首を横に振る。レギンを気遣ってのことだろうが、ジャンヌがその問いかけをしてくるとは思わなかったので、意表を突かれた。

ティグルは行方不明になどなっていない。自分たちが救出されたときに、いっしょに見つかった。その身体は傷だらけだったが、不思議なことに失われた左腕は再生していた。

だが、リュディとミラはひそかに話しあい、その事実をごく一部の者にだけ知らせて、表向きは行方不明とすることに決めた。

理由のひとつは、リュディたちと違い、ティグルが数日で目を覚まさなかったからだ。このまま死んでしまったらと思うと恐ろしくて、ウルスにすら報告することができなかった。

くすんだ赤い髪の若者が意識を取り戻したのは、救出されてから実に一ヵ月以上が過ぎたころだ。それまで絶望の淵に沈んでいたリュディとミラは、喜びを爆発させ、涙をあふれさせながら想い人を抱きしめた。

ふたつめの理由は、ある意味ではひとつめよりも深刻なものだった。

ティグルがその身にティル＝ナ＝ファを降臨させたことが知られたら、危険なのではないかという懸念だ。

もともと、ブリューヌでもジスタートでも、この女神は忌み嫌われている。その上、ブリューヌでは一角獣士隊などにティル＝ナ＝ファの信徒が潜りこんでいたことがわかって、女神に対する嫌悪感や怒りが強まっていた。最悪の場合、アルサスまでもがティル＝ナ＝ファに対する憎悪に巻きこまれるかもしれない。

考えすぎかもしれない。ティグルがティル＝ナ＝ファを降臨させたことを知っているのは、ごくわずかだ。魔物たちがことごとく滅んだいまとなっては、彼と近しい者だけのはずだ。

だが、かぎられた者しか知らない秘密がふとした拍子に漏れることがある。

そのことを、ベルジュラック家のリュディと戦姫のミラは経験で知っていた。

「しばらく様子を見ましょう」

期せずして、二人は同じ結論を出した。ティグルも納得して、承諾した。

現在、ティグルの生存を知っているのはミラとリュディ、ラフィナックとガルイーニン、ラーナ、戦姫たち、ウルスをはじめとするアルサスのごくわずかな者たちだ。

戦姫たちに話すべきかは迷ったが、彼女たちは黒弓や女神について知っており、ティグルに何かあれば助けを求めるかもしれないということで、知らせた。

レギンに黙っているのは、ティグルの立場が危ういものになった場合、彼女を悩ませてしまうことが容易に想像できたからだ。これについては、申し訳なさを感じる。

「そうですか。あなたから報告を聞くたびに殿下もおっしゃっていますが、何かわかったら、どんなことでもいいので知らせてください」

リュディはうなずいて、話題を変えた。

「ところで、私が見てまわっている東部以外はどのような状況でしょうか」

「そうですね、北部はローダント伯爵に任せてから、ずいぶん安定してきました」

レギンの言葉に、リュディはずんぐりとした身体つきの老伯爵の姿を思いだした。

「ローダント伯爵が……」

マスハス＝ローダントは北部にあるオードを治める領主貴族だったが、内乱を経て、彼の立場は大きく変わった。ガヌロン家や、その残党がいなくなったあとの北部の諸侯らをまとめる役目を、レギンは彼に命じたのだ。貴族としてはよくいって中堅どころであるローダント家の力を考えると、過大な要求だったが、マスハスの顔の広さに期待したのだ。

マスハスは、旧知であったボードワンの死や、親友の息子として可愛がっていたティグルが行方不明になったことで悲嘆に暮れていたが、彼らの思いを継ぐと決意して、拝命した。彼はレギンの期待に見事に応え、この一年で北部から目立った争いは激減した。

昨年の春、ベルジュラック遊撃隊（ファルタス）を組織し、そしてバシュラルに敗北したときのことを、リュディは思いだす。マスハスが助けてくれたからこそ、自分たちは再起できた。

「いずれ、私からもあの方にはお礼に伺います」

そのとき、ティグルのことについては、まだ話せないかもしれない。それでも何かを伝えられればと、リュディは思った。

「西方国境は、ナヴァール騎士団と、ラニオン騎士団が協力してやってくれています」

ナヴァール騎士団では、副団長を務めていたオリビエが新たに団長になった。ラニオン騎士団の団長は、変わらずデフロットである。

リュディにとっては、ルテティアを攻めるときに支えてもらった二人という印象が強い。デフロットはザイアンの補佐を務めていたのだが、彼をよくおさえてくれていたと思う。

この二人の組みあわせはレギンにとっても意外なことにうまく働き、張りあうことなく西方国境を守っているらしい。オリビエはデフロットを「ロランのようにひとりで突出しない貴重な方だ」と評し、デフロットはオリビエに対して、「ものわかりがよくて助かるが、ザイアン卿の半分ぐらいは功名心を持ってもよかろうに」と感想を述べたという。

「南ですが……」

レギンが表情を曇らせる。その理由を察して、リュディも神妙な顔になった。

「南部はテナルディエ公爵がよくまとめてくれていて、とくに問題は起きていません。ムオジネルも今年はおとなしかったですね」

ことが起こったのは、南の海の向こうだ。

今年の夏、ブリューヌはかねてから計画していた通り、海の向こうにあるイフリキア王国に使者団を派遣した。もともとはイフリキアとキュレネーを対象としていたのだが、キュレネーとは昨年の冬に敵対したので、ひとまずイフリキアと交流を持とうと考えたのである。

イフリキアは庶子の王子バシュラルの母の生まれ故郷だったと聞いているので、以前から気になっていたし、凶作を乗りきるために食糧の備蓄が完全になくなったので、近隣諸国以外から調達したいという考えもあった。

　この使者団の長は、ザイアン＝テナルディエが務めた。キュレネー軍を撃退した竜騎士の存在は、イフリキアとの交渉で役に立つと思われたからだ。テナルディエ公爵も同意した。飛竜(ヴィーフル)を乗せられる大型の船を用意して、使者団はブリューヌを発った。

　ところが、ちょうど使者団がイフリキアに到着したとき、内乱が勃発した。

　その混乱の中で、ザイアンは飛竜や侍女、従者ともども行方不明になったのである。

　十数日後に事情を知ったテナルディエ公爵は、レギンに詳細を綴(つづ)った書簡を送る一方で、船団を編成し、許可を待たずに派遣した。その甲斐あってというべきだろう、船団は、どうにか逃げ延びていた侍女や従者を救出して帰還した。ザイアンと飛竜は、見つからなかった。

「あのときは、さすがにテナルディエ公に申し訳なく思いました」

　レギンは苦い表情でつぶやいた。テナルディエ公爵は王家の権威を鼻で笑い、また眉ひとつ動かさずに民を虐げることのできる男で、ファーロン王も悩まされていた。

　レギンにとっては敵意と軽蔑の対象であり、それは彼女が統治者となり、現在の関係が構築されてからも変わらなかったのだが、テナルディエ公爵が嫡男(ちゃくなん)を溺愛していることを、彼女は知っていた。先の内乱で、テナルディエ親子がたてた武勲を否定するつもりもなかった。

　レギンとテナルディエを救ったのは、秋になってもたらされたひとつの噂だった。イフリキアの上空で、飛竜を駆る騎士を見たというものだ。イフリキアも、その近隣諸国も竜を従えてなどいない。ならば、竜騎士の正体は考えるまでもなかった。

この冬の間に、レギンはテナルディエと話しあい、春を待って新たな船団を派遣するつもりでいる。場合によっては内乱に介入することまで考えていた。

テナルディエが集めた情報によれば、この内乱は、あるひとりの異国人が策を巡らしたものらしい。そこにつけいる隙があるかもしれないと、レギンは思っている。

「ザイアン卿は、きっと無事ですよ」

微笑を浮かべて、リュディはレギンを励ました。王女への気遣いももちろんあるが、本当にそう思えるのだ。飛竜とともにいるときのザイアンには、奇妙なしぶとさがある。

「ありがとう」

レギンは礼を言ったあと、苦笑まじりに続けた。

「こうして話してみると、何をやるにも人手が足りないと痛感しますね。リュディ、東部の諸侯の中に、見所のありそうなひとはいませんか？」

「そうですね……。オージェ子爵の子息で、ジェラールというひとはおもしろそうかなと」

記憶をさぐって、リュディは見込みのありそうな者の名を何人か挙げる。それがすむと、一礼して執務室を退出した。レギンは多忙の身であり、各地の状況を話してくれた分、自分にはかなり時間を割いてくれた方だ。これ以上、甘えることはできなかった。

去り際に、レギンは声をかけてきた。

「ティグルヴルムド卿は、無事だと思いますか？」

「もちろんです」

迷わず、リュディは即答した。

†

窓から射しこむ陽光が床に淡い模様を描いて、日が傾いていることを告げている。

ウルス＝ヴォルンは、いま目を通している書類を今日の最後の仕事にしようと決めた。春を待ってヴォージュに入ることを望む、村からの陳情だ。昨年の春までは当たり前のように山に入って、木の実や薬草を手に入れ、獣を狩っていたのだから、当然の要望ではあった。

いくつかの条件をつけて、許可を出す。現在のヴォージュにはあまり領民を近づけさせたくないのだが、地形の調査があるていど進んでいるところならば問題ないだろう。

——見つかったという道が、ジスタートに通じているとよいのだがな。

かつて、ウルスはひとつの夢を抱いていた。アルサスとライトメリッツ公国を結ぶ山道を整備し、多くのひとが行き来できるようにして、アルサスを発展させるというものだ。幸運にもオルミュッツ公国の支援を受けることができて、その夢はいずれ実現するはずだった。

だが、ヴォージュの異変によって山道はねじれ、一部が崩れて、とても通れる状態ではなくなった。夢は潰えたかに見えた。

しかし、ウルスはくさらず、ヴォージュの調査に協力しながら、領地のためになる手を模索した。そして、アルサスとヴォージュが接しているところに、新たな道を発見したのだ。

まだ調査は進んでいないため、この道がジスタートへ通じているかはわからない。だが、通じていれば、ライトメリッツやオルミュッツと協力して、夢をかなえることができる。

「ティグルよ……」

ここにいない息子を思う。ティグルを行方不明にしておくことについて、ウルスは当初、渋った。息子を英雄にしたいというのではない。アルサスで静かに暮らしてほしかった。

だが、何度か王都へ足を運び、またベルジュラック家などから話を聞いて、受けいれた。いま、ティグルが公の場に姿を見せれば、注目を集めざるを得ないことがわかったからだ。

しかも、ヴォージュの異変のために、このアルサスを含めてブリューヌ東部を訪れる者は少なくない。しばらくティグルの存在を隠すべきだと、ウルスは考えるようになっていた。

「おまえの故郷はここだ。私は、おまえにこそ、この地を受け継いで欲しいのだぞ」

そのつぶやきは、独白というよりも祈りのようだった。

立ちあがり、ウルスは執務室を出る。廊下を歩いていると、二人の侍女とすれ違った。

ティッタと、シャルルが置いていった娘ジネットだ。

リュディからシャルルの消滅を聞かされたとき、ウルスは娘にどうするか尋ねた。望むならここで暮らすといいと言うと、彼女はうなずいたので、名前を用意したのだ。彼女は寡黙ではあるが、ここでの生活にも慣れ、ティッタと仲良くやっている。

ひとつ気がかりなことがあるといえば、今年の秋に子供を生んだことだろうか。聞くと、シャルル以外の男に抱かれたことはないという。ウルスは悩んだ末、黙っておくことにした。

会釈をしてくる二人にうなずきを返して、ウルスはティグルの部屋へ向かう。冬になってから、一日に一度は息子の部屋を見るのが習慣になってしまっていた。

扉を開けると、部屋の真ん中に小さな人影が立っている。

ディアンだった。春を迎えれば五歳になる幼児は、手に小さな弓を持っている。幼いころのティグルが練習用に使っていたものだ。

「ちちうえ」

ディアンが明るい声をあげた。弓をかまえて、弓弦を弾いてみせる。

ウルスの瞼の裏に、遠い過去の情景がよみがえった。いまのディアンと同じ年齢のティグルが、素朴なつくりの弓を手にしている。満面の笑みを浮かべて。

「……弓に興味があるのか？」

尋ねると、ディアンは首をかしげ、それから大きくうなずいた。

†

目を覚ましたときは、真夜中だった。

顔を撫でる冷たい夜気と、自分を守ろうとするかのような左右からのぬくもりに、ティグルヴルムド＝ヴォルンはかすかに身じろぎをする。

徐々に闇に慣れてきた目を動かすと、二人の妻が両側からティグルに寄り添うようにして眠っていた。髪がそのままなあたり、着替えだけをすませてベッドに潜りこんできたらしい。

自然と微笑が浮かび、二人とも抱きしめたい欲求に駆られる。しかし、起こしてはいけないと自分に言い聞かせて、どうにか堪えた。

ミラは毎晩、添い寝をしてくる。リュディも、ヴォージュについての話しあいなどでオルミュッツを訪れたときは、必ず一日か二日滞在するようにして、いっしょに寝ることを求めた。

「心配されてるのよ。また目を覚まさなかったらどうしようって」

一度、ラーナに相談したことがあるが、彼女は笑ってそう言った。

ヴォージュから救出されたあと、ティグルは一ヵ月以上、目覚めずにいた。若者を心配するミラの憔悴ぶりは、ラーナが頭を悩ませるほどだったという。また、リュディも毎日のように泣き暮らしていたと、ラフィナックから聞いている。

「申し訳ないと思ったら、一、二年はおもいきり甘えさせてあげなさい」

ラーナにそう言われたこともあって、ティグルは二人の好きなようにさせている。

一、二年どころか、一生甘えさせてもいいほどのことを、ミラとリュディは自分にしてくれたのだ。それに、逆の立場であったら自分もそうなるだろうと思うし、二人のぬくもりはいつでも心地よかった。

寝直そうと思ってしばらく天井をぼんやりと見上げていたが、一向に睡魔は襲ってこない。

ティグルはそっと身体を起こすと、三人が並んで寝ても余裕があるほどの大きなベッドから抜けでた。いまのティグルはゆったりとした寝衣に身を包んでいる。ミラたちもだ。

壁には、黒弓とラヴィアス、誓約の剣が並んで立てかけられている。

アーケンとの戦い以来、ティル＝ナ＝ファに呼びかけたことはない。だが、もう呼びかけることはないのではないかという気がしていた。

魔物たちは滅び、女神の力を真に必要とするときは終わった。自分のこれからの役目は、この黒弓が何であるかを語り継ぎ、遠い未来の誰かが女神の力を必要としたときに、正しく使えるようにすることだろう。道を誤る魔弾の王が生まれぬように。

寝室からバルコニーへと出る。

見上げれば、冷たく澄んだ空に無数の星がきらめいていた。

寒さを忘れるほどの多彩な輝きに、ティグルはしばらく見入っていたが、やがてその視線が空を泳いで、ひとつの星をさがしはじめる。

そのとき、後ろから足音が聞こえて、声がかけられた。

「ここにいたのね」

振り返ると、ミラとリュディが立っている。わざとらしく口をとがらせて、ミラが言った。

「離れるときは、リュディを起こしてからにしてほしいわ。以前に寝ぼけて、あなたと間違えて私に抱きついてきたことがあったのよ」

「それはミラがティグルの寝ていたところに顔を埋めて、匂いを嗅いでいたからでしょう。私だってそうしたかったのに」

リュディがからかうような表情で反論する。ティグルは苦笑を浮かべると、まずミラに歩み寄ってそっと抱きしめた。目をつぶって顔をあげる彼女と、唇を重ねる。自分を抱きしめる力強さに、彼女の愛情を感じた。

抱擁を解くと、今度はリュディを優しく抱きしめて、口づけをかわす。てのひらから、彼女の喜びが伝わってくる。離れる際、やや乱れている彼女の前髪を、指でさっと梳(す)いた。

それから何気なく、自分の左手を見つめる。リュディが心配そうに聞いてきた。

「やっぱり、力が入りませんか……？」

「問題はないよ」

ティグルは彼女を安心させるように笑って、首を横に振る。

アーケンとの戦いで失われ、気がついたときには再生していたこの左腕は、以前ほどには力が入らなくなっていた。ものをつかむことはできるし、感覚もあるので、日常生活を送るだけなら支障はない。だが、弓弦を弾くときに、弓を支えられなくなった。

この一年近く、眠り続けていた間にすっかり鈍（なま）ってしまった身体を鍛え直し、体力だけは取り戻したものの、左腕の力だけは戻らなかった。

悩んだ末に、ティグルは割り切ることにした。それほど力のいらない短弓や、弩（いしゆみ）を使うことにしたのだ。これはこれで悪くないと、ティグルは思っている。

――ただ、やはりアルサスで試してみないとな。

アルサスの状況については、リュディや、季節ごとに帰郷しているラフィナックなどから話を聞いているので、それほど心配はしていない。

ただ、春になったら、ひそかに父に会いに行こうと、ミラとリュディに相談はしていた。いまの自分がアルサスを受け継ぐべきかどうかについても、あらためて話しあわなければならないし、ティッタやバートラン、ディアンの顔も見たい。何より、アルサスの山野を思う存分駆けまわって、あの空気を胸いっぱいに吸いこみたかった。

不意に、リュディが声をあげる。彼女はひとつの星を指で示していた。

「あれが蒼氷星（シズリート）ですね」

「ええ、あれよ」

同じく星を見上げながらうなずくミラの瞳には、万感の想いがにじんでいる。おそらく自分もそうなっているだろうと、ティグルは思った。

蒼氷星。冬のごく短い時期にだけ空に輝く、あたかも凍りついているかのような蒼い星。

その星に矢を届かせた者は、どのような願いでもかなえられるという。


五年前、ミラは蒼氷星をみあげながら、ティグルにそのおとぎ話を聞かせてくれた。

「待っているわ。あなたの矢が、あの蒼氷星に届くのを」

ティグルの夢は、あのときにはじまったのだ。

はるか昔から空に輝いていたあの星は、遠い未来でもおそらく空に輝き続けているだろう。見る者によって希望とも、また別の何かとも感じとれる光を、地上に投げかけているだろう。

自分が駆け抜けてきた道程が、いつか蒼氷星にまつわる物語のひとつとして語り継がれたなら。蒼氷星を見上げながらその物語を聞いた未来の誰かが、自分と同じように夢を追いはじめるかもしれない。そうしてひとの想いは受け継がれていくのだろう。

蒼氷星は地上を見守りながら、静かに輝いている。

いまこのときも、いくつもの想いを託されながら。


魔弾の王と凍漣の雪姫（ミーチェリア）　完

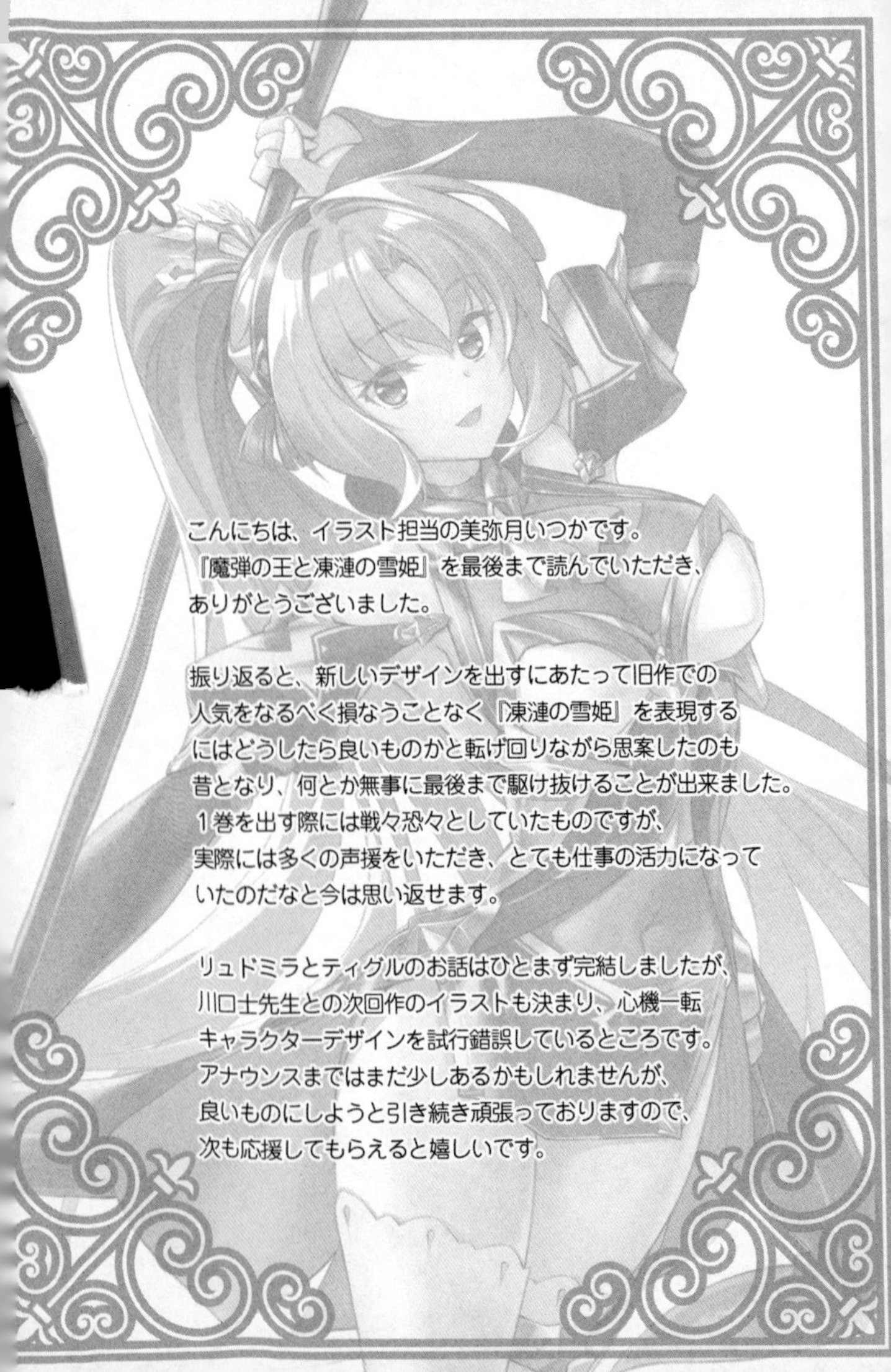

こんにちは、イラスト担当の美弥月いつかです。
『魔弾の王と凍漣の雪姫』を最後まで読んでいただき、
ありがとうございました。

振り返ると、新しいデザインを出すにあたって旧作での人気をなるべく損なうことなく『凍漣の雪姫』を表現するにはどうしたら良いものかと転げ回りながら思案したのも昔となり、何とか無事に最後まで駆け抜けることが出来ました。
１巻を出す際には戦々恐々としていたものですが、
実際には多くの声援をいただき、とても仕事の活力になっていたのだなと今は思い返せます。

リュドミラとティグルのお話はひとまず完結しましたが、
川口士先生との次回作のイラストも決まり、心機一転キャラクターデザインを試行錯誤しているところです。
アナウンスまではまだ少しあるかもしれませんが、
良いものにしようと引き続き頑張っておりますので、
次も応援してもらえると嬉しいです。

魔弾の王と凍漣の雪姫の完結おめでとうございます！
本当にお疲れ様でした！

最近、川口先生の独自企画のイラストを僕が担当させていただいてます。
秋くらいからネット連載形式で開始する予定なので、川口先生か僕のTwitterをフォローして、告知をお待ち頂けると嬉しいです！

あとがき

二〇一八年九月に本作がはじまってからちょうど四年、皆さまの応援のおかげで、ティグルたちは長い旅を無事に終えることができました。

おひさしぶりです、川口士（かわぐちつかさ）です。『魔弾の王と凍漣の雪姫（ミーチェリア）』十二巻をお届けします。

凶作によって疲弊した諸国、迫る二柱の神の降臨、侵攻してくる敵の大軍。

ティグルたちだけではとうてい対処できず、すべての者が文字通り死力を尽くさなければならない状況で、彼らはこの世界を守り抜くことができるのか。

もう最後まで、書きたいことを詰めこみました。一巻のあとがきで、『魔弾の王と戦姫（ヴァナディース）』と同じ世界でありながら、いくつかの違いから別の歴史を歩む物語と書きましたが、こうして物語を終えてみると、その通りに描くことができたかなと。

そして、不思議とどの人物も落ち着くところに落ち着いたように思えます。話の流れと紙幅の都合でどうしても登場させられなかったあのひとやあのひとなんかもいたのですが、作者としてはひとりひとりに「お疲れさまでした」と、声をかけたい気分です。個別に感想もあるのだけど、何を言ってもネタバレになるからね……。

ともあれ、最後まで楽しんでいただければと思います。

凍漣の雪姫の物語はこれにて終幕となりましたが、次回作のお話の前に謝辞を。

まずは十二巻もの長丁場に根気よくつきあってくださった美弥月いつか様、ありがとうございました。振り返ると、ティグル、ミラ、戦姫たちにリュディ、ロラン、ザイアン等々……。この物語がこのような結末を迎えることができたのも、数々のイラストの力あってこそです。編集長の永田様、編集を務めてくださったK様、H田様、H塚様、うちの事務所のT澤さん、今作はついに最後まで難産続きでしたが、辛抱強くつきあっていただきました。ありがとうございました。

今作は小説以外にコミカライズやドラマCDなど、多方面に展開していただいた幸せな作品でした。コミカライズを担当してくださったkakao様、的良みらん様、そしてドラマCDにおいてはミラ役の伊瀬茉莉也さん、エレン役の戸松遥さん、ミリッツァ役の三森すずこさん、リュディ役の大橋歩夕さんに、この場を借りてあらためて感謝を。

この本が書店に並ぶまでの諸工程に関わった方々。ありがとうございました。

最後に、ここまで旅路につきあってくださった読者の皆さまに最大の感謝を。

そして今後の予定もいくつか。

直近では、この凍漣の原典である『魔弾の王と戦姫』を電子書籍限定で販売開始しました。

そう、「まだんのおうとせんき」という読み方に変えて、いよいよ復活しました。

旧文庫版をまとめた合本で「全七巻」の刊行を予定しています。もっと早く出したかったのですが、凍漣シリーズの執筆で改稿の時間が取りづらかったのに加えて、今回は時間もあるので時間をかけて校正を入れてもらったところ直すべき箇所がたくさん出てきたり、自分でも修正をしたいシーンや台詞が山のように出てきて、気がついたら凍漣最終巻と同時の発売という有様になってました。

イラストは魔弾シリーズ「天誓の鷲矢」も担当して頂いている白谷こなかさんのイラストですべて描き下ろしです。

本書と同じく集英社ダッシュエックス文庫からの配信販売となっており、本書の発売にあわせて配信開始していますので、お使いの電子書籍ストアでご確認ください。イラスト一新、本文も大幅に加筆修正していますので、旧作を読まれた方も楽しんでいただけるかと。


次に新作関連のお話も。

新たな世界観の次回作をいくつか企画していて、次は歴史ファンタジー色が強い作品になるかと思います。一作品は集英社さんで、もう一作は別の出版社さんで企画を進めています。

こちらは二作品ともしばらく整理に時間がかかるため少し先の出版予定になりますが、いままでと違う読み応えのある作品にできたらなと思っています。

それとは別に趣味でやってる同人サークル「ウリボックス」で今秋から二作品ほどネット連載するので、ぜひ読んでみてください。ｎｉｏさんがイラストの魔法使いの王女様と喋る杖の冒険ものや、もりたんさんイラストでコミカルなファンタジーなど予定してます。

あとは凍漣の雪姫完結記念本なども年末にウリボックスから頒布したいなと思ってます。

そして『魔弾』の物語も、もう少しだけ続きます。

本巻のクライマックスでティグルが目にしたいくつもの世界、その中のひとつを全三巻で描く予定です。正式名称はまだ無くて僕は「グランドルート」と呼んでいますが。かつてない絶望的な状況の世界に身を置く別の次元のティグルと戦姫たちの戦いとなります。

それと美弥月さんから頼まれたのでこちらにも。隣の広告ページに新しい魔弾のキャラデザを載せていますが、注釈の通り「開発中のもの」で大幅に変更予定です。もっと良いデザインにすると言ってましたので、ご期待ください。

次回作はエレンがメインヒロインであり重要なキーパーソンとして活躍します。二〇二三年の初夏頃の発売を予定しています。

次の作品でまた皆さまとお会いできることを祈りつつ。

夏の終わりに　　川口　士

「待っているわ。あなたの矢が、あの蒼氷星（シズリート）に届くのを」
一つの約束から始まった魔弾の王と雪姫の物語
『魔弾の王と凍漣の雪姫』
①～⑫巻 好評発売中
novel：川口士
illustration：美弥月いつか
そして別の時空で始まる
魔弾の王と戦姫たちの最強の敵との戦い！
新シリーズ、2023年初夏 開幕予定
※イラストは開発中のものです
この情報は2022年9月現在のものです。

「おまえ、ティグルのことが好きなのだったな」

「な、何をおっしゃるんですか……！」

「慌てることはないだろう。侍女や小姓が主人に想いを寄せるなど、珍しい話ではない」

こそ穿ち凍てつかせよ」

著者自身の手により全編大幅加筆修正
イラストは完全新規描き下ろし！

ダッシュエックス文庫

魔弾の王と凍漣の雪姫12

川口 士

2022年9月27日　第1刷発行

★定価はカバーに表示してあります

発行者　瓶子吉久
発行所　株式会社　集英社
〒101−8050　東京都千代田区一ツ橋2−5−10
03(3230)6229(編集)
03(3230)6393(販売／書店専用) 03(3230)6080(読者係)
印刷所　図書印刷株式会社

ISBN978-4-08-631486-2 C0193